美国南方纪事三部曲

库萨河的查理

［美］瑞克·布拉格 著　王聪 王盈洁 译

Eva's Man by Rick Bragg
Copyright © 2001 by Rick Bragg
Simplified Chinese Copyright © 2023 by SDX Joint Publishing Company.
All Rights Reserved.
本作品简体中文版权由生活·读书·新知三联书店所有。
未经许可，不得翻印。

图书在版编目（CIP）数据

库萨河的查理/（美）瑞克·布拉格著；王聪，
王盈洁译.—北京：生活·读书·新知三联书店，2023.2
ISBN 978-7-108-07470-6

Ⅰ.①库… Ⅱ.①瑞… ②王… ③王… Ⅲ.①回忆录－美国－
现代 Ⅳ.① I712.55

中国版本图书馆 CIP 数据核字（2022）第 156963 号

责任编辑	李静韬
装帧设计	薛　宇
责任印制	宋　家

出版发行　生活·讀書·新知 三联书店
　　　　　（北京市东城区美术馆东街 22 号 100010）
网　　址　www.sdxjpc.com
图　　字　01-2018-7547
经　　销　新华书店
印　　刷　鸿博吴天科技有限公司
版　　次　2023 年 2 月北京第 1 版
　　　　　2023 年 2 月北京第 1 次印刷
开　　本　889 毫米 × 1194 毫米　1/32　印张 9.75
字　　数　201 千字
印　　数　0,001－5,000 册
定　　价　49.00 元

（印装查询：01064002715；邮购查询：01084010542）

献给艾娃、查理
和他们的孩子——

詹姆士、威廉、埃塔娜、璜尼塔、
玛格丽特、琼、苏和小艾玛·梅

还有孙辈们
曾孙辈们
以及所有的后人

致 谢

我要感谢爱德华·巴昂德姆对家族史研究和洛丽·所罗门对历史研究的帮助,我还要感谢所有的人,无论是否与我沾亲带故,他们用记忆为我重新塑造了查理·巴昂德姆。我还要特别感谢我的编辑乔丹·帕夫林,他帮我化解了许多紧张的境遇。还有阿曼达·厄本,她知道如何激发人们的记忆。

目 录

序　　"蓝鸟"大晴天 ◆ 1

第一章　痛打布莱基·李 ◆ 19

第二章　放逐之人 ◆ 30

第三章　吉米·吉姆 ◆ 41

第四章　招风仔 ◆ 55

第五章　四眼姑娘 ◆ 65

第六章　荒野故事 ◆ 75

第七章　死狗和轧钢 ◆ 87

第八章　"小胡佛" ◆ 97

第九章　颠沛流离 ◆ 100

第十章　"呼啼" ◆ 112

第十一章　粗的那一头・121

第十二章　最糟糕的年头・130

第十三章　玛格丽特和那个谜・136

第十四章　烧　伤・141

第十五章　找乐子・146

第十六章　来　信・160

第十七章　瑞登一家・164

第十八章　清　算・170

第十九章　格蕾丝除外・176

第二十章　家有儿女・181

第二十一章　免费奶酪、冷水和温驯的马・190

第二十二章　照我说的去做，别照我做的去做・204

第二十三章　失　去・209

第二十四章　圣　名・210

第二十五章　趴着别动・216

第二十六章　初遇，告别・228

第二十七章 水　下 • 231

第二十八章 顺手牵花 • 239

第二十九章 珍妮特、上帝之子和"面粉女孩" • 244

第三十章 山　姆 • 249

第三十一章 得　救 • 252

第三十二章 小妖怪归家 • 255

第三十三章 无尽的水 • 258

第三十四章 一切都已过去 • 264

第三十五章 勇　气 • 275

第三十六章 艾　娃 • 277

第三十七章 夏日永驻 • 283

后　记　幽　灵 • 285

在那巨石软糖山上
警官都装着木腿
恶犬都长着橡皮牙齿
母鸡生下的是煮熟的蛋
果树垂下甘美成熟的果实

你在绸缎般的干草上睡去
风不吹，雪不来
天天如此，到永远

———— 一首大萧条时代流行的歌

序

"蓝鸟"大晴天

在我这一辈子里，艾娃一直都那么老。即使在我还坐在红土上沉迷于自己脚趾的年月，她走过的每段艰难的路和发过的每顿脾气就已经刻在她的脸上。她头发长长的，黑如乌鸦，夹杂点儿白色。她藏在老旧泛黄的玻璃圆眼镜后面的眼珠，是淡淡的、淡淡的，近乎银色一般的蓝。瞎子的眼睛都长那样，都是那种颜色，但艾娃的视力很好，而且会永远好下去。她可以通过你咖啡杯里的残渣形态看出你的命运，并会信誓旦旦地说，如果你的脚底发痒，你一定走上了陌生的土地。她可以像刚出生的小鸟一样温柔，像牛轧糖一样甜美，而一旦她吃的药出了偏差，或者只是生气，她就会在凌晨三点钟从床上笔直地坐起来，咒骂任何一个她能想到的人，包括一些死去的人。有些日子她会在摇椅上打瞌睡，和某些即使我往门廊底下使劲找也找不着的人柔声说话。现在我明白了，我那时听到的只是她诉说的梦。

她一生中埋葬过两个女儿，一个还是个婴儿，另一个已经成年。等她过了八十岁以后，我的姨妈们就不再告诉她有关她所爱的人去世的消息。我想，这是种善意吧。在她生命快结束时，她的思绪开始不稳定。她能回忆起十八年前圣诞晚餐上我的前妻有多漂亮，却想不起昨天的事情。但是现在每当我想起她时，我脑海中浮现的是一个年近七十还依然极其坚强的女人，一个把班卓琴靠在她床脚上，衣服口袋里装着无数只发夹，比塔斯卡卢萨的州立医院[1]收治的病人的人格种类还要丰富的女人。我想到夏天突如其来的雷雨是怎样敲打窗玻璃，将杯子从茶托上震掉下来，而这老太太又是怎样不以为意地擦了一下嘴边的嚼烟，咕哝着说"老恶棍正打老婆呢"。

因为她上了年纪，大家放心把婴儿和脑瓜不好的人交给她照顾，当我的妈妈——她的第六个孩子——去上班时，她的职责就是监护我。她会从摇椅上低头看我，跟我说话，等她年纪更大了就变成了自言自语。到最后，我甚至可以通过摇椅底座在光秃秃的松木地板上吱嘎作响的节奏，来揣摩老太太的情绪——慢说明她心情平静，快标志着她在生气，像赛马那样快则是她在回忆。那股回忆的力量会让底座激烈地来回吱嘎作响，直到今天，我仍然在琢磨为什么这该死的东西没有因为摩擦而燃烧起来，将房子烧掉呢。

---

[1] 指位于塔斯卡卢萨（Tuscaloosa）的 Bryce 医院，于 1861 年开业，它是亚拉巴马州历史最久、规模最大的精神病院。本书页下注均为译注。

她很早就守了寡,没有再嫁。而孩提时的我却以为她一直就是那个样子,是个独居的老女人。有一阵有过一个男人,那是撒克逊糖果公司的一个商贩,心里除了盐水太妃糖以外似乎还装着更多的事情。但如果那个小老头真是个追求者的话,他的表现可是糟透了,他并没有放弃追求她,而只是怯懦地渐渐消失了。但她的孙儿们可没有因为这样就不和她开他的玩笑,问她是不是打算哪天坐上那辆满载胡桃夹心糖的厢式货车与他一起私奔。

"外婆,"我们会用一个讲了二十年的笑话调侃她,"你是不是准备给自己找个伴儿?"

大多数时候她只是嗤之以鼻,不睬我们,但有时她会把沉重的黑皮鞋往门廊地上重重一踩,让我们打住,摇椅的底座在吱嘎声中猛然止住。这种时候,我们通常会逃走,因为她不高兴的时候常常会打将过来,快得像条响尾蛇,敲在我们头上。可她并没有朝我们叫嚷或挥手打过来,而是咧嘴笑了起来,好像她记忆中某些已经冷却的东西又开始发光,哪怕只是一两秒。也许那只是她吃的药又开始起作用,但我们更愿意相信那是一份热量,一份来自某种曾沿着野性十足的库萨河[1]岸上轰轰烈烈传导过的热量,那时候电力公司的大坝还没有将库萨河变成一个可以随意开关的巨大棕色水龙头。

"不,亲爱的,"她会说,"我不打算找伴儿。"然后她又心满意足地摇起椅子来。

---

[1] 库萨河(Coosa River)是美国亚拉巴马河的一条支流,流经亚拉巴马州和佐治亚州。这条河长约280英里(450公里)。

"我有过一个了。"

他叫查理·巴昂德姆,他可能是世界上唯一一个能爱那个女人,同时又不会被她身上的火焰吞没的男人。

他个子高高的,瘦骨嶙峋,工作时用牙齿咬着钉子,用像奥古斯塔砖[1]般坚硬的手攥着短柄斧。他拿鸡内脏做鱼饵,将钓线甩进库萨河,钓上来满盆的鲇鱼。他在松林间酿造上好的白威士忌[2],边喝边在星光下唱歌,跳起踢踏舞。他是一个用钢丝将温柔的心缝合起来的男人。他站在佐治亚州一个婴儿的墓前,心力交瘁,茫然若失,然后又把一个弱智的男人带回家,使他免被流氓殴打取乐。他是一个激发荒林传说和忠诚的汉子,至今让老人们在说到他名字时仍然恭敬地微微点头。他也曾经豪饮过度,错过转到自家车道的路,把自家的信箱撞了个稀巴烂。

查理做了让那些更文明的男人梦寐以求的事情。他曾因一个男人冲他儿子扔一条活蛇而将这家伙揍个半死,又曾在一个大个子女人试图用杀猪刀砍他时,用点41口径的霰弹枪射中了她,他曾把两个烦人的佐治亚州公路巡警打得满地找牙,将他俩从一家名叫"山上枫树"的酒馆前门大头朝下地扔将出去。他曾把乡村警官们引向漫长而徒劳的追逐,跨过高耸寂寞的山脊,穿过充满石楠荆棘的泥沼。他动作之快可以将松鼠从树上一把抓下来,他打猎向来不看季节和限量,

---

[1] 奥古斯塔砖(Augusta brick)是美国切诺基砖石公司在佐治亚州生产销售的一款经典砖,该公司成立于1877年。
[2] 白威士忌(white whiskey)是私酿酒的一种昵称。

因为在蒙哥马利或亚特兰大上班的打猎管理员怎么可能知道他的孩子们是不是正在饿肚子呢?

我猜他只是这样的一个人,生就一双不合体的翅膀,他建造过数十座符合大萧条期间的工资收入水平的漂亮住房,却从没能为自己的至爱家人建一座。他不识字,但总让艾娃为他念报纸,免得自己变成无知之人。他的大手拿过铁棒,也抱过婴儿。他叫我妈妈"小男孩",这使我会心一笑。

他在1958年春天就去世了,就在我出生的前一年。

为此我没有原谅过他。

在我大部分人生中,他并不比一个纸娃娃更真实、更完整,因为我妈妈家族的人很少谈及他。我从点点滴滴中了解到他是个做木工的、铺房瓦的、酿私酒的、操作锯木机的、挖井的、打猎的、偷猎的、在河上劳作的人,在19世纪和20世纪之交的年头,不是在亚拉巴马州就是在佐治亚州出生——这取决于你迷失方向得多离谱或者根本不在乎。除此之外,我对他的成长经历几乎一无所知。几年,甚至几十年在不知不觉中过去,我开始怀疑到底能不能解开关于外祖父的任何一个谜题,也许他将仍然是一个我永远无法参透的神秘人物。

我知道,这种沉默不可能是因为他的儿女们以他为耻。他们一次一次无意间流露出来关于他的生命记忆是明亮、短促而又温暖的,是紧闭的门下面泻出的一缕光亮。可在一个人人都善于讲故事的家庭中,他们却对他吝于言辞,只对他如此。这一直是我的一种印象,那就像我们开车经过伯明翰的梅里塔面包厂时的那种感觉。那股烘烤面包的香味令人垂涎欲滴,弥漫在汽车里的时间也就几秒钟,随着我们的加速便消失得无影无踪,只剩下我在那里做着三明治的白日梦。两年前的圣诞节,我问过妈妈,为什么我从她和她的姐妹们那儿听到他的事情那么少。她告诉我,那只是早早晚晚的事。

直到过去的几年里,查理的大儿子过了七十岁,查理的孩子们开始纪念父亲去世四十周年,我们才有了足够的空间去谈论他,真正地怀念他。过去,谈论他的人生时总会让人想起他的死,引起一种好像手指穿过野蔷薇刺一样的感觉——那有什么好呢?

"爸爸走了以后,"妈妈告诉我,"好像什么都没了。"

我记得有一天晚上,那是12月一个冰冷的夜晚,我请查理·巴昂德姆的三个女儿为我讲讲他的葬礼。我和这几位六十多岁的女儿尴尬地坐着,只能死死盯着地板。生性强硬的璜尼塔姨妈轻声哭了起来,挺住了姨父约翰去世和溃疡病折磨的琼姨妈擦拭起眼睛。我的妈妈玛格丽特起身离开了房间,说去弄点咖啡。

我很好奇,这是个怎样的男人,能让人如此深爱、如此思念,以至于他去了天堂四十年后,仅仅提起他的过世,还会使她们痛哭呢?

我心想,那样一个男人的故事大概值得用一本书来讲述。

但我爷爷鲍比·布拉格真的会喝醉酒,然后驾起四轮马车穿过我的家乡磨坊村,对信神的女士们和耶和华见证人[1]的信徒们大喊下流的打油诗,直到镇警用镣铐将他带走。鲍比

---

[1] 耶和华见证人(Jehovah's Witnesses)是19世纪后期在美国成立的一个宗教团体,其信仰与传统的基督教教义存在诸多差异。

虽然非常有趣，但似乎从来没有认过我们。他并不冷酷，只是冷淡，当我们在他的门廊上玩耍时，他会在冲着我们抱怨和将我们关进屋里这两种手段中间，尽量找到一个不去惹恼我们的方案。

于是，因为我从未真正有过一个祖父，我决定给自己塑造一个。我请妈妈那边的人告诉我关于查理·巴昂德姆的人生和时代，所有他们能记得的故事。在他们的帮助下，我凭借那些半真半假的说法和逸事，还有几张发黄、发脆的黑白相片，从最基本的情况开始，将他的整个人生还原出来。在亲戚的监督下，我像对待钻石一样小心地对待那些相片。

有两张相片尤其能体现查理这个人。在其中一张里，他穿着他最好的衣服，不是工装裤，但他粗大的手腕和伤痕累累、沾满焦油、粗糙多节的双手让他现了原形。他从一顶形状奇怪的宽边草帽下瞪眼看过来，表情看上去紧张而凌厉，仿佛恨不得赶紧结束这件愚蠢的事，双眼盯住你、挑衅你。那是一张摄影棚相片，是在亚拉巴马安尼斯顿市诺布尔街照相馆里的棕榈树布景前拍的。

那是个可怜的家伙在故作姿态。

"那可不是咱爸。"琼姨妈说。

我平时喜欢看的挂在客厅墙上的那张更为真实。相片里的他穿着一条破破烂烂、褪成灰色的工装裤，裤腿上沾着似乎是鱼血的污迹，身形像囚犯一样消瘦。他的一只大手提着一条近一米长的鲇鱼，鱼的头有牛犊的那么大，他用强壮的手指钩住它的鳃。

那是个可怜的家伙在展示胜利。

"我记得我们小时候会等他下班回来,"姨妈格蕾西·璜尼塔回忆起她童年时的一个夜晚——也许是很多很多个夜晚,"我们一般都在玩,妈妈做好了晚饭。那会儿出现了一片阴云,我特别害怕。

"然后爸爸会走进门,那就好像……就好像天空一下就放晴了。我们就什么都不害怕了,因为他什么都不怕。"然后她就定定地望着我,那种眼神就像老妇人在讲述一些有关隐私、几乎是秘密的事,又担心你不能与她们感同身受,或者更糟,你根本不相信。

"里基,"我妈妈从房间对面说道,"她说的是有关上帝的惩罚。就像天空放晴一样。"[1]

也许所有那样的人都值得用一本书来书写。

我很快就发现,讲述查理·巴昂德姆的故事,最大的难点是如何在成书过程中不让哪位神圣的姨妈和你绝交,或者扇你的耳光。如果我玷污了他的英名,他那些还在世的女儿惩罚我的手段,可不会只是像忘记我的生日那么简单。

他身上的那种热玉米面包和威士忌的人性气息,比起牛奶和蜂蜜的宗教气息更弥足珍贵。他的故事中更为重要的内容,是让你知道酿私酒让他放声歌唱而非咒骂,知道他如何赤手空拳、双眼冒火地回击那些侮辱他或上门来惹麻烦的人。他更为家人所深爱,因为他的确有过深夜骑马回到他们的院子,在自己的马"鲍勃"的背上烂醉如泥,"鲍勃"将他轻轻抖落到草地上,然后一路小跑回到马厩的趣事。

---

[1]《圣经·约伯记》第26章第13节说神"以自己的气使天空晴朗"。

有一件事我绝对确信,如果我的叙述粉饰了他的缺陷,他那由无数个故事中变幻而出的鬼魂将会永远缠绕我。据我所知,他通常是一个安静的人,不会犯傻,会乘着自己造的船在河上待上几个小时,缄默不语,或者胳膊弯里托着个婴儿坐在前廊上,哼着铁路小曲。但当烈酒(或者烧酒[1])让他激动亢奋,他会变成有史以来生活在我们这个地区最能讲故事的人之一,他能滔滔不绝讲述美丽的篝火故事和臭名昭著的传奇故事,他要杀你根本不需要用枪,光讲故事就可以。那样一个男人一定会想要留下一段带着胡椒味的有滋有味的记忆。

不过事实证明,他们不必担心人们会说他什么。我跟远房的表兄弟谈,跟虚弱的姑婆们谈,跟没有理由撒谎的老人们谈,还跟一些——姨妈们提醒我要注意他们——每次颤抖着喘气都在撒谎的人谈。他们都告诉我同样的话——他是个该死的浑球,但即便如此,他也是"属于他们的"该死的浑球,他们应该在亚拉巴马州杰克逊维尔城的广场正中间,紧挨着邦联军士兵像[2]的地方摆上一尊他的雕像。

"他是个英雄。"他的侄孙特拉维斯·巴昂德姆,一个眼神悲伤、满头银丝的人这样说道。他曾和查理一起乘坐一艘用两个汽车引擎盖焊接起来的船,在棕色的库萨河上垂钓。五十年前一个漆黑的夜晚,他的叔公查理(这里大多数人都

---

[1] 原文为 likker,美国南部和中部对 liquor 的习惯拼法。
[2] 杰克逊维尔(Jacksonville)是亚拉巴马州一个小城,城中有几个内战纪念碑,包括广场中间的一个邦联军士兵雕像。

序 "蓝鸟"大晴天

把音发成"臭理"¹)在那条河上救过他的命。这是大家在家庭聚会时,一边吃着通心粉、奶酪和猪排,一边讲述的又一个传奇故事。

"他应该有座纪念碑,"特拉维斯说,"因为再也没有像他那样的人了。所有像他那样的人都不在了。"

在一个国家湮没在穷人中,并且从未如此怨恨过这些穷人的时期,在重建时期²挥之不去的痛苦中,在大萧条时期和复苏的经济从未完全惠及我的家乡父老的时期,查理·巴昂德姆踩着破烂不堪的靴子大步向前。他在可憎的贫穷中长大,一生都在战斗,一无所有地死去,只留下一个崇拜他的家族和一个像崭新钞票一样闪闪发光的名字。他去世时,悼唁的人挤满了特里迪格公理圣教会。穿着工作服和沾着油污的套头衫的男人和由于采摘秋葵,双手被刺得发红的女人,与身着干洗过的料子西装的男人和穿着从桃树街买来的礼服的女人坐在一起,连牧师都哭了。

回想起来,我从未在了解和分享一个人的经历时有过如此多的乐趣,历史本来会忽略这个人,就像它会忽略我的母亲和像她一样在美国深南部³劳作的人们。在关于她的故事,

---

1 原文是 Chollie。
2 重建时期(Reconstruction)指美国在南北战争后 1865 年到 1877 年,试图解决内战遗留问题、重建美国的时期,这段时期充满了痛苦和争论。
3 美国深南部(Deep South)是美国南部的一个文化地理区域,通常包括佐治亚州、亚拉巴马州、南卡罗来纳州、密西西比州和路易斯安那州。比邻的得克萨斯州东部、阿肯色州东南、田纳西州西部、北卡罗来纳州东部和佛罗里达州北部,也常被认为是深南部的一部分。

一本人们简称为《长啸》[1]的书里,我介绍了查理、艾娃以及他们的孩子。但人们告诉我那本书写得太过匆忙,我遗漏了很多好素材。

人们在图书签售会上,在信件里,在街上偶遇时都会问我,我母亲的精神、骨气来自何处,她是从哪儿继承了那种自我牺牲的力量和品格,在无尽的棉花田里劳作,独自养育三个儿子,以及为什么那样的辛劳、救济带来的侮辱和来自富人的蔑视,没有消磨掉她性格中最闪光的部分——她的幽默感。

但没等我回答,他们就替我回答了。他们说我在第一本书里对查理、艾娃和他们的孩子的记述过于敷衍。他们说那才是根本,那才是答案。人们在电话里和机场里滔滔不绝地教训我说,那才是一切的源头。

我写这个故事的原因有很多,但最重要的是为了让那些发现自己置身于这些故事中的人,那些握着我的手说"孩子,你偷走了我的故事"的人,能再一次向一个正在消逝的文化投去一瞥。

他们中有些人会羞愧地承认,他们这一辈子一直在与过去争战,却从来没搞清楚该为自己的亲人们感到骄傲还是羞耻。有些人甚至假称自己根本没有过去,在姊妹联谊会或加入共济会[2]之前没有任何经历。对他们来说,过去是一扇用来

---

1 原文为 Shoutin',指作者的代表作《悲歌长啸》(All Over but the Shoutin')。
2 美国很多大学生在校期间会加入兄弟会或姐妹会,进行一系列社交活动和聚会。共济会起源于西欧,是一个历史悠久的兄弟会。

锁住自己的门，但深夜里他们总能听到衣柜里传来的累累枯骨咔嗒作响的声音。

但是我为查理·巴昂德姆感到骄傲。我希望我的外祖父能与他身边的艾娃一起——愿上帝安息她的灵魂——从过去走出来。如果我听到的关于查理和艾娃的往事是真的，那他不会介意他比她早走那么一点儿，这样他会在她到达那里，与他重新聚首之前找点乐子。

至于我，达到了目的。

虽然从来没见过他的脸，我想查理·巴昂德姆一定很需要我们。他会用一只传说中的大手把我们当作新生的小斗牛犬高高举起来，开怀大笑。他会看护我们，悄悄塞给我们印第安人头便士[1]和墨丘利角币[2]。每个星期五，当妈妈到城里兑现她的支票时，他会给A&P超市外面的投币机械马投进五分钱，看着我们骑。

我对此不是很有把握，因为那些都是我自己想要的，因为那是一个男孩给自己塑造一个祖父的习惯方式。但是如果真实的他那时还活着的话，这个不无缺陷的、有时醉醺醺的男人一定能做到这一切。我对此坚信不疑，因为真实的他活得足够长，使他得以接触一个比我年长一点的男孩，并证明了这一切。

---

1 美国铸币局于1859年至1909年间生产的1美分硬币上，印有印第安人头像，被称为"印第安人头便士"（Indian head penny）。
2 美国铸币局于1916年至1945年间生产的10美分硬币，由于上面印的年轻的自由女神头像常被人与罗马神墨丘利混淆，因此得名"墨丘利角币"（Mercury dime）。

1997年秋天,亚拉巴马州一家报纸派记者采访了我母亲。我坐在她位于亚拉巴马州东北部的燧石山上的起居室里。在她巧妙地回避记者关于她的自我牺牲和艰苦生活的问题时,我摇了摇头,当她说到晚年只是在房子里走来走去,努力不让自己从我为她建造的高台上掉下来时,我忍不住笑了。

然后那位记者,一位来自伯明翰的和蔼的女士,让她回忆一下一生中最美好的一天。这是一个很棒的问题。我写了一整本关于她的书,却忘记问了。

我以为我那一辈子在租借的房子里生活的母亲可能会说,是我把属于她自己的房子钥匙交给她——作为部分偿还一份我永远无法真正还清的债务的那一天。或者她会说是《长啸》这本赞誉她的书付印,我将一本封面上印有她相片的书递给她的那一天。

我的头脑本应该更清楚。书本和房屋?一堆纸和一堆木头?

"我想,"她说道,"那是我第一个儿子山姆出生的那天。"

那是1956年9月11日,当时我爸爸并不在场,他的缺席让人有些担心,但还不至于引发恐慌。一旦他把朝鲜战争的愁借酒消去,一旦那些死去的人的面孔再次从他的记忆中溜到走私酒的平静棕色表面之下,过上几个礼拜或几个月,他迟早会出现的。

爸爸离开的时候带走了付房租的钱,所以带着婴儿的妈妈除了娘家无处可去。查理和艾娃租住在亚拉巴马州21号公路边,赖特商店后面的小树林里,她带着孩子去了那里。人们说,家是什么?那是当所有人都不要你的时候你去的地方。

我的外祖父把婴儿捧在手里，咧开嘴笑。

"感谢上帝，玛格丽特，"他说，"你把山姆森[1]带这儿来了。"之后的几个小时，他都抱着他。

那天晚上没人睡踏实了。第二天我的外祖父很不满，不过还是耐着性子说昨夜吵得要死。不是因为婴儿哭了，婴儿没有哭过。

"玛格丽特，"他说，"你整晚都在跟你儿子说话，搞得我们睡不着觉。"

我妈妈停了下来，她说完了。仿佛剩下的故事，那最好的部分，是单单属于她的。最后那个记者问她："那你当时在说什么呢？"

"我只是一直低声说，"她说，"一遍又一遍地说，'你是我的'，'你是我的'。"

"我从来没有拥有过什么。"她说。我从来没有听到她自怨自艾过，哪怕是一点点，而那次是最接近的一次。她只是希望她的访客能理解。

"我小时候连一个玩偶都没有。但他是我的。他属于我。"

我明白她的意思。我听她讲过她和兄弟姐妹们出生在怎样的贫困中，听过他们用那一代人特有的善意的冷淡叙述过去的艰苦时光，仿佛贫穷是条无情的狗，早已因年老而死去。即使他们有一个努力工作的爸爸，奢侈品就像一块从一个小小的棕色纸袋中取出的便宜硬糖，顷刻之间便融化殆尽。

---

1 山姆森（Samson）是全名，山姆（Sam）是昵称。

但眼前这个奇妙的小东西,她会拥有他,如果幸运的话一辈子都会拥有他。而且只要她自己的父亲还活着,这个男孩儿就会得到像她一直受到的那种保护。只有世代在更替,而他的性情从未改变。天空依旧晴朗。

他们得到的远不止于此。查理·巴昂德姆在生命的最后一年,似乎将全部的爱和全部的注意力都倾注在山姆身上。他会在院子里休息,瘦削的长腿交叉在一起,一连几个小时和婴儿说话,给他唱歌,或者仅仅是看着他。他在一枚十美分银币上钻了一个洞,把它穿在线上,然后套在男孩儿的脖子上。他用胯部或臂弯托着山姆到处走,一边背诵一些无意义的童谣……

> 不是去镇里
> 不是去城里
> 是要一直去
> 迪迪瓦迪迪[1]

一直念到婴儿笑了起来。

他会买些花生形状的软糖,藏在工装裤的围兜口袋里。时间一长,山姆逐渐意识到那里有糖,便会在口袋里仔细摸索,他那极度认真的样子会让我的外祖父坐在那儿乐。

夜里,当外祖父睡下以后,这个男孩儿会跌跌撞撞地走

---

[1] 迪迪瓦迪迪(Diddy-Wah-Diddy)是非洲裔美国人的民间故事中最著名的神话之地。

到煤箱里捡起一块煤,然后跌跌撞撞地走回房间,将那块东西扔进外祖父的一只工作靴里。他会一遍又一遍地重复这个步骤,直到将一双靴子装满煤块,而我的妈妈和外祖母就坐在那儿笑。即便如此,山姆还是专心致志地做,当他完事儿以后,他会骄傲地看着妈妈,咯咯地笑,仿佛在说:"看你有个多厉害的儿子!"然后她会赶紧抱起他,把他的手擦干净,销毁证据。

到了早晨,我外祖父醒来,都不用看男孩儿一眼,就伸手拾起被煤弄黑了的靴子,将里面的煤块倒回煤箱,疲惫地摇摇头,喃喃自语道:"你觉得那是怎么跑进去的?肯定是仙女干的。"

有的早晨,这个仍然年轻的男人会因为那来自体内深处的刺痛,按住自己的肝区,但如果那天还有需要铺房瓦的房子,他还是会照常去上班。如果那天没有工作,他就会抱起男孩儿走出门去,疲惫不堪的一老和新生的一小在一起打发时间。

"爸爸在山姆面前什么都忘了。"很久很久以后,妈妈告诉我。

这故事的一部分我过去听说过。有一天,我的爸爸回来接他们,查理·巴昂德姆叫他滚蛋,要么就挨一顿揍。然后查理对我妈妈说,她已经成年,可以自己做决定,但假如她要离开,她不能把山姆带走。我妈妈直到她父亲去世后,才回到我爸爸身边,当时山姆还不到三岁。自那以后的很长一段时间里,生活都很艰难。

"我一直认为,如果我爸爸活着,会因为你爸爸对我们的态度，把他杀了。"她用几乎听不见的低语，温柔地告诉我。这不只是嘴上说说，是真有可能发生的事情。

人们仍然说，他五十一岁还那么年轻就死了是多么可惜，但我不能说他走得太早。他活得够久了，看到了大部分的孩子长大成人。他带着被威士忌和艰苦生活损坏的肝脏和心脏坚持着，直到我的哥哥山姆来到这个世界，然后还为拯救我的母亲和大哥免受娘家门外的悲伤尽可能地撑下去。

山姆当时太小了，现在，除了工装裤围兜口袋里的糖果以外，几乎什么都不记得。他回忆起那糖果，朦胧而梦幻，带着模模糊糊的甜蜜。他不记得是怎样拿到那枚穿在线上的墨丘利角币的，只知道他一直都有那枚硬币。

在很久很久之后的一个秋日，我们在罗伊·韦布路和木匠街围起来的湖边钓鱼，将橡皮鱼饵扔进稠密的浮萍，没说太多的话，只是以此打发时光。我这一辈子都没有山姆钓得好，每当我卷收起亮片饵，上面除了缠着一大堆水藻之外别无他物时，我就料到他会投来那种觉得我好笑又同情的眼神。我知道自己不应该在乎这一点，但是我确实在乎，因为他是我的大哥。即使哪一天，我们成了坐在穷人收容所里老态龙钟、头脑昏聩的老头，他也永远是我的大哥。

但那一天世界颠倒了。我在水草的一个空隙处投放钓饵，钓上来一条不错的小鲈鱼，然后又钓上一条，接着又是一条。我钓上来六条鱼。而他一条也没有钓到。

最后我们决定拿起钓具回家。即使是一个成年人，我也很难做到不在他身边绕着圈，欢腾雀跃。

山姆只是把钓竿塞进福特野马越野车的后备厢，看都没看我一眼,用一句咕哝将整个下午的落空打发了。"里基,"他说,"我那是在钓大鱼。"

然后他向上注视着那片万里无云、湛蓝无比的天空。

"大家都知道,"他说道,"这种蓝鸟天(大晴天),大鱼是不会咬钩的。"

我只是看着他,因为我手里没有石头去砸他。我在钓鱼上胜过他的那天,他居然在那里吟诗弄词。

然而,我忍不住想知道那个可爱的"蓝鸟"短语来自何处。我还想知道在已经变得如此同质化、如此平淡无奇的现代南方,连亚特兰大[1]的中学生都会嘲笑带有南方口音的人的地方,还有谁这样说话。我发现这只不过是我的外祖父和像他一类的人常说的短语,这些土话就像一只银色怀表那样传给了他,传给了我们。

查理·巴昂德姆那样的男人没有留下太多其他东西,没有留下任何头衔或财产,甚至连阁楼里的信件都没有。有的只是口口相传的故事,一些二手和三手的故事——只要还有人记得。如果可能的话,你应该做的就是将那些久远的旧事写到崭新的纸上。

---

[1] 亚特兰大是美国佐治亚州的首府,佐治亚州普遍被认为属于深南地区。

第一章

痛打布莱基·李

阿巴拉契亚的丘陵地带
1930 年代

艾娃是在户外一个盒装午餐拍卖会[1]上遇见他的。那是在亚拉巴马州加兹登市,她那时刚过十五岁,一个穿着刚洗过的工装裤的瘦削男孩从竞标人群中走出来,指着她说:"对神发誓,我出一美元。"到了晚上,他俩在草地上伴着小提琴和班卓琴的乐声翩翩起舞。艾娃后来告诉所有其他女孩,她将来会和那个男孩结婚,她的确如愿了。但在棉花田的农活和一大堆孩子让她风华褪尽之后,她不得不通过教训一个名叫布莱基·李的风骚女子来提醒他,他仍旧是她的男人。

也许说她教训了这个女人一顿并不准确。在我们老家,

---

[1] 通过出售预先包装的盒装午餐来筹集资金的活动。

教训某人意味着两个人打上一架,坚持到最后还站着的那位就算赢了。我说的教训不是那个意思。这是一场一边倒的痛揍,这事在我们家族史上不是一个值得夸耀的闪光点。但是在所有我听过的关于他们共同生活的逸事中,这件事足以证明艾娃有多么爱他,又是多么恨他,以及最终哪种情感占了上风。

查理·巴昂德姆就像这里的女人们过去称呼的那样,是个俊小伙,有着一头厚厚的浅棕色头发和蔚蓝色的眼睛,蓝得好像哪个贵妇手上戴的镯子。他的脸像他的身子一样瘦削,而且他那高调、昂首挺胸的仪态让他显得很有钱,但他从来没什么钱。他脑袋的尺寸一直不怎么配他的耳朵,因为对于大多数人来说,他的耳朵太大了,但我猜想那个时代的女人对耳朵的大小并没有什么特别的偏向。

他还是个时不时就去光顾走私酒贩子的男人。正是在那儿,他遇到一个抹着红唇、脚蹬长筒丝袜,四处旅行,名叫布莱基·李的女人。人们叫她布莱基[1],是因为她那一头乌黑的头发。当她向我的外祖父诉苦说她当时又渴又累,如果在继续上路前能有个地方洗洗衣服、歇个脚,她将感激不尽时,他说欢迎她到他家来。

他们那时住在佐治亚州北部,罗马镇郊外。当时艾娃正在和他们的五个孩子——詹姆士、威廉、埃塔娜、璜尼塔和玛格丽特——在几公里外纽特·莫里森家的棉花田里干活。查理平时总喜欢将无家可归的流浪者——不管是狗、男人,

---

[1] 原文是 Blackie,黑色之意。

还是女人带回家。但布莱基是个城里的女人，又长得挺漂亮，这就为之后的那出闹剧做了铺垫。

这一切原本可能在不经意间过去。布莱基·李可能就像她说的那样，只是洗了洗衣服，暂时休息一下，然后就悄没声地走人。但我们永远说不准，因为她当着上帝和众人的面，将她的长筒丝袜晾在了艾娃·巴昂德姆的晾衣绳上。这让她倒了大霉。

几公里之外，艾娃正在棉花田里弓着身子，用力拖着一个沉重的麻袋，手指被棉桃上针一般锋利的刺戳得生疼。纽特·莫里森的女儿西丝从她边上的一垄地赶上来，点燃了导火索。

"艾娃，你给自己买了长筒丝袜吗？"西丝问道。她刚刚开车路过艾娃和查理的家。

艾娃说她没有，说什么傻话。接着就继续摘棉花。

西丝说："那就是你妹妹格蕾丝来看你了吧？"

艾娃说也不是，如果格蕾丝来看望她，肯定会先写信或捎个话来。

"不对呀，"西丝说道，"我开车经过你们住的地方，看到晾衣绳上挂着长筒丝袜，我就猜一定是格蕾丝的，因为我想只有她才会有长筒丝袜。"

艾娃说好吧，可能就是格蕾丝的。接着继续摘棉花。格蕾丝嫁给了一个有钱人，有长筒丝袜，有一辆好车，可能只是突发奇想开车过来。一定是这样，肯定是。

埃塔娜当时还只是个小女孩，后来她回忆说妈妈只是弓着背、脸朝地继续往前采了几排棉花，然后突然挺直了身子，好像被蜜蜂蜇了一样,扯下脖子上的沉重棉花袋,一把扔到两排棉花之外。

然后她走开了,孩子们都迷惑不解,慌慌忙忙跟在她后面。艾娃即使在年老的时候,走起路来的架势也像能把大多数人踩到地底下。而当时还是一个年轻女子的她只是低下头,甩动手臂,沿着土路风风火火地赶回家去,掀起一路尘土。

过了一会儿,当她跨进院子里的时候,天几乎黑了,布莱基·李正坐在门廊上凉快。艾娃停住脚步,深吸了一口气,打量了她一会儿,心里将给她准备的棺材大小都估量好了。然后她哐哐几步上了柴堆,抄起一把斧头。

就在那一刻,布莱基·李肯定已经意识到眼前这个年轻女人是谁,这几个眼睛瞪得溜圆的小家伙又是谁了。她跑进屋里,插上门闩,向耶稣祷告。

艾娃只是站在那里,喘着粗气,长长的头发一半跑进被汗湿透的破衣服里,一半散在外面,对那女人摆明了,要么打开门挨一顿揍,要么在艾娃砍开自己的家门之后挨一顿揍。她还说,"你可不想我进屋时手里还拿着斧头吧"。布莱基·李吓傻了,打开门闩,往后退去。艾娃也遵守了自己的承诺,放下斧头走了进去。

如果不是因为那个洗碗盆,她可能还不会把那个女人揍得那么惨。那盆里都是那个女人洗衣服的脏水。任何人,无论是什么人,都不许在艾娃的洗碗盆里洗衣服。

埃塔娜站在门口往里偷看。

听听她是怎么描述这件事的:"妈妈追着她满屋子打。从屋里打到门廊上,然后再打到院子里,一直打到马路边。她下手可重了,后来她的手肿得连围裙口袋都塞不下。然后她一只手把那女人紧紧揪住,另一只手挥手拦停了一辆路过的汽车,猛地拉开车门,把那女人扔了进去,然后命令开车的男人把她'从这儿弄走'。那男人只说了声,'遵命,女士',然后就载着布莱基·李一溜烟开走了。"

这场闹剧发生时,查理正在工作,这实在是非常幸运,即使是现在,他的孩子们还发誓这一定是上帝在起作用。虽然屋子里有诱惑,他还是去上班谋生,这一点救了他,救了一切。一个不够坚定的男人可能那天就会和那女人鬼混。如果他当时在家,艾娃一定会把他杀了,就像杀掉尤利乌斯·恺撒那样。

艾娃和五个孩子回到纽特·莫里森家过夜。纽特是他们的远房亲戚,艾娃知道在那里她会受到款待。但在去之前,她还是先走进自己屋子,铆足了劲将那个洗碗盆远远地扔到院子里。

那天晚上,查理到莫里森家带他们回家。艾娃狠狠地打了他。她出手又快又狠,查理在混战中丢了一只鞋,在两脚高低不平的情况下疲于招架。她干架的样子就仿佛一只獾在你脑袋周围爬来爬去。她飞沫四溅地咒骂,这情形简直糟透了。埃塔娜说,他俩在客厅里还一直打,猛撞到墙上,爆发出恐怖的喧嚷声,把每个人都吓得半死。一时间,孩子们在尖叫,狗在狂吠,而查理只是一遍又一遍地喊:"见鬼!艾娃,别打了。"最后他们一起倒在一张床上。此时,年迈的纽特光着脚走进房间,工装裤吊带一根在身上,一根滑落下来。纽特当时以为查理在殴打他的妻子,而不是反过来,而且他只知道这个名叫查理的小伙——不管他是不是亲戚——侵犯了他的家,闹得四壁作响,吓坏了他的家人。

纽特身形佝偻,灰发苍苍,骨节粗大。他年纪实在太大,没法与一个闯进自己屋里的男人肉搏。于是他把手伸进工装裤的口袋里,掏出一把折叠式小刀,弹出刀片,这刀片长得足够用来切西瓜。

艾娃定睛看了一眼那把刀,立刻扑向她丈夫,用自己的身体挡住了他。然后她瞪着纽特。

"你敢碰他试试!"她嘶声吼道。那声音中充满了尖刻和恶毒。

每个人都经历过这样的时刻。如果谁从未经历过这种场面,那是他们从未真正爱过一个人。那些活了很久很久的人都这么说,所以这一定是真的。

他们从未提起过这件事,也再没有闹到那种程度。他们打打闹闹了三十年——上帝啊,他们可是真能闹腾——直到孩子们大部分都长大成人离开了家。而他们则相依相守。要是像他们经历了那么多,你们也会不离不弃。我看到有些老人这么做是出于泄愤,好像在一起变老是对对方的一种报复。查理和艾娃没能在一起变老。他们得到的是一种更浓缩的人生,更丰富、更甜美,当然了,也更加苦涩和凶狠——那些平淡无奇的人生经历早被蒸发殆尽了。

她从不向他低头,他也从不强迫她,他俩的日子都是那样过的。

有的时候他们也会刺激一下对方。她会站在崭新的洗碗盆前，一边温柔地冲洗铁锅和饼锅，一边朗诵一首短诗：

单身生活真幸福
单身生活真快活
我不给人当老婆
没有男人能管我

他会装作没听到，之后再等待时机扳回一局。

"老爸，"玛格丽特还很小的时候会问他，"为什么你还不给我们买台收音机？"

查理只会摇摇头。

"宝贝儿，我们不需要什么收音机，"他会这么说，然后用他瘦长的、指节突出的手指朝艾娃一指，"我已经有一部步话机了。"

也许是出于自尊，然后他俩就继续尽可能假装彼此并不怎么相爱，并不怎么需要对方。

日子过得单调乏味时，他们会拿出班卓琴和吉他——查理对班卓琴异常狂热，而艾娃则是弹了一辈子吉他。孩子们在床上看着他们在一盏旧煤油灯下斗琴。

查理会弹奏一曲《我得服刑》[1]，作为他对婚姻的评论解说。当她从眼镜后面狠狠地瞪他一眼时，他就会咧着嘴笑。

---

[1] "Doin' My Time"，是美国乡村和蓝草音乐（Bluegrass Music）家 Jimmie Skinner 在 1950 年代创作的一首描述集体囚犯的乡村歌曲，被知名乡村歌手 Johnny Cash 传唱开来。

在这旧石堆上
戴着铁镣和铁链[1]
他们按号码叫我
从不叫我的名字
我得服刑
主啊，主啊
我得服刑

而艾娃则会用一首《野木花》[2]或类似的歌来回应他：

我要唱歌，我要跳舞
我的笑声多么快活
我会吸引每一颗心
我会打动一大群人
我要一直活到见他
后悔那个黑暗时刻
当他赢得却又忽略
这朵脆弱的野木花

然后查理又会唱起另一首关于集体服劳役的囚犯或者在

---

1 这里的铁镣和铁链原文为（ball and chain），在美国俚语中，也引申为"绊脚石"，或用来戏称"老婆"。
2 "Wildwood Flower"，是美国 1860 年的一首老歌，最著名的演唱者是活跃在 20 世纪上半叶的美国民谣音乐组合 The Carter Family。

北方佬的监狱服刑的歌曲，或者是《美好时光都已过去》[1]：

> 我对上帝许下愿望
> 我从没来到这世上

抑或《诺克斯维尔女孩》[2]：

> 我们晚上一块儿散步
> 去了城外约一英里的地儿
> 我从地上捡了根棍子
> 打倒了那个可爱的女孩儿

　　但不知为什么，这种对歌总是以跳舞结束。他拨动着班卓琴弦，而她在厨房里跳起踢踏舞，手里提着裙边，厚重的鞋子狠狠地跺着地板。这时候孩子们会开怀大笑，因为当妈妈表现得如此幼稚的时候，太难憋住不笑了。

　　很久很久以后，当她过了七十岁的时候，她仍旧弹琴，也仍旧唱歌，只是已老眼昏花，没法给她的吉他调音，而且她的手抖得太厉害了，怎么都调不准。有时候她会弹错一个音符，会为岁月在她身上留下的痕迹而皱起眉头，但她永远忘不了那些歌词。

---

[1] "All the Good Times Are Past and Gone"，是美国蓝草音乐先驱、曼陀林演奏家、歌手和词曲作者 Bill Monroe 的作品。
[2] "Knoxville Girl"，是流行于美国阿巴拉契亚山地区的一首谋杀歌谣，来源于19世纪的爱尔兰歌谣。

我永远不会想念他
我会变得快乐疯狂
我会停止任性哭泣
驱走悲伤
但当我从梦中醒来
我的偶像变成黏土
我对爱情的所有憧憬
都消失殆尽[1]

当然，追打那个倒霉的女人并不是这一切的开端。他们的故事可以追溯到遥远的过去，甚至可以追溯到比跨越亚拉巴马和佐治亚边界的绿色丘陵地带，流浪至此的巴昂德姆家族第一人还要早的时候。我不仅从中发现了我们家族历史的开端，而且还发现了我们家族人性格的来源。

我这辈子总听说，住在丘陵地带的都是些贫苦和谦恭的人，而我清楚那种说法错得离谱。我们家族的人确实很穷，但他们很少卑躬屈膝。查理绝对不是，他的父亲不是，我怀疑他父亲的父亲也一点儿不谦恭。嫁进这个家的艾娃也绝不是一朵萎靡的花朵。多年以来，一点点谦卑、一点点顺从，也许能让我们免于一些痛苦，但可悲的是，我们身上就是缺乏这种个性。可能除了我母亲，没人有过这些个性。

作为一个经常一贫如洗的家庭，我们的家族中的人在这一百年或更久的时间里都拒绝调整自己的性格。但是假使我

---

[1] 这段歌词来自《野木花》。

们愿意改变一丁点儿，从一开始就不会来到这里。

我们生活在这里，是因为我们的祖先太冥顽不化，他们不愿适应，不愿被同化。我们生活在这里，是因为曾经有一个姓巴昂德姆的人，选择了与法国国王和罗马教会作对的不归之路。

第二章

放逐之人

<u>1960 年代的库萨河上
以及闪回</u>

我第一次真正看到巴克舞[1]，是在靠近利斯堡的库萨河蓄水湖一个钓鱼营地附近，在黄溪瀑布边的路上。当时天色还不太暗，不过有些钓鱼的人在河边烧起了一堆大篝火，在最顶上压了一个卡车轮胎用来驱赶蚊虫。我还记得那轮胎的油烟是如何飘过香蒲丛，水又是如何变得墨黑，我多么暗自庆幸自己没再去那水里游泳。一根根旋转钓竿的尖端从卡车后面伸出来，车门大敞着，让人更容易听到收音机的声音。从沙沙作响的扬声器里传出的乡村音乐或者蓝草音乐和他们钓上

---

1 巴克舞（buck dance）是在奴隶制时代，美国南部各州常见的一种民间踢踏舞或软底鞋踢踏舞。

来成串莓鲈时的炫耀声混杂在一起。尽管我那时还是个小男孩，但这种场景我见过太多次，也有些司空见惯了。那些人都拿着一瓶从装鱼的泡沫塑料保温箱中取出来的啤酒，我站在一间鱼饵店外空旷的停车场看着他们，等我妈妈从店里出来一起回家。在我出于无聊，用脚将路上的石块剥离出来踢进香蒲丛时，我最希望能从那些人口里听到些以前从未听过的粗话。喝酒总会引人说脏话，钓鱼也是。这也许是因为他们的太太都不在场的缘故。

但我看到了一个比爆粗口更好的表演。一个瘦骨嶙峋、佝偻、上了年纪的男人，大致随着那音乐节奏用拳头捶打他的腿，然后像所有上了酒劲的老人那样跳起舞来。

但我从来没见过这样的舞蹈。没有韵律，也不流畅。老人把脚重重跺在砾石上，接着滑行几步，然后再次用力地跺下去，好像在试图灭火或踩死一条蛇。他跳的时候，手里紧紧握着一只装了酒的玻璃杯。我当时觉得这么做挺愚蠢的，因为他只会让酒洒自己一身。但那个老人除了下半身，身体的其余部分都静止不动，仿佛一尊天使塑像，头向后仰，手臂在身体两侧，只有双腿在不受约束地舞动。那个样子有点吓到我。

但这只不过是巴克舞，我家族的人跳的唯一舞蹈。我们不跳利尔舞[1]，也不跳沙格舞[2]，只跳这种舞。民俗学家将它追溯到爱尔兰和威尔士以及其他地方，随着时间的推移，它演化成我在离瀑布不远的河岸上，伴随着轮胎燃烧的恶臭味看

---

1 利尔舞（reel）是爱尔兰舞蹈的一种，舞曲轻快活泼，通常为四四拍或二二拍。
2 沙格舞（shag），摇摆舞的一种，是以快节奏的爵士乐为伴奏的双人舞。

到的那种怪异的芭蕾。我记不得那曲调了，但是我脑海里仍然能看到那个老人撞击着靴跟，旋转着身体，跺踏着双脚。把这种舞与更温和的舞蹈相比，就好像拿一辆飞驰的货运火车与一辆越野车相比。这舞属于我们，也只属于我们。我们的家人中有些甚至已经不会跳这种舞，但它仍是属于我们的舞蹈。

查理·巴昂德姆是个巴克舞者。他曾跳得很开心，巧妙地将工作靴避开那些开怀大笑的女孩们小巧的双脚。他也曾跳得很伤心，在篝火的映照下，灌满威士忌，随着狩猎伙伴用口簧琴拨出的小调起舞。他熟知那些舞步，但他无法告诉你这舞源自何处，去向何方。

查理目不识丁。他的爸爸不识字，而他爸爸的爸爸也是大字不识几个。在他们的阁楼里，没有旧的家传《圣经》[1]，没有那种装有巨大的皮革封面的书，让人们在里面书写整个家族史，罗列出生、死亡、婚姻、战争记录、洗礼和其他所有事项。我看过那些书，但都是别人家的，其中满是发了黄的出生证、褪了色的蓝色四健会[2]缎带和已有百年历史的婚纱蕾丝卷边。我总有这样一种感觉，如果我使足了劲摇晃那些《圣经》，一些更黑暗、更秘密的史料也会被抖搂出来。

---

1 原文是 family Bible，指通过一个家庭传下来的《圣经》，每一代人都在上面记录有关家族史的信息，包括出生、死亡、洗礼、坚信礼和婚姻等。其他项目，如信件、报纸剪报和照片，也可能放在家传《圣经》中。因此通常被用作谱系研究的来源。
2 四健会（4-H Club）是美国1902年创立的一个非营利性青年组织，使命是让青年人充分发展潜力并推动青年发展领域。"四健"（4个H）即健全头脑（Head）、健全心灵（Heart）、健全双手（Hands）和健全身体（Health）。

我母亲将我们的记忆存放在一个行李箱里。它是棕色的，大小同一台便携式唱机一样。在我成年后的一场火灾中，它和里面装的一切全都烧毁了。它曾装有出生证明，我爸爸写的长信，我们在学校为她画的画，火柴棍做的十字架，疫苗接种卡，用红色硬纸板制作的情人节心形剪纸，我右手固定骨折的石膏手印，以及几绺我弟弟的头发。但它仅仅跟我们有关，并没有关于我们来自何处的线索。

艾娃有一本家传《圣经》——实际上她有五六本。有一次，我偷偷潜入她黑暗的卧室摸索时，我打开了一本沉重的白色皮革面《圣经》，发现了……这么说吧，我猜我发现了关于她的事情。在书页之间夹着已经石化成棍儿的"黄箭"口香糖，逾期七年的电费单，勒林·华莱士[1]、艾尔维斯·普莱斯利[2]和豪厄尔·赫夫林[3]的亲笔签名照片，折叠整齐的糖果包装纸，来自奥拉尔·罗伯茨[4]关于救赎的传单，还有些零零碎碎手写在信封背面和旧圣诞卡上的祷告。只有艾娃才会把祷告词藏在《圣经》里。

那儿也没有任何有关家族的脉络，没有书写下来的家族史。或许跟我们家族相关的东西从未存在。我们从兵役征募表、婚姻记录和投票名册中找到过一些名字和日期。只有通

---

1 勒林·华莱士（Lurleen Wallace, 1926—1968）是美国亚拉巴马州第46任州长，是该州历史上第一位女州长。
2 艾尔维斯·普莱斯利（Elvis Presley, 1935—1977）是美国歌手、音乐家、演员，被称为摇滚乐之王，在中文世界以昵称"猫王"为人熟知。
3 豪厄尔·赫夫林（Howell Heflin, 1921—2005）是一位美国律师和政治家，曾代表亚拉巴马州在美国参议院任职。
4 奥拉尔·罗伯茨（Oral Roberts, 1918—2009）是一位美国基督教的电视传道人。

过追查这些薄薄的记录,才能知道我们来自哪里,谁是来到大西洋这一端第一个姓巴昂德姆的人,或至少是一个可信度较高的家族中人。

一些亲戚对此有些争议,但有一事毫无疑问,如果我们找到的亲属关系准确无误的话,第一位巴昂德姆应该只是又一个被其他地方逐出的可怜傻瓜。我也了解到,被他人追逐、驱赶在我们家族是一个悠久的传统。

查理的爷爷詹姆士·B. 巴昂德姆在内战期间曾在田纳西州军团[1]服役,后来被联邦军队击败后逃跑。他的大伯约翰·刘易斯被税务员尾追其后,直到他泗过田纳西河方才罢休。查理的爸爸,吉米·吉姆,被同一个税务员一路尾追到佐治亚州南部。在我童年的记忆里,(家族里的)男人们还在被人追赶,东奔西跑。

要是你问:"嘿,那老××出什么事儿了?"

有人就会说:"他被赶跑了。"

你只好说:"哦。"

被赶跑意味着你做了什么坏事,被抓了但可能还没有被起诉。你可能被有钱有权的人驱赶,被政府驱赶,还可能被带着袖珍手枪、毫无幽默感而且充满仇恨的女人驱逐。

最早的那位巴昂德姆就是逃离了比这还糟得多的情形的一个人——我们所知的就这么多。

---

[1] 田纳西州军团(Army of Tennessee)是美国南北战争时期阿巴拉契亚山脉和密西西比河之间的南军主力军,成立于1862年末,参与了西部战线的大部分重大战役,一直战斗到1865年战争结束。北方联邦军有一支名字相似的田纳西河军团(Army of the Tennessee),容易混淆。

他的名字不是巴昂德姆，而是邦杜兰特，让·皮埃尔·邦杜兰特。他的旅程始于一个城堡林立、到处都是燃烧的十字架和被绞死的人的年代，始于刀剑碰撞盾牌的嘈杂声响。如果亲属关系准确无误的话，几乎在五百年前，当人们以上帝的名义相互杀戮时，这个人就来到了新大陆。他是个胡格诺派[1]新教徒。

这是一群四处流浪的人，由于16—17世纪的宗教战争，被迫漂泊四方，他们是被剥夺了权利的法国新教徒，人称"夜行人"，被迫在洞穴中秘密地祈祷。他们曾经是一支强大的宗教和军事力量，因为并不受到天主教廷的垂青，被后者压制了几个世纪。

这是一个与《圣经》一样古老的故事，以信仰为名追求强权，争战双方进行了一场血腥的内战，砸碎神像和十字架，烧毁教堂，涂炭生灵。1572年8月24日，天主教徒通过圣巴塞洛缪日大屠杀[2]几乎完全控制了这个国家，大约有三万名新教徒惨遭杀害。新教徒遭到排斥，被禁止担任公职或从事体面的工作。

他们注定要遭受奴役或饥饿，注定要到处流浪。在一些村庄，这个教派受到宽容，但在另一些村庄，教派成员遭殴打、被伤残和受绞刑。最黑暗的时期是路易十四当权期间，他开启了一个噩梦般的时代。1664年，路易十四颁布了一条

---

1 胡格诺派（Huguenot）是16—17世纪的法国新教徒，信仰受加尔文思想的影响，在当时经常受到非常严重的迫害。
2 圣巴塞洛缪日大屠杀（The Saint Bartholomew's Day Massacre）是发生在1572年法国宗教战争期间，针对胡格诺派新教徒的一系列暗杀和暴力事件。

法令:"公开反对罗马教义和仪式的人将受到切开嘴唇,用烧红的铁刺穿舌头的惩罚。"

那位最早的巴昂德姆——他甚至不知道自己是最早的那个巴昂德姆——对我们来说只不过是一艘船乘客名单上的一个名字而已。客船记录显示,让·皮埃尔·邦杜兰特逃往日内瓦,在那里找到路径去了英格兰。在1700年夏末,他登上了前往美国的"彼得和安东尼"号客船。记录显示,这艘船于1700年9月20日在弗吉尼亚州一个胡格诺派新教徒群居的小镇娇鹈镇登陆。

他的儿子辈和孙子辈中的一些人向南迁移,在契约、人口普查名单和婚姻记录中,邦杜兰特这个名字先是变成邦德仁,又再变为巴昂德姆。他们在亚拉巴马州-佐治亚州边界线的两侧定居下来,参与投票,结婚成家。他们留下的记录很少,但足以让人们知道他们曾经住在这里,他们是19世纪初这片丘陵地带的第一批白人定居者。

他们是农民,用鹿肉、咸猪肉和烤玉米饼抚养孩子,并且向南部原住民部落的森林更深处推进。克里克族[1]为了阻止这种趋势发动了战争,然后几乎从地球上消失了。到了19世纪中期,这些树林里的居民的名字全都是邦杜兰特、邦德仁、巴昂德姆,以及由这些名字衍生的名字。

第一个和脸对得上号的巴昂德姆是一个胡子灰白、双目灼灼的老农场工人和伐木工,名叫詹姆士·B. 巴昂德姆,他

---

1 克里克族(Creeks)是北美东南部印第安部落的一支,昔日居住于佐治亚州、亚拉巴马州及佛罗里达州北部。

是我外祖父的祖父,挺身而出为了南方——我想是为了南方各州的州权——而战,因为他压根儿就不拥有任何奴隶。

作为田纳西州军团中的一员,他在北边与舍曼[1]和U.S.格兰特[2]进行过战斗,在奇克索长沼战斗[3]中,面对过肯塔基州和北方佬神枪手的入侵,经历过营地传染病并幸存下来,然后从佐治亚州的废墟上走回家中,一路饿得半死。最后到亚拉巴马州东北部克利本县,在别人的田地里用一头借来的骡子耕地。

詹姆士·B.娶了玛丽·巴茨,他们的孩子有约翰、威廉、小詹姆士、安迪、萨拉、玛莎、卢瓦德和阿迪琳。他在晚年死了原配,又娶了萨拉·福特并且生了理查德和门罗。后来他再次丧偶,在跨越世纪之际迎娶了南希·汤普森。当时他已不久于人世,但显然还是希望有人陪伴。

他参战时很穷,战后回家时仍然一贫如洗——他失去的是朋友和岁月。在国会大言不惭妄称为"重建时期"的那段日子里,他与并肩作战过的男人一起工作,他们是毕晓普、哈米特、英格拉姆、基尔戈、尼克森、谢尔纳特、科克伦、

---

1 指威廉·特库姆塞·舍曼(William Tecumseh Sherman,又译谢尔曼,1820—1891),美国南北战争中北军的将领,地位仅次于格兰特,以火烧亚特兰大和著名的向大海进军战略获得"魔鬼将军"的绰号并闻名于世,曾与尤利西斯·辛普森·格兰特将军制订"东西战线协同作战"计划。
2 指尤利西斯·辛普森·格兰特(Ulysses Simpson Grant,1822—1885),是美国南北战争中北军的总司令,后来的第18任美国总统。他作为南北战争的战争英雄,因对维护联邦统一的贡献,而成为50美元纸币上所绘人物。
3 奇克索长沼战斗(Battle of Chickasaw Bayou)发生于1862年12月26日至29日,是美国南北战争西部战线上打响维克斯堡战役(Vicksburg Campaign)的最初战斗。

第二章 放逐之人

巴特勒、卡德尔、布朗、库珀、哈勒尔、亨德森、赫尔西、杰克逊、兰利、穆迪、平卡德、罗伯逊、奇尔德斯、劳、南斯、威廉姆斯、赖特、艾尔斯、考德威尔、坎普、法默、麦金尼斯、莫里森、尼克尔斯、普鲁伊特、伍兹、扬、斯特里克兰、霍姆斯、凯克、洛夫、桑德斯、特纳和汉密尔顿。这些姓氏不仅被刻在被岁月销蚀殆尽的花岗岩墓碑上，还存在于我们家乡那些薄薄的电话号码簿和高中足球活动册里。一百年后，我隔着一片片棉花田朝那些人的后代扔石子，在校车上对着他们的曾曾曾孙女扮鬼脸。

他们一起敲敲打打建设城镇，铺设轨道并修建道路，他们在这片故土上刻下的痕迹至今依然赫然在目。我走过他们建造的铁路栈桥，光着脚感受脚下那些粗糙的枕木。

詹姆士·B.于1912年去世。他没有留下一封信件，只留下晚年拍的一张照片。照片里的男人有着一双像灰色大理石的眼睛，薄薄的嘴唇紧抿着，嘴唇下方白色的胡须垂到半胸，脸颊布满沟壑和痘痕。他身着黑衣，头戴一顶宽边帽。他那身装束看上去像一个传教士，不过也可能只是因为拍照那天是星期天。

在他身后留下的是一群孩子，他们把巴昂德姆这个姓氏带到了周围好几个县。他的儿子小詹姆士，大家都叫他吉米·吉姆。他是查理的父亲，我母亲的祖父，也是我的曾外祖父。

他是个伐木工人、锯木厂工人，坦白说，还是个酿私酒的。用手触摸一下我们家乡最古老的房子，你就能感受到他在那木头上下的工夫。他用斧头和横切锯将树砍倒，然后用几队马将它们从树林中拖出来。随着时间的推移，那种原始木材会变得像铁一样坚硬，硬到你能在上面把一枚尖锐的钉子砸弯。据我们了解的吉米·吉姆和他的个性，你同样无法在他身上敲进一枚钉子。

他就是那么个人，我们都知道。

但他的故事，也就是查理童年时的那些事，几乎消失得无影无踪，只有极少数非常年迈的老头老太还记得他，而其中有些人有时也讲不清楚他的事情。他们会给故事开个头，但并不总能讲完，就像说他们曾经在，呃，某个时间，某个地方将一枚银币扔到库萨河对面那样不着边际。

于是我去跟克劳德聊了聊。

他活了八十六年，当时已开始谈论死亡的话题，但并没有用自哀自怜的语气，而是以实事求是的态度，就像谈论该为草坪割草那样随意。死亡和割草这两件事在克劳德·巴昂德姆看来，是不可避免的事项，是他迟早要做的两件事。死亡会让他摆脱一些院子里的劳动，但夏天年复一年地到来又过去，克劳德的院子仍然那么整洁，就像寡妇的衣柜一般有条不紊。

他和他的妻子玛格丽特一起住在亚拉巴马州杰克逊维尔市山脉大街上的一座小房子里，现在，当他去看望他的妹妹默特尔时，他得拄着拐杖走路。

"我还年轻的时候，他们把我的一叶肺和七根肋骨给拿掉了，他们那时候就放弃了我。"克劳德说。他是我外公查理的侄子，也是通往查理·巴昂德姆童年时代的最后一座摇摇欲坠的独木桥。"我八十三岁那年得了肺炎，他们又把我放弃了。现在他们说我的肾出了毛病……好吧，一个人总不能永远活着。"

他对他的爷爷的记忆依旧清晰明了,像一个破掉的瓶子那样轮廓分明。他记得每个人在吉米·吉姆周围经过时那种蹑手蹑脚的样子,就像吉米·吉姆是树林之王。

像大多数人一样,吉米·吉姆既不好也不坏。在他不好的时候,性格更温和的人能从他身上看到令人不安的狂暴。好多人不懂什么是狂暴。他们懂得什么是愤怒,甚至仇恨,但狂暴一词是一个已经过时的陈旧字眼。吉米·吉姆·巴昂德姆能够理解它。它就像一只鹦鹉那样一直骑在他的肩膀上。

第三章

吉米·吉姆

丘陵地带
1900 年到 1920 年

他的脾气像鸟的血一样火热,他的双眼即使在照片中看起来也仿佛在燃烧。他长着一个鹰钩鼻,浓密的棕色胡须,身穿工装裤,外面披着一件黑色的西装外套,大家都知道他的外套口袋里装着一把小小的点 22 口径手枪。他基本上无视任何法律,或者自身意愿之外的任何影响。有些人不喜欢盯着他看,因为那会让他们感到处在下风。"他性情幽暗,不怕鬼神,"克劳德·巴昂德姆说——他在吉米·吉姆长长的影子中长大,"他总是喝酒,做起事来随心所欲。"

话说回来,在那个年代,随着已经失败而又腐败严重的重建时代进入一个新的世纪,在亚拉巴马州和佐治亚州的树林里握着斧柄工作的人中,找不出几个圣人。

历史书是用黑白颜色呈现那个场景的,我孩提时代也是那样想象的:那是一个严酷到难以用色彩描绘的地方。我看到的是铅灰色天空下的灰色景观,身着白色长袍的三K党[1]穿行在灰色的死树之间,身着灰白条纹囚服的犯人向褪了色的苍白土地挥动尖镐。在我的想象中,在那里,即使奔流的大河也是黑如柏油般阴森可怕。

我们读到过由于橙子对农民来说过于昂贵,以致婴儿死于坏血病的历史。当我读到这段内容时,会想象一个成熟的橙子,鲜艳的全彩色,不仅仅是作为坏血病的解药,而且是整个令人痛心的窘境的解药。即使是现在,当看到橙子时,我都会想起这一点。

但那些丘陵地带并不是黑色、白色和灰色的。它们是喧闹的、翠绿的,常被泼上些红色,空气中飘荡着粪肥、蜂蜜和热烤饼面团的味道。那里有一些名叫伯瑟安妮的女人和一些名叫雷切尔的骡子,那里唯一灰色的东西是放在阁楼上的破旧制服,女人们将那些衣服剪开用作杂色拼被的布料。

向南看去,那里土地变得平缓,颜色从红色变为黑色,仍保留着被19世纪末和20世纪初期种植园文化染成白色的遗迹。但是在这里,在丘陵地带,以种植园为代表的绅士风度都被他们的狗吃了。

---

[1] 原文为Klan,全称为Ku Klux Klan,中文称为三K党。最初的三K党是在美国南北战争结束后由南方老兵组成,试图推翻美国南部的共和党州政府,恢复白人至上的地位,频频袭击黑人。成员通常身穿白色长袍和尖顶面罩隐藏身份,在夜间活动。后于1870年代被政府强行取缔。"一战"期间和"二战"后又盛行过两次,是美国种族主义的代表性组织。

在战争中幸存下来的大多数美洲原住民，都在刺刀下被驱赶出丘陵地带，这是一次被称为"血泪之路"[1]的可耻大迁移。到了南北战争时期，林子深处的地盘主要属于白人。但要说他们给那里带来的是文明，可能就错了。

苏格兰人、爱尔兰人、英格兰人和法国人，这些饥肠辘辘的人跨过大洋，来到山脚下耕种、砍伐阔叶树和松树、开采花岗岩、酿造威士忌、抚养后代、猎捕走鹿、培育猎犬和斗犬、向公众布道、互相诅咒和争吵。这里奴隶很少，因为山地太多，不宜大规模种植棉花——种棉花需要上好的洼地——所以穷困的白人承担了大部分繁重的力气活。他们和帮助搞定新奥尔良的爱尔兰人非常相似，由于种棉花的奴隶太过宝贵，不能浪费，于是，那些白人前去挖掘运河，其间大量死于黄热病。

詹姆士·B.巴昂德姆，这个老叛军战士，没有为他的孩子们留下太多东西，他们中很少有人能识文断字。但在那种弱肉强食的文化氛围中，他的孩子们——特别是吉米·吉姆——则精于此道。他们在这种环境中成长，就像杂草在人行道的裂缝中生长。

吉米·吉姆出生在内战刚刚结束时，他知道北方投机家[2]、

---

1 原文为 Trail of Tears，是美国西进运动的别称。从美国独立之后的18世纪末开始，美东居民向美西地区迁移和进行开发。美国政府也积极对印地安人地区下手，1830年通过《印第安人迁移法案》，迫使印第安人离开密西西比河以东地区，迁往贫瘠的西部地区。其间大量印第安人遭屠杀，因此运动所行之路又被称为印第安人的血泪之路。

2 原文为 carpetbagger，指美国南北战争后从北方去往南方、期望从战后南方重建中获得政治或经济利益的投机家。

共和党南方佬[1]和精疲力竭的南方人需要木材来重建南方的这个角落,他也知道被征服的人必须喝酒,用来治愈或仅仅用来忘却战争的创伤。他可以满足他们的需求。

在19世纪后期,他与玛蒂·米克森结婚。她是一位淑女,很久以前就在人们的祈祷中升入天堂。她和吉米·吉姆总共育有七个孩子,依次是威廉、阿瑟、奥斯卡(贝贝)、里勒尔、玛格、查理和舒利。当查理出生于1907年,紧接着舒利降生时,年龄较大的孩子已经长大成人。他们的房子里常常聚集着侄子、侄女和表兄弟,比如克劳德,他是贝贝的儿子,在摇摇欲坠的农舍里与查理一起玩,扔石头,爬树,无拘无束。

吉姆没有从伐木或酿造威士忌中致富,但还是过着舒适的生活,房子外面的牧场上散落着肥硕的奶牛,一块块平地上排列着玉米。

他们在亚拉巴马州的韦伯斯特斯·查珀尔定居了下来。这个地方的人在当时是出了名的无法无天。当地人生活在冤冤相报的世仇之中,他们的仇敌会在森林里消失得无影无踪。吉姆在儿子们身上下了大工夫,在他们还年幼的时候就把他们带到森林里去。"他把我爸爸(奥斯卡)放上原木装运车,他二十二岁前就没下过车。"克劳德说。

那都是些极其艰辛的工作。他们用双手凿出铁路枕木,在采石场开采石料。吉米·吉姆的身高不到一米八,瘦削而又憔

---

[1] 原文为 scalawag,指重建期间支持联邦政府或为其工作的南方白人,这是南方民主党人对他们的蔑称。

悴，但他有着一对栅栏柱一样坚硬的前臂，手指能将一根七八厘米长的铁钉弄弯。他醉酒打架是家常便饭，且打架的样子极其可怕。有很多暴力的故事与这个男人有关，但人们最常回忆起的是被他的孙辈们称为"手指事件"的那件事。

那件事发生在1915年左右，当时查理还是个小男孩。地点是卡尔洪一个名叫米尔支流的地方，那是一处美丽的清水泉，是一个酗酒者在凉爽的夜晚聚集、散布谣言、买卖家犬、互相砍杀解决纷争的所在。富人们会在这里举行决斗，声称杀戮是为了维护自身的名誉。穷人们动刀则只是出于怒气，偶尔也掺杂些个人名誉。有时候一个手里拿着血淋淋刀子的男人，脑袋被威士忌搞得一片混沌，径自回家告诉他的老婆，估计警长很快就会找上门。

那里也并不总是杀人取命。有时男人们只是互动拳脚，一直打到拳头流血。他们不像好莱坞电影里那样打斗，而是在碎石地上手脚并用地摸爬滚打、刨眼、诅咒，在噼啪作响的巨大篝火的映照下显得凶狠而邪恶。

这样的事情实在是太多太多，让米尔支流变成传奇之地，至今仍然招引着老醉汉们。你若经过那里，会看到他们中的一个静静地坐在车里，拿着一个用棕色纸袋包裹的罐子小口啜饮，回忆往事。

就在那一夜，骡子被拴在橡树上，威士忌在泉水里降温，我的曾外祖父遭到其中一个人的辱骂，或者在他想象中是那么回事。他当时可能醉得太厉害，所以无法确定。但不管怎样，他骂那个男人是狗娘养的。在这个地方，这就足够挑起一场打斗。

那个男人也在喝酒，这原本能使这场争斗变成一场公平的醉汉之争。当然那是假设吉米·吉姆知道如何不用阴招公平对打，可他从不知道还有公平对打一说。他们走到一起，外面围着一圈呐喊围观的人。根据多数人的回忆，那是一场凶狠而可怕的格斗。他们用能够打死清醒男人的力气痛打对方，狠踢对方的胫骨，猛踩对方的脚趾。而且可以肯定的是，他们曾一遍又一遍用滴血的嘴巴玷污着救世主的名字。

与他交手的男人个头更大，抓挠着吉米·吉姆的脸，最后掐住他的喉咙，用手臂和手指的全部力量来扼杀他。"我当时无法挣脱出来，我掰不开他的手，"吉米·吉姆后来说，"我相信他会把我杀了。"

但是一个整天挥动斧头的男人必须拥有像铁一样的手臂和铆钉一样的手指，吉米·吉姆慢慢从他的喉咙上抓开那男人的一根手指，接着第二根，然后第三根。但紧接着，那个男人把他的一根，也许是两根手指伸进吉米·吉姆的嘴，然后往他怀里拉，撕扯着里面的肉，让吉姆痛苦地号叫起来。那个男人试图把他的脸颊撕开，于是吉米·吉姆做了他不得不做的事情。

他把那男人的一根手指从第二个指节处咬了下来。

那一口并没有咬断，目击者说他不得不啃一下，才把那手指彻底咬下来。那男人哀号起来，我的曾外祖父只是叮了一口，仅此而已，老天为证。当那男人跪倒在地，捂住血淋淋的手呜咽时，他只是站在那里，咧开嘴笑了笑，血从他的嘴里流下来。

历史尚不清楚到底是哪根手指或者是哪只手被咬了——

众人都同意不是小指,因为它比小指大得多,但我们很确切地知道它的下落。吉米·吉姆将那根手指放进工作服的口袋里带回家,把它放在壁炉架上。

据说,玛蒂将那可怕的玩意儿放在她的壁炉架上,直到吉米·吉姆酒醒过来,将它扔到院子里,立刻被一只鸡抢走了。

即使吉米·吉姆心里还有任何柔软的地方,它也早成了那个地域、那种文化和封闭心灵的囚犯。玛蒂为此受了很多苦。

她是一个娇小而谦卑的女人,因分娩而身体虚弱,胯部被一头母牛踢伤后跛了,整天没命地劳作。但她背着丈夫给孩子们讲过那些很长的故事,唱过查理一辈子都忘不了的歌曲。而且,即使她变得越来越虚弱,越来越苍白,越来越消瘦,也能让孩子们开怀大笑。她编造关于森林和负鼠、野猫、鹿和熊的故事,让查理和其他孩子听得着了迷。她讲的故事比任何书都好,比那些豆茎之类的童话[1]都好。多年以后,当查理在深夜给自己的孩子讲故事时,他们听到的全是玛蒂讲过的故事。

"她是一个好得不能再好的女人。"克劳德说。

查理是她倒数第二个儿子,长大后跟他爸爸一模一样。没错,也喝威士忌,也老跟人起争执,一切都像。但是玛蒂救了她的孩子,就好像将他脚下的一条毒蛇给踩死了一样。

查理做事都听他爸爸的,长到他爸爸要求的年纪就开始工作,每天花上许多时间观察和学习。但作为一个男子汉,每当他谈到自己的家庭和那段往事时,爸爸只是一个名字,

---

[1] 指"杰克和豆茎"(Jack and the Beanstalk),是一则有名的英国童话。

妈妈则是一只飞翔的鸟。

当妈妈教他如何做人时，爸爸则教他如何活下去。在那个年代，男人们仍然会把关于森林的知识教给自己的儿子。查理是从一个最棒的老师那里学到这些知识的。

吉米·吉姆能像影子一样在森林里穿行，他那双带平头钉的靴子踏在干燥的叶子上，像天鹅绒拖鞋一样轻盈。他和他的兄弟都是山林里的人，教他们的儿子如何接近一只鹿，近到哪怕一把五美元的步枪也不可能错过的位置。他教他们如何拉钓丝并用发臭的肉或陈旧的面包等便宜的鱼饵钓鱼，因为鲇鱼天生就愚蠢，男人不会把上好的蠕虫浪费在它们身上。他教儿子们不要害怕夜间林子里的尖叫声，哪怕那是黑豹的啸声。他会将他们带到森林里，当黑豹尖叫时，用能碾碎骨头的力气抓住他们的手，让他们在黑豹柔软的脚垫经过时保持不动。小男孩会抽动、拉扯、哭号，但老吉姆冷静沉着，教导孩子应该如何应付。

老妇人、女巫和食罪者[1]都说黑豹不是动物而是恶魔，当它们开始号叫时，被锁链拴着的猎犬也会发疯，看门狗会藏到屋子底下。吉米·吉姆则一点也不在乎。他会套鞍上马，给他的12号口径猎枪装好子弹，在深夜里骑行。他不是去寻找黑豹，而是去照看他酿私酒的蒸馏器。

在19世纪末和20世纪初的几十年间，吉米·吉姆在佐治亚州北部和亚拉巴马州的州界线两侧悄悄地酿起私酒。为

---

1 原文是 sin eater，是一种因民间信仰出现的职业，负责在葬礼上吃喝贡品，以此承担往生者在世时的罪。

了贴补他从锯木厂和伐木得到的收入，他蒙骗警察，贩运成加仑的私酒。这是一宗家族生意，他的哥哥约翰·刘易斯也参与其中。他们一起合作，直到约翰·刘易斯最后被税务员赶到田纳西河对面去为止。

那件事发生在1891年，家里人至今还将它称作"那件麻烦事"。约翰·刘易斯·巴昂德姆当时正在克利本县的一个蒸馏作坊酿酒，一个联邦政府的税务员突然出现，把他吓了一跳。约翰·刘易斯跳上他的骡子飞逃而去，但是尾追的税务员有一匹更好的坐骑，慢慢逼近他。

约翰·刘易斯勒住骡子，冷静地从骡子上下来，从一个亚麻驮袋中抽出一支步枪，仔细瞄准，射中了税务员的马，有效地结束了这场追击。

这是一个基督徒的做法——当然是针对税务员而言，而不是马——但他如果朝税务员开枪本会更好。他死了也不会被人挂念，因为税务员就像瘙痒一样，可不受人们欢迎。

但是一匹好马就是一匹好马，如果他没有向北逃到田纳西河边的弗洛伦斯，他们可能会让他上绞架。那里似乎足够远，差不多到了田纳西州。大约一年后，当他回家时，才发现他的妻子已经死于伤寒。伤心欲绝的他离开亚拉巴马州，前往阿肯色州，最终死在那里，埋葬在本顿。

如果说约翰·刘易斯的这段经历有什么启示，他的小弟弟吉米·吉姆则没能看出来。

等到查理·巴昂德姆十岁的时候，他父亲的私酒生意已经和他的伐木生意齐名。吉米·吉姆带着查理到树林里，帮他搬运威士忌、拖运木头、望风放哨，防止税务员的偷袭。

在查理还是个青年之前，就已经知道玉米是如何发酵成浆状的，纯净、苍白的酒液是如何由一滴又一滴强劲而又珍贵的酒滴汇集而成的。在他第一次喝这玩意儿很久很久之前，它就早已存在在他的血液中。

随着时间的推移，吉米·吉姆将木材工作交给他的长大了的儿子们，把越来越多的时间花在蒸馏器上。联邦政府的人和县警开始收缴蒸馏装置，一旦找到就把玉米浆倒掉，并用斧头砸烂铜制管道。他很快就上了通缉令。在佐治亚州北部的山区，他们突然出现在他的蒸馏作坊前。在一番不那么激烈的枪战之后，他从灌木丛中逃之夭夭了。

但是警察和联邦政府的人开始监视他的房子和他必经的道路，使他没法回家，见不到他的妻子和孩子。他在佐治亚州南部的平原地带躲藏起来。与此同时，他为数不多的财富在逐渐减少，而他的家人也跟着遭罪。

他会跳上货运列车或搭一辆车到离罗马镇很近的地方下车，然后在夜深人静的时候偷偷接近家门。但由于被通缉，他不得不远远离家多年，每次留下的一点钱并没有派上多大用场。

查理十二岁的时候，玛蒂的胯部被一头奶牛踢伤。她的丈夫亡命天涯，所以她没钱找医生或去医院。骨头长回去时错了位，导致她残疾、跛脚，后半生只能靠左右摇摆整个身体来行动。他们住在一间简陋的小屋里，唯一的指望就是吉米·吉姆留给他们的几头奶牛。玛蒂尽管行动不便，仍去挤牛奶、搅制黄油，这些生计再加上别人的善心，维持着他们的生活。

里勒尔当时已经成年,嫁给了托布·莫里森,一名有体面工作的钢铁工人。有一天,她来到房子里,将年纪最小的舒利带去跟他们一起生活。家里人把那天叫作"里勒尔偷走小舒利的那一天",不过他们知道,她这样做是出于好意,为了能养活他。

查理开始出去独立打工。他驾着一辆小货车进入树林,寻找松树桩。他把那些树桩劈成人们称为"节"(knots)的柴火,然后挨家挨户卖,换几个小钱。当时人们用多脂的松木条来生火。他像成年男人一样挥动斧头,干过所有他能找到的零工。他就那样坚忍地长大。但是在夜里,只要妈妈身体感觉不太痛,他就会和她一直聊天,直到炭火熄灭。我很想听听他们当时都说了些什么。不过我想,那些话本身并不那么重要。

那段时间的照片很少,不过有一张,如果你使劲儿去看,看得足够久,就会发现它很生动地讲述了一个故事。那照片是在日子很艰难,他还是个男孩的时候拍的。

照片的背景是一间破烂的小屋,木板粗糙而且没有上漆,窗户上没有玻璃,上面覆盖一片黑色沥青纸。贫困深深地印在照片上。但男孩并不是那种在阿巴拉契亚山脉的相册中眼神可怜空洞、注视着镜头的小淘气鬼。相反,他有一种隐隐约约、几乎难以察觉的微笑,仿佛与他一起摆姿势入镜的那些眼神严肃的亲属,还没有听到他要说的那个笑话。

他的姐姐里勒尔已经成年并且结了婚,站在他身边。她戴着一顶黑色的布帽,勾勒出一张严厉的脸。一串用细绳或藤蔓做的花环,环绕在她的帽冠上。

玛蒂五十四岁时就过世了，那时查理刚刚十五岁。孩子们将她埋葬在韦伯斯特斯·查珀尔的吉利厄德山教堂的漂亮墓地里。墓地周围有山丘隆起，在教堂附近形成了深深的阴影。那凉爽、安静、黑暗的一小片地，是安息的好地方。

查理从来没有谈过那次葬礼，没有谈过他妈妈故世的经过，所以我不知道他们为她说了什么、做了什么。但随着时间流逝，我逐渐发现这是我们家族的传统。我们将那场葬礼从家族记忆中抹掉了——我们抹去了棺材和花朵，甚至是祈祷的场面——至少我们尝试去抹掉。就好像死去的人只是去了什么地方，走前给我们留下一个故事、一碗盖好的菜或者一件木雕玩具。

我一直说我家族的人很有智慧。

他妈妈去世时，查理已经比大多数人更像个男人，一个高大、坚强、壮硕、脸上总是带着微笑的男人。他好像对那些灼伤过他的火焰产生了抵抗力，假如他还没有被那些火焰淬炼过的话。

他活着只为了小提琴快奏和玉米威士忌。他成了一个极受欢迎的班卓琴手、踢踏舞者和花花公子，因为女人喜欢会跳舞的男人。十七岁的时候，他可以砍一整天木材，然后讲一整晚故事。丘陵地带的人说，他永远安定不下来，将来不会有大出息。但这个男孩能把电线上的鸟都吸引到身边。他身上似乎不存在任何恐惧，一点儿都没有。这几乎就像他早已经死过一次，遇见过魔王，知道自己可以引诱他、戏弄他，甚至鞭打他。因为老恶魔早已黔驴技穷，他还有什么没见过的场面呢？

到了生命的尾声，他的爸爸最终成了一个响当当的公民。

抓捕吉米·吉姆的逮捕令已经褪色、泛黄。他从平原地带回家后再次结婚，这次是跟一个名叫露丝的十九岁女孩。但不到一年，小露丝就在分娩时去世了。他将她和那个还没来得及起名的女婴一起埋葬在佐治亚的一个坟墓里，死婴躺在她僵硬的怀抱里。

似乎没有人知道，在州界两侧丘陵地带的治安人员为什么就这样放过了他。可能是因为他年事已高，他们认为他不那么危险了，也可能只是因为他们都把他忘了。他上班去打制棺木，时不时去孩子们和孙子们那里走动。

人会随着时间的推移而变得柔和，我相信这多半是个神话——我家族中有些男人到了在养老院等死的时候还会把你的耳朵砍掉——但我想吉米·吉姆似乎真的改变了，他屈服了。

我从妈妈那里听说，吉米·吉姆会去孩子们的家里，教他们的妻子如何炖肉。他遇见过我的外祖母艾娃。艾娃通常对人要求很高，但她后来说她喜欢这个老人。

可能正像有些人所说的那样，他觉得死亡在舔舐着他的脚后跟，所以才尝试改变。这样的事在我家乡发生过很多次。这就是为什么很多教堂的执事都是老人的原因。但吉米·吉姆的精力还没有耗尽，还有最后一搏。六十二岁时，他娶了多利·赛姆斯·福勒，很快她就怀上了一个孩子。

他一辈子都过得富有戏剧性。但他的心脏在1927年2月15日停止了跳动。如果他是在一场手枪战中被击倒，那将更符合有关吉米·吉姆的传奇。但他的离去却是那么轻柔安静，就像一只猫离开了房间。

他们把他葬在佐治亚州北部查塔努加附近的高山上。他的最后一个孩子薇拉，是在他去世后出生的。

1994年春天，一场百年一遇的龙卷风席卷整个山区，击中了吉利厄德山公墓，将一些墓碑掀翻在地，还将一些墓碑从地里连根拔起。玛蒂的墓碑丝毫未损。

第四章

招风仔[1]

丘陵地带
1920 年代

他能跑，真的，他可真能跑。跑上山脊，越过去，向下跑，跑到山谷里。狗追着负鼠，他追着狗，侧耳聆听它们的声息。当猎犬在黑暗中奔跑时，会发出短促而尖锐的吠声，它们神奇的鼻子沿着松针和枯叶蜿蜒疾速前行，搜寻着、搜寻着，不断接近猎物，越来越近。查理跑的时候，后口袋垂着一个麻袋，手里攥着一个灯笼，来回摆动。在漆黑的树林里，他像是一团闪电，在矮树和林木间弹跳。接着，周围的声响会发生变化，从快速、静态的吠声变成急迫、悲切的号

---

1 原文为 Whistle britches，是美国南方俗语，原意是穿灯芯绒裤子走路时，裤子上的凸纹摩擦发出的声音，后引申用来形容那些很想惹人注目的人。

叫。查理会朝那些因为年龄太大、身体太胖或酩酊大醉而跟不上的人大喊"在树上",并循着声音朝狗的方向赶去。猎犬遭遇了愤怒的浣熊和山猫,耳朵被咬掉一半,正一边颤抖一边狂吠,死死盯着黑暗的树枝。尖牙利齿,可以把PET牌淡奶罐头啃出一个洞的银灰色负鼠,在藏身处发出威吓的嘶叫声,眼睛在黑暗中闪着红光。

查理会自言自语:"哪里跑,负鼠先生。"他会爬上去,灵巧地抓住那只负鼠的后颈,将它塞进麻袋。

有些人想看一场好戏,便会说:"把它丢给狗吧。"但是当时才十几岁的查理只是摇头。

"镇上一位黑人女士出五十美分买它。"他说道。然后,他把狗拽离树林,驱赶它们沿着另一条路去抓另一只负鼠——好的猎犬很聪明,会死盯住一棵树不放,就像有些男人死死抱着失去的爱情不离不弃。

如果不能卖掉它们,他会把它们送给别人,同时指望那些人哪天会请他吃顿晚饭——但愿那天晚上他们不吃负鼠。

夜深以后,这些男人聚集在火堆周围,吹牛讲故事。对查理来说,那是世界上最棒的事情。

那个年代最有名的一则故事,讲的是一个坐在火堆旁边的男人,在抱怨自己的妻子,嫌她不是一个美丽的女人。

一个猎人告诉他:"美存在于皮囊之下。"

那个男人将这句话琢磨了一分钟,然后起身走向黑暗。

"你要去哪里?"有人在他身后喊道。

"回家,"他的声音从黑暗中传来,"把我老婆的皮囊剥开看看。"

在 20 世纪前二十年里，年轻的查理坐着汽车、骡车或过路的货车在佐治亚州和亚拉巴马州来回往返打猎、捕鱼和闲逛时，听说过也讲述过的，就是这一类故事。有人说贫穷就像一只箱子，对还处于青少年时期的查理来说，那些故事就是箱子外面发生的一切。

他自由自在，没有土地，也没有钱，只有一张在亲属家里借住的床和一身替换衣服。他完全可以将所有家当都捆在一根棍子末端，找个人喂他的狗，跳上火车永远离开这个地方。

但这是他的地盘。即使拥有的东西还不够填满一只鼻烟壶，他和其他所有人一样拥有这一方水土。

他和同伴的举止对于教会来说太过放肆，对于同济会[1]来说穿着过于邋遢，但是他们与嘲鸫、山茶花以及黏土烧制的红砖一样，都是组成这道乡镇风景的一部分。

他们的主食是豆类和面包，但吃的都是些好豆子、好面包。在每个炉子上炖一锅斑豆，厚厚的棕色汤中游着一片火腿或一块厚厚的板油。他们吃的是很棒的芸豆、利马豆、眉豆和紫色的腰豆，但是没有哪一种能比得上斑豆，斑豆是可以用来请客的。

在每个炉子上，总有一块金黄色的玉米面包在铁煎锅上烘烤着，他们做饭前总要在煎锅上先抹上培根油脂。那热面包和培根油脂的香味能把人们从院子里吸引进来。女人们会

---

[1] 国际同济会（Kiwanis International）是一个以关怀儿童为宗旨的社会服务性组织，1915 年创建于美国密歇根州的底特律，地方上以俱乐部形式存在，即原文中的 Kiwanis Club。

把一块玉米面包放在餐盘上，用另一个餐盘盖住，这做法世代相传，永远也不会改变。

有时候，到了合适的季节，女人们会将猪油渣——切成小块的肥猪肉和猪皮熬出猪油后留下的脆渣——混合到午餐中，加入猪油和酸奶或水。男人们就原封不动地将它们放进午餐桶，上班时带到棉纺厂、煤矿和烟斗店。

有时，为了换个吃法，人们只是碾碎一小块玉米面包，放进玻璃杯或碗里，倒上冷的酸奶或鲜奶，然后用勺子舀着吃。他们把热的西班牙洋葱切碎撒到上面，就成了一顿饭。

在夏天，他们炒秋葵、西葫芦和绿色的西红柿，用黄瓜制成甜味的腌黄瓜，用腌制的卷心菜和辣椒酱做成混合腌菜，成为人们吃豆子时的红辣作料。在秋天，他们吃羽衣甘蓝，用黄油、盐和胡椒烧萝卜——烧得好的萝卜入口即化。打猎得来的鹿要么放在福特 T 型车的引擎盖上，要么放在骡子的后臀上运回家中。聪明的厨师用一点点猪肉香肠和鹿肉一起绞成肉酱，借一点香肠的味道，或用酸奶浸泡鹿肩肉以减少它的膻味。他们把松鼠的脑子和鸡蛋一块儿炒着吃，把蔗糖融化在煎锅中，然后冷却变硬，作为孩子的糖果。

他们住在房屋拥挤的厂村里。那些结实的小房子都像是一个模子里刻出来的，但都有一个真正的前廊，看上去比他们以前住过的任何地方都要好得多。或者，也有些人像查理的亲戚一样，仍然留在树林中摇摇欲坠、连一层油漆都没上过的房子里。

他们租房子住。因为比业主低一个阶层，拥有土地毫无疑问是他们大多数人的梦想。但是对于一代又一代的人来说,这种憧憬跟乘坐蒸汽船和齐柏林飞艇的梦想差不多,不着边际。

但是他们身上有一种再多的奴役都无法使他们崩溃的尊严。这些受到新教教义影响的女人蓄起长发,而男人们,即使是像查理这样的年轻人,在上法庭、去葬礼和参加投票时,都会在工装裤外披上一件朴素的黑色外套。一个男人必须有很强的自尊心,才能穿着臀部大部分都已经磨损的工装裤自豪地走来走去。但查理认为,身穿臀部透风的裤子绝不是低头认尿的理由。

到他成年时,查理身高超过六英尺(约一米八三),但体重还不到一百六十磅(约七十二三公斤)。当钻进那条褪了色的蓝色工装裤时,他看上去就像一根卡在船帆里的桅杆。"招风仔",老人们会笑着称呼他。因为微风一定会通过那些破烂的小孔或随风飘荡的裤腿,钻进衣服里面去。

裤子的臀部一定是最先磨坏的地方,因为他最初找的是份修屋顶的工作,当他在屋顶上来回滑行时,像砂纸般粗糙的房瓦将臀部和膝盖上的布都磨掉了。为了体面,他的姐妹们在工装裤的内侧加了一些补丁。

他每天都穿着同样的衣服,因为那就是他全部的行头。在冬天,他在"自由"牌工装裤里面穿上长内裤,还有一件帆布工作衬衫,也许曾经是有颜色的,但现在已成灰色。他穿着系带皮靴,就是人们称为平头钉鞋的那种靴子,用几条薄皮革系着,因为布料鞋在露天作业中更容易腐烂,而他在工作、钓鱼和跳舞时都穿着这双靴子。像他这类男人都会穿着平头钉鞋和黑色西装去参加葬礼。他们结婚时也穿着它们,并用皮革肥皂或鞋油保养皮革，以防开裂。当靴子磨损到不能再穿时，他们就会扔给一只小猎犬，让它一直啃到靴跟，啃到什么都不剩下。这种靴子来自宾夕法尼亚州的利哈伊，要花掉他们一周的工资，所以他们一定要好好利用。

他只有吃饭和睡觉时才不戴帽子，其他时间都戴着一顶斜纹棉帽，帽檐压到齐眉处，让他天生闪亮的眼睛看上去像是隧道里的头灯。那帽子跟其他一切东西一样，因为露天作业和干燥而磨损，他的头发会穿过帽上的破洞戳出来。人们也笑话这事，开玩笑说要把一只南瓜扣在他头上，然后在玉米地里将他像稻草人那样撑起来，将乌鸦和浣熊吓走。

他没有手表。工头告诉他什么时候上工，什么时候下班，什么时候去吃午餐——大部分都是小烤饼和玉米面包。他那时十六岁，快到十七岁，瘦瘦高高，形容憔悴，穿着透风的裤子。

但如果顺着胳膊往下看，在他瘦削的手臂前端，你能从他的手上看出这个男人的性格——这个男孩将来会变成一个怎样的男人。

这里说的不是手臂。他的手臂异常地长，上面是实实在在的劳作练就的鼓鼓的肌肉，但又细又瘦，以至于他的肘部好像洋葱一样鼓出来。但我这里说的只是他的那双手。

那双手十分了得。

它们好像是挂在两条精瘦胳膊顶端的两只棒球手套，大得一个正常男人的手可以在他的双手中消失。横跨手掌的老茧形成一条完整的山脊，整个手掌都像鲨鱼皮那样粗糙。油腻和污垢像文身一样永久地刻进他的皮肤，焦油和污渍将他指甲下的肉染上了色,那颜色永远去不掉。他可以把工装裤烧掉,改名换姓,再给自己买套西装打上领带,但是那双手会暴露他的身份。

它们非常结实,手指具有碾压性,异常强壮,就好像他手臂上的肌腱是用来操作弯曲钢管、碾碎石头和拖拉树桩的机器的钢丝绳。他可以抓住一个人的手腕,仅仅靠紧握,就能让对方疼得掉眼泪。

他讲故事时,会将一只大手压在听者的腿上,大约在膝盖的位置,有时会用力掐一下来强调故事里的某个重点。即使是成年男子,此时也会疼得皱起眉头、骂娘或吼叫。但他总能把他的故事讲完。

他打过好些次架,打架的时候,他把手指攥紧,拳头大得像一只烤母鸡,挨他一拳就好像被一块木柴打在脸上。

但那还只是些小打小闹。锤子在他的手中像是在跳舞,他干活的速度像机关枪那么快,是屋顶上大多数男人的两倍。他铺设瓦片,敲打到位。他的爸爸吉米·吉姆也有一双那样强壮灵活的双手。

收工以后,那双有着长长手指的大手能在班卓琴上弹出美妙的音符,这是从他亲戚那里学来的。当查理拜访他们时,会用一只大手托住婴儿的屁股,眼睛不眨地盯着小家伙的脸看,直到他咯咯笑、咧嘴笑或号啕起来。他对他们并不粗暴,他喜欢抱他们。

因为他的性格,几乎没有人会让他吃闭门羹。清醒的时候,他是一个很好的倾听者。喝醉的时候,他抢尽所有风头。他说着一口阿巴拉契亚丘陵地带的方言,一种非常特别的方言。这是一种由正式英语和山地方言混合而成的独特语言。简单的单词"他"（him）说得像两个分开的音节"特啊"（he-yum）。而"好吧，我得走了"（Well, I'd better go）这样的短语，用这种语言去说，听上去更像是"哈呜吧，俺走了"（Weeeelllll, Ah bet'go）。有些词的音节被砍掉了，有些词的音节则被拖得老长，直到出现哭腔，形成了一种和那里的地形相似的语言。将这种方言想象成一系列的山脉、悬崖、山谷和沉洞，只有在这里出生和长大的人才能知晓这里的幽径曲折。

　　查理说话的声音流畅而低沉。如果想说明一个重点，他就说一声"该死的"，用以强调，比如"那是一幢该死的大房子，伙计们，在这个该死的大热天去铺它的屋顶"。

　　他一般不在女士面前爆粗口，面对男士，他也在善意、正统的《圣经》式诅咒和他称为"不堪入耳的话"之间划清界限，后者就是那些十二岁小孩会在茅房的墙上乱涂的东西。

　　他也不在女士面前吐痰，哪怕不得不咽下去。他轻抬帽子和人打招呼，就像在牛仔电影里一样。

　　他很有幸具备南方人著名的、美好而有选择性的道德观。在小时候，他就认为偷东西的人是真正的人渣。他认为撒谎的人都是人渣。甚至在那时他就说："再说，会撒谎的男人也会去偷东西。"然而，他完全不认为灌下整整一品脱（约五百毫升）私酒，然后参与一场有时能将人打伤住院的斗殴有什么不对。要知道，一品脱私酒足以让两个男人烂醉如泥。

　　他认为有些法律没有必要遵守——比如有关许可证、各类杂费和其他与政府有关的麻烦事儿——但他不会去吃别人地里从树上落到地上的苹果。

他不识字，但不傻。他可以在脑海里做木匠铺屋顶或建房屋所需的各类运算——有些人就是有那种天赋，但即使人们总算开始因为他的才能尊重他，他永远都只是那个给他们干杂活的人。

如果那些人盛气凌人地跟他说话，他就辞工，而且再也不给他们干活。查理·巴昂德姆生活的南方有一种严格的等级制度，他得仰仗那些有钱的白人谋生。但即使在他小时候，他就认定自己不比其他人命贱。他喜欢说："我们和所有人都一样。"有些人生活得更好，这可能是显而易见的。他开着一辆破车，车上还放着一个大焦油桶。但是，哪怕有任何妒意，也不会从他嘴里溢出来。他并不讨厌富人，但也不奢求富人的生活，至少这是所有人记忆中的他。

他不像当时的和今后的许多穷人那样去谈论天堂，来证明他们在世上挣扎谋生的合理性。

他那个样子很有趣。

他为人随心随意，既不想成为天使，也不沉沦堕落。

如果哪次有人在河岸的篝火旁问他："你想要什么，查理？"他可以告诉他们答案。

他想有足够的活儿干，过上体面的生活。在星期六，他想喝一杯私酒，因为那银色的玩意儿会让他一激灵，那种感觉棒极了。

他想要一份火腿和小烤饼，想听一点儿音乐，再偷偷看上一眼从城里的街上走过的哪个漂亮姑娘。

他想要小孩，即使他自己还只是一个男孩。他和他们在一起心会被融化，有一种腾云驾雾般的欣喜。他可能无法用言语表达，但孩子们让他有神圣感，会将他奉为至尊。另外，他心里暗暗钟情着一个戴眼镜的小女孩，就是他在亚拉巴马这一侧加兹登篮球比赛中遇见的那个，那个长着蓝眼睛的黑发女孩身上有一种吸引人的地方。

他的亲戚克劳德·巴昂德姆认识年轻时的艾娃·汉密尔顿。他知道，即使在那时，她也是与众不同的——不是彻头彻尾的乖僻。

"和查理相遇可能没有改变这一点。"他这样说。

第五章

四眼姑娘

亚拉巴马州加兹登城外
1910—1920

上帝只造了一个她。

就身材而言,她并不高大,只是小小的,有点儿罗圈腿,头发一直垂过腰际,有一双惊人的银蓝色眼睛。但造物主一定还将另外某个人——也许是路德宗的人——剩余的个性给了她,因为他给了艾娃大约两倍于其他人的个性。虽然她在亚拉巴马州丘陵地带父亲的美丽农场里长大,但似乎她的愤怒比常人更加炽热,她的快乐也更加明朗。当悲伤攫住她时,她就像被铁丝网缠绕,她的号啕大哭能使人浑身颤抖。但是当她开心的时候,她会把周围每个人吸引到温暖和快乐的氛围中——即使你必须为此等待她的情绪来个急转弯,就像星期日驾车兜风时和别人的车迎头相撞一般,你也会心存感激。

在很小的时候,她的视力就变弱了,不得不戴一副金属框架的眼镜读书。人们开车经过她家时,会向门廊上那个手里拿着书或报纸的小女孩挥手,但她从不抬头。人们说,她喜欢学习,如果是在另一个时代或地方,艾娃可能会变成另外一个人,做任何别的事情。但是爱和运气让她走上了一条不同的路。

艾娃的妈妈玛丽·玛蒂尔达相信在乡村生活并不是让人愚蠢的借口,她希望她的孩子们读书。她给他们买了书,并让人从亚特兰大寄报纸过来,只晚一天左右的时间。

艾娃很喜欢那份报纸,一读再读。它带来了斐迪南大公的刺杀案[1]、凡尔登战役[2]以及阿戈讷森林战役[3]的消息。在那些版面中,齐柏林飞艇从天而降,在火焰中爆裂,而潘乔·比利亚[4]骑着快马入侵美国。看上去在亚拉巴马州的这个村里,一个戴着眼镜的小女孩只是坐在门廊上读着膝上的报纸,但是每当报纸到时,整个世界都在门廊上围着她旋转。

---

1 弗朗茨·斐迪南大公(1863—1914),奥匈帝国皇储。1914年与妻子苏菲视察萨拉热窝时被塞尔维亚民族主义者普林西普刺杀身亡。"萨拉热窝事件"成为第一次世界大战的导火线。
2 凡尔登是法国巴黎东部的城市,凡尔登战役从1916年2月21日延续到12月19日,是第一次世界大战中破坏性最大、时间最长的战役。
3 阿戈讷森林是法国东北部狭长的岩石山脉和野生林区。在第一次世界大战期间,协约国盟军与德军几次在森林中激烈交锋。阿戈讷森林战役是1918年盟军最终攻势的一部分。
4 潘乔·比利亚原名何塞·多罗提欧·阿朗戈·阿蓝布拉(1878—1923),"潘乔"是绰号,墨西哥1910—1917年革命时北方农民义军的领袖,1923年遭暗杀身亡。

她的父亲威廉·阿朗佐·汉密尔顿是一位久经磨炼的公理圣教会的信徒，并且相信唯一值得一读的书就是钦定版《圣经》。他在埃托瓦的治所加兹登市外建了一个自给自足的农场，就是你会在圣诞卡片上看到的那种经典农场。当玛丽·玛蒂尔达用音乐和诗歌为孩子们断奶时，他则用一成不变的勤奋和正宗的教义来喂养他们。

除了艾娃以外，威廉和玛丽的孩子还有乔治、比尔、弗雷德、格蕾丝、卢拉、普卢默和露丝，孩子们在礼拜日能坐满半条长凳。艾娃顺着读，倒着读，从中间读，学习她的《圣经》。她可以大致告诉你摩西在旷野漂泊了多久，约伯患毒疮的时间有多长，罗得的妻子遭遇了什么，以及保罗和西拉都做了哪些事工。

公理圣教会从字面上理解《圣经》。如果你从未见过圣教会的仪式，而且想象它跟任何其他新教信仰仪式一样，就千万别去。艾娃从小在这种信仰中长大。那些信徒会变得兴奋，大喊大叫，开始借舌传福音，倒在地上，哭泣、大笑，恍惚迷离，仿佛死过去了一般。在公理圣教会，上帝可不是蹑手蹑脚进来的，而是撞倒门、掀起屋顶，就像在生死瞬间突然来到人们当中。

"他们是喊叫派的，"我母亲玛格丽特告诉我，"格蕾丝总说他们是浸信会的，但他们不是浸信会，因为浸信会的人不会喊——至少不会喊得那么凶。"

汉密尔顿家族在丘陵地带有很深的渊源，并且受人尊敬——如果没有更好的词来形容的话。孩子们去上学，艾娃还是阿什维尔学校的啦啦队队员。她八十多岁的时候，还会突然起身，在床边摆个啦啦队坐姿，然后躺下继续睡觉。

世纪之交时，丘陵地带的这些学校没有足球队，但很多学校都有小型体育馆或沥青硬地球场。周五晚上，男孩们穿着闪亮的绸缎制服和黑色高帮网球鞋在那儿打篮球。那些球赛充斥着立定双手投篮和老奶奶式罚球，不过还是蛮有趣的。人们坐着马车或骑着骡子过来看比赛，穿着工装裤的男人闲聊棉花的价格和骡子的家谱，邦联之女联合会[1]的成员在那儿卖五美分一瓶的汽水。总有人在停车场上放一个水罐，称其为"停车场"，因为那是一个你必须将"交通工具"紧紧拴在柱子上，防止它们逃跑的地方。

艾娃的学校阿什维尔是附近的斯蒂尔站最难对付的对手，而对方球队的啦啦队队员会这样挑衅他们：

嚼烟草

嚼烟草

呸，呸，呸

阿什维尔，阿什维尔

以为他们就这样

而阿什维尔的啦啦队队员会跺着脚回应他们：

---

[1] 邦联之女联合会（Daughters of the Confederacy）成立于1894年，是一个成员全部是南方白人女性的社团组织，宗旨为捍卫邦联名誉与保存邦联记忆，成员多为参与内战的邦联士官后代或遗眷。

> 斯蒂尔站
> 饥饿无边
> 宇宙万物
> 最惨的地方

艾娃毫不费力就取得了不错的学习成绩，但她真正的天赋在于音乐。过路的人们提到他们每次驾着骡车经过汉密尔顿农场时，就像有人把上帝的音乐盒打开了一样：

> 我听过一个古老的故事
> 救世主怎样
> 从荣耀而来
> 他如何献出自己的生命
> 在骷髅地
> 为了拯救我这样的罪人

> （赞美诗《靠主耶稣得胜》前半段）

那音乐无处不在，在谷仓里，在种着西红柿和秋葵的田野里，在高高的庄稼旁，给鸡唱着小夜曲，给猪带去慰藉。它几乎像是长在土地中，但它只存在于天真的孩子当中。

艾娃和她的兄弟姐妹们唱歌和演奏音乐，那对他们来说是那么简单自在，就像其他人长得个子高大、身材肥胖或有一头红头发那么自然。他们中没有一个人是五音不全或笨手笨脚的。有人告诉我，艾娃曾用天使般的声音对着田间的一排排玉米和动物们唱赞美诗：

> 靠主得胜
> 我永远的救主
> 他寻找我
> 用他的宝血赎回我

（赞美诗《靠主耶稣得胜》后半段）

悦耳的男高音和浑厚的男中音从门廊飘来，弹吉他的人在树下交流弹奏技巧，他们弹拨出福音音乐和蓝草音乐的句子，甚至当他们的爸爸看不到时，威廉·阿朗佐的儿子们溜到加兹登的火车站，偷学了一个年轻白人的一段蓝调。他们冒着严厉鞭打和永世诅咒的风险，去听那些衣衫褴褛的喝威士忌的醉汉用破烂的"吉普森"吉他弹奏，直到警察把他们从路边赶走。

女孩们在晾衣绳边、在一排排南瓜中，手中拿着锄头，高声唱着甜美的歌。那歌声就像在她们身体里，自然而然地流淌出来。艾娃最喜爱的是《靠主耶稣得胜》，但她也特别喜欢《伯明翰监狱》《珍贵的回忆》《旧97号列车事故》[1]，尤其是《沃巴什炮弹式快车》：

---

[1] 旧97号是美国南方铁路上的一列邮件列车，1903年9月27日在从弗吉尼亚州向南行驶时为了赶上时刻表超速，导致在丹维尔附近的高架桥上脱轨，事故造成十一人遇难，之后与事故同名的铁路歌谣广为流传。

> 哦，听那叮当声、
> 隆隆声和轰鸣声
> 当她在林地滑翔
> 越过山丘和岸边
> 听着那引擎的强大转动
> 听着流浪汉们寂寞叫喊
> 你正穿越丛林
> 坐在沃巴什炮弹式快车上

艾娃·汉密尔顿的母亲家姓普莱斯利，实际上他们是"猫王"艾尔维斯·普莱斯利的远亲，尽管我们从来没有试图向他索要过一分钱。普莱斯利整个家族都是音乐人、歌手和弹奏者，这就是她音乐天赋的来源。玛丽·玛蒂尔达用钢琴和管风琴演奏赞美诗，并教她的孩子如何识谱，如何演奏各种乐器。

但是艾娃不需要识谱。她可以在"维克多"留声机或"飞歌"收音机中听到一首歌后，就坐到钢琴旁边，或者抄起一把班卓琴或吉他直接弹奏出来。这让陌生人大为惊讶。她用耳朵一听，就知道哪个琴键或哪根琴弦与她听到的声音相匹配。

她唯一做不好的就是拉小提琴，或者说小提琴快奏。她尝试过，结果发出的声音完全不能称为音乐。她会发火，放下琴，然后猛敲钢琴键盘撒气。在她童年的大部分时间里，她的衣裙褶子里都藏着一只口琴——七十年后，仍然如此——而且她会像拔枪一样把它掏出来演奏：

往克里普尔克里克去

跑起来

往克里普尔克里克去

找点乐子

这种环境与查理·巴昂德姆从小长大的环境截然不同，即使大家都生活在同一片森林旁，走的是同样的土路。但他的环境里充斥着酿私酒的蒸馏器和能挖出眼珠的斗殴，还有河岸边的篝火旁，男人们手里传递着清澈的威士忌，像斗士一样诅天咒地。而在她生活的环境里，一位女士在男女都在的场合脱掉女帽都会被人嚼舌根。

据信，查理和艾娃是在一场篮球比赛中第一次遇见对方。但是直到几个月后，在加兹登的一次盒装午餐拍卖会上，他们才正式会面。

在这种社交活动中，到了交往年龄的女孩会制作午餐便当，而到了交往年龄的男孩，有时甚至包括丧偶的老男人，会对食物出价竞标——当然了，他们真正竞拍的是年轻女性陪伴午餐时的快乐。

这里有必要交代一下，艾娃的午餐有一点欺骗的成分。这个年轻女孩厨艺不高，这一整顿饭实际上是她的姐妹们做的。因为她们认为，如果艾娃把哪个男人毒死了，就永远结不了婚。于是，她们炸了一些鸡肉，煮了一些鸡蛋，放入一角又松又香的蛋糕，让艾娃穿上一条漂亮的棉裙，上面点缀着红色花朵，再戴上一顶与裙子配套的女帽。然后她们把盒子塞在艾娃的胳膊下，将她送上舞台。就是在那里，命运和查理找到了她。

后来,当小提琴快奏开始时,有人在草地上铺上了木板。他俩随着音乐在上面跳起踢踏舞,但跳着跳着就有点出界了,把草地给踩坏了。

那个小提琴快奏手是一个老头,熟知爱尔兰、苏格兰和威尔士的歌曲,偶尔也会演奏一些由家乡人创作的歌。那是一些有关丘陵地带的铁路和柳树下的年轻爱情的歌曲,有时就像艾娃说的,只是些不知所云的调子:

我家养了一头猪
我拿玉米给它喂食
我只需要一个漂亮的小女孩
在我离开时喂它

这调子正适合汉密尔顿小姐和巴昂德姆先生踩脚起舞,他们的目光紧锁着对方,直到乐队停止演奏。

他的胜算很小。她的爸爸不怎么看好他。按照老汉密尔顿的推测,他的名声,无论是喝酒、调情还是打架,就算是在浸信会教徒的眼里也不入流。于是,艾娃的家人拒绝了查理·巴昂德姆,将他送走,以为他会就此消失。

他确实消失了。

只不过他们是一起消失的。

他们俩谎报了年龄,找了一位名叫琼斯的传教士在他自己的家里为他们证了婚。那年她十六岁,他十七岁。艾娃就这样离开了将她养育大的老派正统的教会生活,追随一个男孩,一个甚至不会读、不会写的男孩,陷入不确定的境地。

他就那么走了,将她从家中偷走了,因为他觉得他命中注定理应得到一个独特而珍贵的伴侣,而她愿意和他一起出走,因为她也有同感。

第六章

荒野故事

乌斯塔诺拉河、库萨河和埃托瓦河河畔
1920年代

  杰夫·贝克被刺伤的那晚，男人们一直在喝酒。杰夫的血从覆盖在伤口上的红糖下涌了出来——纽特·莫里森和休·桑德斯先生用一把红糖封在杰夫的伤口上，他的热血立刻将红糖融化变成糖蜜。杰夫一边呻吟一边颤抖，男人们赞美上帝让杰夫体内有这么多好酒，因为那确实能减轻他的痛苦，并为他的灵魂上天堂做好准备。

  这是在他们结婚后不久的一个夏夜，在距离纽特·莫里森农场不远的河边。纽特、休、查理、杰夫和其他一些男人顺着河边走到一个蒸馏器旁，尝了一下刚酿的酒。来此做客的女人们——艾娃、纽特的女儿西丝和其他一些女人——则坐在长长的门廊上聊天。

后来这些男人喝得酩酊大醉。杰夫，一个二十多岁的大个子男人，看上去没有什么谋生的手艺，他深夜闯进了某个娱乐场所，与一个跟他的腿差不多高的男人打过一架。杰夫将浑身是血的对手打倒在地，但那个小个子是个顽主，仍在不断进攻。

最后，这个小个子摇摇晃晃地站了起来，所有在场的男人都希望这是最后一次。杰夫是个心地不坏的人，向他挥了挥拳头示意他别过来，然后转过身去。

小个子在自己的衣服里找到了一把小折叠刀，扑到杰夫的背后，一条胳膊像蛇一样狠狠地缠住他的喉咙。接着他就捅了起来，使劲把刀往里送，将刀插入杰夫的侧身和胸部。刀子像风车一样飞快地飞舞，甩出一滴滴血。

杰夫尖叫着，踉跄着。其他男人——如果不是醉得那么厉害，应该会更快地反应过来——将那个矮小男人从他身上拉下来并把他摔到一边，杰夫脸冲下重重地瘫倒在地。

"他死了。"纽特说了声。那小个子跌跌撞撞穿过杂草逃走了。

但杰夫的伤口仍然在汩汩冒血。男人们抓住他一条胳膊或腿，踉踉跄跄——因为杰夫的重量和救援者自己摇晃不稳的状态——将他一路送回纽特家里。纽特大喊着要红糖。大家都知道，如果用足够的红糖盖住伤口，就能够凝住血液，防止受伤的人流血到死。

但是每当他们把红糖捏成块敷上去，伤口冒出的血就迅速将红糖冲走。等纽特和休的双手直到肘部全都鲜血淋漓时，大部分人都开始祷告。桑德斯先生搜肠刮肚地想要念诵一段可以救人的经文。一个人喝醉了并不意味着他不能与主说话。

"有人知道那段该死的《圣经》经文吗?"他喊道,"这个狗娘养的快要失血死了!"

"哪段啊?"有几个人问道。

"《以西结书》。"他喊道。

艾娃非常讨厌任何她没有直接参与的暴力事件,正浑身战栗地站在那儿。但这会儿,她机智地向前迈出了一步,仿佛得到了来自天上的召唤,跪在杰夫身边。

"我从你旁边经过,见你滚在血中,"她念诵《圣经》,"就对你说,你虽在血中,仍可存活;你虽在血中,仍可存活。"

"那个是……"桑德斯先生说,用近乎敬畏的表情看着艾娃。

"第16章。"艾娃说。

桑德斯先生说好像是对的。

"第6节。"艾娃说。

如果杰夫就在那一刻停止出血,分秒不差,那将是一个宏大叙事,但事实并非如此。但不管怎样,无论是因为上帝的意志还是红糖的凝血特性,他的伤口很快就不再涌血,变成了缓缓地渗出。当然,此时杰夫已经失血到浑身苍白。

他们认为没有必要带他去看医生,而且等他清醒过来时,他也告诉他们,"不要,我想我就躺在这里等死算了"。

他每天给西丝和纽特的其他孩子五分钱,让他们将他身上的苍蝇赶跑。他等死等了很长很长时间。过了几天,纽特告诉杰夫,如果他死不了,自己想让他的门廊恢复原状。于是,杰夫爬起来,走了回去。

这就是查理带给艾娃的那种生活,人们仍然生活在树木笼罩的地方,在那里,当地的乡警同时又是一位教会执事,因为进出那个偏远地区的道路都泥泞不堪,而他的旧福特T型车不好开,轮子总陷到泥浆里,一直没到轮轴,所以他只好根据季节的轮回进行执法。在这里,人们认为,有时候某人就是该杀,如果大家意见基本一致,被杀的那个人就会被悄悄地埋掉,没有人觉得有必要报警。

在这个地方,艾娃需要用到她所知道的每一节《圣经》。

她不是个城里的女孩,从小手里拿着一把锄头,拍打着汗蜂。当她的爸爸用点22口径步枪打猎,或带着一把锋利的屠刀走进猪圈时,她站在篱笆上眼都不眨地盯着看。但是,查理带她进入的并不是她熟知的那种安全和完善的乡村生活。

查理带她来到佐治亚州的一个高地上,在被三条河流分割的罗马镇定居下来。城市的正中间,埃托瓦河和乌斯塔诺拉河汇聚并归入库萨河。在查理的整个一生中,库萨河都流淌在他的心上。

罗马镇熙熙攘攘,棉纺织厂、水泥厂和炼铁厂橙色的火焰点缀着夜空。在第五大道上有一座巨大的吊桥,可以让驳船穿过。无数运送铁矿石的火车喷出浓烟,震动大地。孩子们将一美分硬币放在轨道上,火车通过时的重量能将它们碾成像笔记本的纸一样薄。

大多数道路都是土路和砖块路,但这个地方有一座钟楼,高得会在阴天时消失在云中。那里还有一座崭新的联邦法院大楼,里面全是税务员。

查理不太喜欢城里的生活，但是工业意味着工人，工人意味着住房，而一个能把锤子挥得得心应手的工人是可以在这里谋生的。就像许多在林子里长大的男人一样，当工头将他辞退时，他就给骡子套上鞍，一路骑进树林，一直走到铸造厂的火焰从视线中消失，地面也不再被机器震动的地方。

那条河就在那里流淌。库萨河的水带着泥泞的绿色，在巨石间穿行时，水流湍急而清澈，与将红土冲刷下来的雨水汇流后，变成了棕色。汛期河水高涨，一直漫过岸边低垂的树枝。河水侵蚀着河岸，形成了深深的洞穴，上面悬着树木扭曲、暴露的根部，那些岸边的树紧紧抓住正在消失的土地。

河里住着好些怪物。粗壮的噬鱼蛇盘绕在较低的树枝上，有男人的手臂那样粗。像汽车轮胎一般大的鳄龟潜伏在深深的、黑暗的洞穴里，强劲的下颚能把扫帚柄咬成两段。河面下一点是野生的鲇鱼，长达一米二，悬在半透明的水中，触须像蛇一样紧贴着下颚，在缓慢的水流中上下沉浮。

查理所有的空闲时间都在河上度过。他的船不是从商店买的现成货。他将两辆破车的引擎盖焊接在一起，做成一条可划动的船，在缓慢的水流中用一根长篙撑船。艾娃拒绝上船，他在船上笑话她，直到她在河岸上生气跺脚。

他们住的房子比一间棚屋好不了多少，但艾娃的妈妈给了她一盏不错的煤油灯，这样他们就有了灯光。这可能并不是她期待的生活，但即使她不断挑剔和唠叨——挑剔和唠叨当然是她的特权——她最后还是留了下来。

这里的人们几乎和这个地方一样野蛮,仅凭他们平时说的话,就足以让一个普通的敬畏上帝的人大惊失色。这并不是因为他们不相信《圣经》,而是他们还相信其他事情。

这里的人生病时,会去叫巫师——那些拥有神力的女性,而从来没人质疑过她们是否聪明,据说一位名叫卢拉的治疗师将癌症从一个名叫詹姆斯·库奇的人身上除去了。但是,因为卢拉被叫来得太晚,她没能抢救那个像松树桩一样强壮的约翰逊。

没有人需要担忧未来,那些老妇人知道怎么算命。她们会把咖啡杯里的渣滓倒在一个小碟子里,用手指把它们拨弄开,然后用这种方式预言你的未来。

那些预言可能是和生或死一样重要的内容,或者她们也可能只是看着你,说你将会收到一封信。她们会看手相、用草药缓解孕吐或者治疗婴儿哮喘。

那里的人们都知道,如果你不小心掉了一把叉子,就会有人来拜访你,如果一块食物掉在地上,那就意味着你偷偷地抱怨别人分享了你的饭菜。

如果一只鳄龟咬了你,即使你砍掉它的头,它也不会松口,除非天上打雷。夜鸟不是好兆头,如果哪天晚上猫头鹰叫,那天晚上出生的婴儿就会面临危险。

世上的任何病痛——从蜜蜂蜇伤到子弹伤口——都能用涂抹一点湿鼻烟来缓解。

艾娃听了这一切,将这些说法与她家庭教养中的圣教会教义混合在一起,然后存放到一边。对这个喜欢学习的女孩来说,这些都是全新的知识。

像河一定要从这个地方流过一样,威士忌也在这里流淌、泛滥,好像在任何一个拐角,都会升起一缕细长的黑烟,那是酿私酒的蒸馏器的标志。艾娃的男人,说真的还是个男孩,每个周五都给家里带回钱来,他只喝自制的烧酒,到了周末,他们就去纽特家,打开"维克多"留声机,在门廊上跳舞。

在周日,她做些需要弯腰的工作,采摘棉花或玉米、照料自己的菜园,等待这个大男孩回家。

晚饭过后,夜深了,她会为他读报纸。他坐在她身边,如果他想学的话,她会教他阅读,但他们从来没做成这件事。他会签自己的名字,会算数——因为一个工人不会算钱的话,管工的人就会欺骗他——但对他而言,读书这事是一个应该保守的秘密。再说没有人想要雇一个会背诗的锤子工。

于是,他们就那样过起日子。他与同时代、同地方的许多男人不同。如果他俩在同一个地方,他们就会坐在一起或站在一起。如果她晾衣服,他就站在那条晾衣绳边。并且,说来令人难以置信的是,作为一个男人,他会帮她做饭。她做小烤饼,他煎肉并制作肉汁——如果他刚干完一份活儿,领了工资,就会煎牛排、猪排或厚厚的烟熏培根犒劳自己。那时候有很多活儿干,所以他们吃得很好,真的好。没有哪天只吃一个鸡蛋,都是两三个鸡蛋。他们生活得虽然简单,却也丰富,如果丰富意味着一杯浓香的咖啡的话。

他们没有车,但有一头骡子。那骡子憎恨大多数的人,原因只有骡子自己知道。如果它愿意的话,会去拉犁,但它常常不想沿着直线犁。当有人给它套上轭具时，它会一开始先犁出一排笔直的直线，然后用最快的速度向右或向左转，哼着鼻子，蹦跳着，拖着骂骂咧咧的耕田人穿过那块地。它有时也会躺下来拒绝起身，即使查理给它下命令，它也照旧我行我素——但比起大多数人，它对查理似乎总是少一丁点儿厌恶。

最后，查理悟出一个窍门，如果他走进房子时带上霰弹枪，并在骡子的耳朵上方高高地放上一枪——有点像海军舰船刻意向敌船发射警告弹——骡子此时才会愤怒地从鼻子喷气，朝天空嘶吼，站起身来。

如果他和艾娃必须走一段长路，到镇上去或去看望家人，他就给骡子套上鞍，她则小心翼翼地爬上骡背，坐在丈夫身后，双臂环抱住他的腰，然后上路。如果那个骡子弓起背跳起来，他会在它耳朵之间狠狠打一下。这听上去有点无情，但任何一个不得不与骡子争执过的人都不会这么想。艾娃会对着他的背咕哝，为什么看在上帝的分儿上他们没有一驾属于自己的马车。

除了称她为"四眼姑娘"之外，他对她都很好，喝酒时也从不刻薄她。事实上，她从未见过他喝酒，只是料理他喝酒之后发生的事情。

每过几个月他会有一次不回家吃晚饭。对于一个还没到十八岁的妻子来说，这是一种折磨。但到了深夜，听见院子里响起缓慢而沉闷的蹄声，她会带着她的煤油灯走到门廊上，看着查理的骡子踏进院子。

查理会喝得像库特·布朗[1]一样酩酊大醉,唱着牛仔曲。如果他的帽子还没有丢,他就挥挥帽子,并试图让骡子用后腿直立起来,让他看上去像电影里的汤姆·米克斯[2]或"快鞭拉吕"[3]。

骡子后面还真的直立了起来,只是它扬起的是后腿,猛地低下头,查理便头朝下摔到了地上,因为他已经醉到没法改变摔下来的轨迹。这骡子着实是一个惹人厌恶的东西,所以他们没有给它起名字。

值得庆幸的是,这骡子不会上前将他踩死,而是小心翼翼地踏步绕过查理,然后一路小跑回到草地上——一只好骡子是会这么做的。而艾娃——取决于她对他多么恼火——会把她的灯放在门廊上,然后走下去,半抬半拽地将他拖到床上。

或者她不这么做。他就会躺在地上咕哝,总有一天,主啊,肯定会给他一匹温顺的好马,让他能轻轻松松地下来。过了一会儿,他会发现自己仍是独自一人,地面很硬,夜晚很冷,然后还得去寻找门把手——该死的——这门把手似乎不在原来的地方。多年来,他一定浪费了很多时间摸索着去

---

1 库特·布朗(Cooter Brown)在美国南方用来比喻酗酒的人。据说此人生活在美国内战期间北方和南方的分界线上,这使他在两边都有征兵资格。他在南、北方都有家人,所以他不想在战争中战斗,于是决定在战争期间保持醉醺醺的样子,这样他就会被视为废物而不会被征兵。从那以后,口语中有许多形容醉酒的短语,如"像库特·布朗一样醉"或"比库特·布朗还要醉"。

2 汤姆·米克斯原名 Thomas Edwin Mix(1880—1940),是一位美国电影演员,1909 年至 1935 年活跃在许多早期西部电影里,是好莱坞第一位西部片明星。

3 原名 Alfred LaRue(1917—1996),是 1940 年代和 1950 年代受欢迎的西部动作电影明星。他使用牛鞭有着高超的技巧,饰演的第一个角色就是用五米五长的牛鞭来击倒恶人,因此获得"快鞭拉吕"(Lash LaRue)的称号。

第六章 荒野故事

找那个圆把手。

从一开始,她说话就很尖刻。而他一直很喜欢她那样。

她可能比那个年代的大多数女性更勇于发表自己的观点,而且对于艾娃来说,她的字典里从来没有妥协这个词。虽然她一辈子都在抱怨自己被扔进一片该死的荒野,但她在这个男人身上找到了一些从未在别的男人身上看到过的东西,尤其是那些她出生以后认识的公理圣教会的人。

他会跟她聊天。

他不抱怨庄稼和《圣经》经文,他会好好说话。

如果他挖了一口井,他不会说:"嗯,今天我挖了一口井。"

那可能只是地上的一个洞而已,但他会将它描述成一条通往冒险旅程的隧道。

"你应该去那里看看,艾娃。"当他们坐在小桌旁时,他告诉她,他们的脑袋在灯光下靠得很近。

"为什么我要去一个该死的洞底部?"艾娃说。她在那个地方和那段时间里诅咒的次数,比大多数从公理圣教会出来的人频繁得多。

"因为那儿有一个中国人。"他说。

"啥?"她说。

"中国人。"他说。

"一个中国人帮你挖了那口井?"

"不是。我挖到半路碰上了一个,他从另一头挖过来。"

她只是望着他,眼睛在金属框眼镜后闪闪发光。

"那可是一口很深很深的井。"他说。尽管不愿那么做,她先嘲笑了他,然后和他一起大笑,最后告诉他,他绝对是个可怜虫。"所有你学的东西，"她对他说，"都是些蠢话。"

但那比起谈论棉花的长势强多了。

他跟她开起玩笑，挑起她天性中的乖戾，而当她让他承受那种乖戾时，他会假装自己很伤心。

当她在他的屋子里将他骂得狗血淋头时，他会一边哀叹"艾娃，艾娃，艾娃"，一边假装悲痛地摇起头。然后他就再也装不下去了，憋笑憋出的眼泪从他脸上流了下来。

让她感到困扰的是，他的厨艺几乎能比得上她，而论到南方人桌上的标志食物——肉汁，她就完全做不过他。做肉汁并不困难，但要做上好的肉汁很难。

每当他们做牛排时，他会将面粉搅拌进热油脂，直到面糊呈现完美的棕褐色，再加一丁点的咸味——与猪肉汁不同，牛肉汁不够咸的话，好味道出不来，然后撒进大把大把的黑胡椒。他会将水或牛奶搅入油面糊中，直到它变成像浓奶油那样稠，然后他们就坐下来享用小烤饼、牛排和肉汁，如果是夏天，还有切成片的红番茄或甜瓜。

而且他会吃得津津有味，让她不禁微笑起来。

"我喜欢这牛排。"他会说，如果牛排是她煎的，她的眼睛顿时会放光。

"但是上帝啊，"他会接着说，"这肉汁简直是太棒了。"她会再骂他几句。

"艾娃，艾娃，艾娃。"

她还在继续学习。她得知铁煎锅从来不需要重重地擦洗，而是要用一点培根油和一块抹布给它上点味道，然后再将它挂在钩子上，以备第二天早晨使用。

第六章 荒野故事

她知道，如果收入少了，炸得脆脆的鸡胗就像牛排一样美味，只要小烤饼够好就行。

有一天，他们坐在桌旁，他注意到她有些异样，特别是她脸上，像是有片无形的阴影。

他问她："你有什么心事，四眼姑娘？"她将他的手放到她的肚子上。在那一瞬间，就在那个小小的瞬间，那个曾经和她一起开怀大笑的男孩变了样，变得更好了。而且在某种程度上，她也是。

"妈妈，妈妈，妈妈。"他念叨着。

从此之后，他再也不会叫她别的。

第七章

死狗和轧钢

罗马镇外和加兹登炼钢厂
1925—1929

那个产婆名叫艾瑟姆奶奶,看上去有一百岁了,而且很可能就是那么老。她的体形大概和九岁的孩子差不多,是一个粗糙、瘦削、脾气暴躁的小个子妇人。如果你抚平她所有的皱纹,她可能会就此消失。但对于佐治亚州弗洛伊德的人来说——他们要么因为太穷,要么因为住得太远,要么只是因为太顽固而不想叫镇上的医生——她是一个天使,无数的婴儿是经她的手来到世上的。

艾瑟姆奶奶从不把婴儿诞生看成什么奇迹,也许因为对她来说,那是件稀松平常的事儿,而且当她在那些小屋和河边的棚屋里干着类似医生的工作时,并不需要忍受各种干扰、忍受紧张的爸爸或是哀号的产妇。

"外面待着去!"这是她在那些男人的家门口跟他们打招呼的方式。

她对孩子们一句话都不用说,他们一看到她,跑得像见了鬼一样快。

她第一次来见艾娃是在1925年3月2日。

艾娃怀着她的第一个孩子,肚子大得像个谷仓。她告诉查理她差不多该生了——要么就是亲爱的主要带她回天国,不然还有什么能让她痛得那么厉害。查理给骡子套上鞍,快骡加鞭,将它骑得半死去找那位老产婆,而艾娃则在佐治亚州西北部的柯里维尔附近树林深处一间狭小的木板房里等候着。她那时十七岁。

他们回来时,还有足够长的时间。艾娃没有安静地做过一件事,所以几乎可以肯定地推测,当那个奇迹发生时,她在尖叫、大喊和咒骂。等一切结束后,产婆递给她一个儿子。

他们将他取名为詹姆士,那是查理爸爸的名字。在南方,你不需要特别深爱一个人,才会用他的名字给一个孩子取名。用祖父的名字来为第一个男孩命名,这只是件自然的事情。

艾瑟姆奶奶待的时间不长。她认为之后无论出什么事,都不是她的过错。

我们不知道给詹姆士接生的费用。像其他专业人士一样,她会拿走那家男人可以用来交换的任何东西——玉米、一床拼被、几个洋葱,或者只是一块玉米面包和一些苹果酱——然后爬上马车。我想,一个带翅膀的天使应该不需要骡子驮回家,但是一个脾气暴躁的天使则可能需要。

这个婴儿身材颀长——这个家族里的男孩子身材都很颀

长——即使是他来到这世上的第一天,他那对耳朵看起来就很漂亮。他的头发是浅棕色的,跟他爸爸一样。事实上,随着一年悄悄流逝,随着他像所有婴儿那样自然生长,当他看上去越来越不像一只粉红色的猴子,而更像人时,他的相貌也越来越像他的爸爸。随着时间的流逝,很不可思议,他俩竟然如此相似,无论是那张脸,还是那双巨大的手,还有所有的一切。

查理本人当时还只是个男孩,但如果说他在这个世界上还擅长一件事的话,那就是当一个爸爸。那时,他十八岁,知道男人需要知道的那件事:绝不能让孩子出事。

不得已时可以杀人,只是永远不能让孩子出事,因为他又弱又小,而且是属于你的孩子。二十年后的某一天,在詹姆士结婚并有了一个自己的孩子之后,他会抓住詹姆士的手臂,对他一字不差地说出这些话。我们就是通过这些话知道他做人遵行的准则的。

仅仅一年多后,在1926年的6月19日,他再次派人去找艾瑟姆奶奶。这回这个男婴名字叫威廉,也是个亲戚的名字。这个孩子也很健康,像他爸爸一样个头高大,有一对大耳朵。这两个儿子年龄差距这么小是件好事,因为几乎可以肯定,如果其中任何一个在身材上具有绝对优势,估计会把另一个给杀了。这两个男孩开始蹒跚学步,刚刚能握好拳头时,就打作一团——扯头发、挖眼睛、咬对方,造成流血、红肿的伤痕和青紫的瘀伤。查理、艾娃和其他亲属用完了山核桃树上所有低矮的树枝,试图找到足够的枝条来管教他们,但都徒劳无功。这两个男孩认为,在得到用石块砸对方或是互相推进泥坑或牛粪堆儿的乐趣后，挨一顿揍是相当公平的代价。

虽然兄弟和表兄弟之间将对方痛打一顿是可以接受的，但要是外人在生气时动他们一根手指，或出于玩乐伤害他们，绝对不会不面对查理可怕的暴怒。

威廉第一次见识到那种暴怒的时候，还没有他一半高。几乎七十年后，他还为此感到自豪。

从查理的童年时代开始，丘陵地带的生活并没有变得柔和一些。汽车和卡车已经在沿着带车辙的道路爬行，但男人们仍然骑着骡子穿过罗马镇的街道。他们仍然操着手枪和弹簧刀，甚至带柄斧头进行决斗，仍然互相殴打得鲜血淋漓。

星期六的斗鸡活动能吸引百十来号人，而那些因为辛苦劳作和酗酒改变了良好天性的男人，从斗鸡互相切割、互相穿刺的生死搏斗中发现了一些令他们开心的东西。那些斗鸡的人将雄鸡像骨头一样坚硬的天生利爪锯掉，再将俗称"挂钩"的锋利钢爪绑在鸡脚上，然后将它们扔进一个坑里，胜者为王。落败的则在第二天和小烤饼、白灼肉汁一起被送上人们的餐桌。

但是真正让人热血迸发的是斗狗坑。那些本该长着人心的地方都变得麻木粗硬的残酷老人抱来小狗，并教它们跟小猫练习斗技。当狗长大时，这些斗狗的人会修剪它们耳朵的后部并割断它们的尾巴，让另一只狗没法牢牢抓住它。他们用迟缓愚钝的斗牛犬和身形更瘦、行动更迅速的品种杂交，培育出了犬中杀手。

在离柯里维尔的巴昂德姆家不远的地方，住着一个名叫邓普西的人，有一条这样的狗。他将它养在谷仓里，此犬极其凶狠，必须用一条沉重的伐木链拴住。

艾娃和儿子们有一天去他家玩，威廉闲逛着到了谷仓。大狗一见那个男孩，就低声咆哮起来，扯着它的链子。老邓普西见状，琢磨着可以借此机会消遣一下。

邓普西伸手拿起一根地上的玉米秆，递给了威廉。然后他把狗的链子从谷仓壁的钩子上取下来，像拿着拴狗带一样握住它。

"把玉米秆向后拽，小子，"他说，"假装你要打它一样。"

小小的威廉就按照他说的去做了。

他拿着那根玉米秆，在那只咆哮着要咬人的狗面前来回挑逗着，假装要去打它。

然后邓普西放开了链子。

狗蹿到威廉身上，张口就咬，牙齿深深地陷进了男孩侧面的身体。看到血液喷涌而出，老邓普西发觉他的玩笑开过了头，才将他的狗拖走了。

但那是威廉的身上血迹斑斑之后的事儿了。他尖叫着向妈妈跑去，如果她当时能找到一把枪，哪怕是一根趁手的棍子，都能把邓普西给杀了。但她只是带着哭泣的儿子回家，等着丈夫收工回家。

他干完活儿回来，浑身都是汗水和锯末，脏兮兮的，听着艾娃边哭边告诉他早先发生的事儿。

查理愤怒的样子与大多数男人相反。大多数男人发怒，都会高声大嗓，他却安静得很，把声音放得很低。你要是不屈身靠近他，就没法听见他在说什么。

他现在安静得像死去一样。

威廉躺在床上，半边身子敷着药膏，被干净的布条紧紧裹住——他们连脑瘤都会用药膏治。

"儿子，"查理温柔地说，"它狠狠咬了你一顿，是吗？"

"是的，先生，我相信它是的。"威廉说。

"你能动吗？"他的爸爸问，"你可以走路吗？"

"是的，先生，我相信我可以。"

"那我们就走吧。"

查理伸手拿起霰弹枪，把它挎在肩上。艾娃站在门口，这一次没有吱声，静静地看着他们走了。

他们坐进查理买的一辆旧的半截改装卡车，向邓普西家开去。他们手拉手走到松木门廊上，查理用枪管笃笃地敲打前门。

老邓普西把门开开一条缝，向外张望。

"你拿那把枪来这里想干什么，巴昂德姆？"他说。

"我来找那条狗。"查理轻声地说。

"你不能见它。"邓普西说。

"我来找那条狗。"查理又说了一遍，这次几乎像是耳语，"要么我就找你。"

邓普西看了看查理的脸。

"狗在谷仓里。"他说。

查理带着威廉走到谷仓，告诉他在外面等。他走了进去，立刻传来一声枪响。然后查理走了出来，面无表情。

查理终其一生都知道，他当时就应该给那个男人一枪。真的，在1920年代的弗洛伊德，他们通常不会为了射杀一条狗，将一个白人关进监狱。但是如果他愚蠢到杀人，他们会把他牢牢捆住，送他上电椅，那么谁来养活他的家人呢？

他低头看了看自己的儿子。

"我们回家吧，小家伙。"他说。

那是一个充满希望的年代。第一次世界大战已经结束，返乡的退伍军人坐在法院的长椅上，有人拖着一条空裤腿，讲述阿戈讷森林中肉搏的故事、芥子毒气充满战壕和尸体在无人区铁丝网上发臭那样令人窒息的地狱景象。但那会儿是和平时期，在亚拉巴马州的加兹登和安尼斯顿一带的炼钢厂和烟斗店，以及佐治亚州一侧的纺织厂，都有不错的工作。

查理系着一条木匠的围裙，为回乡的士兵们建造住房，然后在库萨河边的工业城镇加兹登的钢铁厂找到了一份好工作，赚大钱。他的姐夫托布·莫里森帮助他走上正轨。

他负责轧钢，在能把他手臂上的毛发烧掉的酷热下工作，敲打出的火花烧焦了他的头发和眉毛，刺痛了他的肺。他把煤炭铲进炼焦炉，那里的高温能熔化鞋子，让人晕倒。他将新鲜出炉的钢材装上货车，那钢材新得连一点铁锈都没有。到了发薪日，当浑身煤灰的男人们排队领工资时——那里的职员管他们叫"烟熏脖子"——他们会大笑个不停。

加兹登就像南方的许多工业城市一样，一眨眼的工夫就从地里冒了出来。一些前一周还赶着骡子的工人盖起了带有真正门廊的小木板房，有时公司甚至为厂里的工人盖房子。那是一个不同的年代，公司会做这样的事情。如果一个男人不怕工作，他就可以拥有他梦寐以求的一切。

第七章　死狗和轧钢

查理买了一辆新车,一辆1928年的惠比特[1],在加兹登附近的阿塔拉租了一间房子。那房子离乡村很近,很适合他——他总是念叨在城里休息不好。

他和艾娃从西尔斯和罗巴克百货公司[2]买了一些漂亮衣服,拍了一些照片,艾娃开始购买小手包——她很喜欢小手包。

他们在阿塔拉第一大道和森林大道街角处的房子里过得滋润舒适。那段时间里,艾娃给查理生了一个女儿。这一次,是一个诊所墙上挂着铭牌、脖子上系着领带、货真价实的医生给这个女婴接生。

埃塔娜出生于1929年9月3日,像查理的儿子们一样让他自豪,把他逗得开心极了。在她还小的时候,他就把她扛在肩膀上,带着她去钓鱼。她有一头棕色的头发,即使还在蹒跚学步时,就显得异常勇敢,对鱼饵、鲇鱼或其他黏糊糊的东西一点也不觉得恶心。她很强悍,这是件好事。否则她的兄弟们可能会杀了她,可能是误杀,但也不一定。

"他会带我去一些地方,但不带上詹姆士和威廉。"埃塔娜说。她为他们单独相处的时间感到骄傲。

埃塔娜是一个模范的大姐姐,比实际年纪更加成熟,而且是艾娃得力的左膀右臂。她摘豆角、做缝纫、帮忙照看弟

---

[1] 惠比特(Whippet)是由美国 Willys-Overland 汽车公司生产的一款轿车,1926年问世时是美国当时最小的小型车。
[2] 西尔斯和罗巴克百货公司(Sears and Roebuck)是一家创始于1886年的零售公司,1925年开始经营百货公司,在其一百多年的发展史中,自20世纪初期就一直占据美国零售业第一的位置,直到1989年被沃尔玛公司超过,对美国消费者的购物和生活方式有过深远的影响。

弟、妹妹们。埃塔娜是黏合剂：当艾娃大吼大叫时，埃塔娜去安慰；当艾娃大发雷霆时，埃塔娜寻找解决办法。即使还是个小女孩，埃塔娜有时显得比她的妈妈还老成，为年幼的弟弟妹妹们缝制衣服，帮忙做饭。但在她毕竟还是个小女孩，在她还没有那些要做的事情之前，她骑在爸爸瘦削的肩膀上来到溪边，在他钓到鱼时拍手大笑。

有些男人更爱女儿，查理是其中之一。

这是美好的家庭和美好的生活，至少是美好家庭的一个好开端。男人买得起东西，星期天，可以给孩子喂热的小烤饼、火腿和新鲜的甜瓜，买上几十只橘子。他的妻子不需要算着鸡蛋做菜和用水做肉汁，因为牛奶没有贵到得斤斤计较。艾娃习惯于这种生活，见惯了这种丰盛，并没有太大惊小怪。但查理，从小就是个穷孩子，就有点激动。他买了一顶电影明星戴的那种宽边帽，并且第一次尝到了从商店买的酒——他觉得味道很寡淡。像许多东西一样，如果它是合法的，就不那么美好。但他喜欢那顶帽子，一路走到安尼斯顿，到诺布尔街给自己照了一张相。

那种生活会永远持续下去，因为钢铁必须永远轧下去，一定是的。没有钢铁怎么能建设一个国家呢？

厌倦深林的艾娃，喜欢住在商店就在她眼前的地方，一个人晚上坐在前廊上能看到灯——一盏真正的电灯——闪烁在几米外邻居家的窗户里。在这里你可以步行去教堂，或带你的宝宝去看医生。在凉爽的夜晚，人们路过门廊时会打招呼说："你好吗？"最重要的是，他们还算有钱——虽说他们的钱从来没有多到数不过来，但足以应付日常支出，足够买菜和付租金——这样每个月的第一天都不必感到难堪。

如果一个孩子生病了,艾娃就打开她的小手包去买能使他恢复健康的药,或者付钱叫医生来治愈他,这就是生活应该有的样子。它怎么能是其他样子呢?

谁会让这样的事情发生呢?

就在埃塔娜的两周岁生日后不久,工厂让查理下岗了,但这不是针对他个人的。美国钢铁公司在1929年拥有二十二万五千名全职员工——四年后这个数字变成了零。这改变了整整一代南方人的生活。那些南方人原本觉得,轧钢与他们做过的事情相比——比如砍伐生产纸浆用的树木,或者在一望无际的红土地上与愚蠢固执的骡马纠缠——就像儿戏一样。而现在,他们原来的生活又回来了。

人们后来称它为"大萧条"。

对于艾娃和查理来说,它就像世界上最大的扫帚从天而降,将一切一扫而空。除了在钢铁厂工作之外,查理本可以做更多的工作,可以过上正常的生活。但此时他再也无法维持生计,再也无法给予家人那种正常的生活了。

城镇的生活成本太高。他们回到了树林里。

第八章

"小胡佛"

佐治亚州柯里维尔
1931年春天

　　埃塔娜站在床边，一脸惊讶地看着宝宝。她不知道一个人可以这么小。妈妈告诉她，时间一长，她会越长越大，在后来的一段时间里确实如此。

　　他们已搬回佐治亚州。如果说查理在钓鱼线上或带着点410口径霰弹枪进林子时还有点运气，他总是可以在柯里维尔周围的山丘和河流中讨生活，那么，现在又多了一张嘴要喂，他非但没有忧虑，反而走得更轻快，情绪更高昂。

　　宝宝的头发是漆黑的，就像她妈妈一样。查理叫她"小胡佛"，这是一个阴冷的调侃，是为了纪念一位失败的总统——他束手无策地看着自己的联邦士兵袭击并摧毁了一个破烂不堪的寮屋村，里面住的都是无家可归、一贫如洗的参加过第一次世界大战的老兵,他们要求提前拿到抚恤金。道格拉斯·麦克阿瑟和乔治·巴顿当时还不是英雄,他们清洗了穷人的首都,这个消息通过那些褪了色的二手报纸传播到整个南方,让像查理·巴昂德姆这样的普通人能鄙夷那些遥远的政客和为贵族卖命的士兵。

宝宝的真名是艾玛·梅。她出生于1931年5月29日,她是在一个黑暗年代降生在这个世界上的。

对于埃塔娜来说,她当时到了足以了解在生与死之间挣扎的年龄,这一年的事儿深深地刻在了她的脑海里。

"妈妈出去摘洋葱时,我就看着她睡在床上,她醒来后到处动来动去,掉到床后面。我刚开始喊:'我够不着她,够不着她!'妈妈就进来,扔下一堆洋葱,抓住她并紧紧抱住她说:'去他的洋葱。'"

埃塔娜希望宝宝能快快长大,这样她就不会再掉到床后面了。但到了春天,她开始越长越小。

"她拉肚子拉得很厉害。他们煮牛奶和开水给她。妈妈把她放在枕头上护理她,因为她个头太小了。然后她又得了肺炎,非常严重。"

如果当时去医院的话是可以救回她的,如果吃药的话也是可以缓解的。埃塔娜不记得他们去过医院或在家里见到过什么药,不过当时她还是个孩子。她只记得她和她的兄弟詹姆士、威廉那段时间吃的是玉米面包——只吃玉米面包。

"她在日落之前不久下葬,不远处有一棵冬青树。我站在一座小山上,看着妈妈和爸爸站在坟墓前。我没有穿大衣,也没有穿鞋子,风吹在腿上很冷。我看着太阳下山,他们俩还站在那里。"

他们没有钱做一块真正的墓碑。但是在查理离开墓地之前，他从山坡上收集了一堆白色的燧石，并将它们放在坟墓上，放得非常小心翼翼，好像用它们在上面摆了某种图案。埃塔娜不明白他为什么这样做，但是在他摆放石子时，艾娃站在他旁边看着，很专注。

然后他挽起她的胳膊，两人一起走下山。

埃塔娜不是很理解，真的，为什么在他们将艾玛·梅留在柯里维尔后不久就搬走了？为什么她的爸爸，那个即使不小心把锤子敲到拇指也会哈哈笑的爸爸，那个会抓起孩子放在他瘦削的肩膀上走上几英里的爸爸，在那之后似乎梦游了整整几周？埃塔娜十分疑惑，想知道他为什么那么安静，因为他从来没有那么安静过。他甚至不再唱歌。对于埃塔娜来说，似乎哪个奇怪的陌生人钻进了爸爸的旧衣服里，那是一个不会讲话的男人。

她说："那件事把爸爸伤得不轻。"

艾娃也像丢了魂似的。"我总觉得妈妈不再喜欢我了，因为艾玛·梅和所有发生了的事。"但那只是一个小孩子对当时笼罩在艾娃身上那种阴冷外表的理解。

如果她在柯里维尔的山上多待一段时间可能会更好，在那里，她可以坐在冬青树下，像其他人一样，把一个小坟墓上的杂草拔掉。这么做应该没有什么不好，真的，只要静静地再待上一阵子。

第九章

颠沛流离

丘陵地带
大萧条时期

艾娃讨厌搬家的日子。当所有东西被捆好装车时,她双眼通红、嘴唇紧绷着坐在福特A型车的乘客座位上,双手环抱的不是一个娃娃,而是一件对她来说几乎同样珍贵的东西——那盏煤油灯。她的丈夫无法忍受在城里过紧紧巴巴的日子,所以他租的房子通常都在某条土路快要消失的地方,那里往往是松林沙地和原始阔叶森林的深处,周围爬满毒藤和黑莓灌木丛,像战壕上的铁丝网一样难以穿越。电线很少能接到那么远,夜里到处都是野物和隐藏在暗处的东西。无论你告诉自己多少次,一只尖声怪叫的猫头鹰只不过是一只鸟,但当你在黑暗的树林中听到它时,那声音还是像林中的一场谋杀。艾娃的灯用可乐瓶那样厚的玻璃制成,那一圈安全的、琥珀色的灯光是她的孤岛。蜡烛的光对于树林来说太微弱了，无论你点燃多少根。艾娃知道林中的鬼会径直经过蜡烛跟人打招呼。

如果他们在一个地方住得足够长，电线可能就会接到他们家，但待着不动并没有任何好处。查理会带着一身像他铺的房瓦那样的炙热和焦油的气味，回家告诉艾娃，此地找不到活儿干了，但听说亚拉巴马州或佐治亚州还有活儿干。这种事每年至少发生一次，常常是两次，有时一年发生三次。

在大萧条的那十年里，他们搬了二十一次家。

他们坐着那辆破旧的超负载短款福特，在州界线上来回奔波追逐的富足，通常只比他们前一站的日子略微好一些。在酷暑能把房瓦变成黑色糨糊的高温里，在寒冬能使房瓦像窗玻璃片一样开裂的严寒中，他在梯子上爬上爬下，却从未远离最差的境况。他挖的井是一头封死的隧道，只能给他换来一张皱巴巴的十美元钞票。也许"富足"这个词过于夸张，他们追求的是此时此地能够得到的东西，一袋面粉、三四升的煤油、近一米长的铜管或者一套新的针线。

但无论如何，他们都爱查理。但如果日子不是那么艰难，如果他没有救他们脱离苦海，他们还会这么爱他吗？在一个平淡无奇的世界里，当生活充满电热毯和桃子味冰淇淋时，人很容易做到被人喜欢。但是要成为被心爱的人，一个男人需要手刃一条恶龙。

历史给了他一条恶龙。

美国股市在1929年10月24日"黑色星期四"那天崩盘了，一场进展缓慢的瘟疫慢慢蔓延到美国深南部。即使是现在，七十年过去了，老人们仍然感谢上帝，他们当时生活在乡村，贫困的耻辱可以被林木遮掩。

这场灾难在这里是缓缓蔓延的，不像那些北方佬证券经纪人从窗台上跳下去那么戏剧化。在从重建时代一直被荒废的这部分国土上，起初，"大萧条"这个说法几乎是句多余的话，就像用靴跟往一个已经倒下的男人身上再踩一脚。它没有让一个用骡子耕种的农民在地里多犁几排，或者让一个已经一周七天都只吃玉米面包和豆类的家庭改变饮食。要感受到它还需要一段时间。但随着时间一点点过去，它还是蔓延到了住在泥泞道路尽头的那家人。

确实，丘陵地带几乎每个人都种地和捕猎，所以那里没有像亚特兰大那种排队领面包的长龙，没有男人举着招牌乞求工作和食物，没有孩子挨家挨户乞讨残羹剩饭。在树林深处的，是一种不同的痛苦。最虚弱的婴儿，因为营养不良和像发烧、脱水那种简单的疾病而死去。在佐治亚州，七个婴儿里有一个活不过第一个生日，而在亚拉巴马州，情况则更糟。

你可以用鲇鱼、大马哈鱼、商陆做的沙拉和负鼠养活一家人，但买药需要花现金。而最穷的穷人，不管是黑人和白人，都没有现金。女人们，不管是黑人和白人，真的会将自己的孩子活活闷死，免得他们在痛苦中慢慢死掉，以把更多的东西留给一个更强壮、更健全的孩子。这样的故事传来传去，直到它成为传奇，因为谁能忍受那么多真相的煎熬呢？

人们确实饥肠辘辘。与此同时，在白宫的草坪上，有人拍下胡佛总统给他的狗喂食的照片。

1934年4月22日，在艾瑟姆奶奶又一次脸色严峻的监督下，璜尼塔降生了，当时他们居住在罗马镇的北边。她的全名是格蕾西·璜尼塔，我从来没有听过这么华丽的名字，就好像查理和艾娃要用这价值四十美元的名字反击那些年月对他们一家人的刻薄待遇。但是宝宝很小而且很纤细，这让她的妈妈和爸爸都很担心。艾玛·梅的夭折对他们来说记忆犹新。

娃娃每次生病，艾娃都要为她祈祷一次。她的头脑生来就不能经受忧虑和悲伤。就像有些土壤无法保持水分，她的头脑就是不能化解愁苦。她会闭着眼睛努力地祈祷，会不断地祈祷。查理每到那种时候就只会无助地站在床边。他本可以跪下，但当时他还不是一个遇事就祈祷的人。可能在他自己心里，他确实与上帝交谈过了，所以他就像一些骄傲的男人坚持的那样，直直地站着。但是否真是如此，我想我们永远也无法知道。

他们周围的许多婴儿都夭折了，但璜尼塔茁壮起来，健康地长大了。她不是病殃殃的，只是骨瘦如柴，她一辈子都那么骨瘦如柴。她只是对食物不感兴趣，吃饭是她不得不做的事情。

这个被家人称为"妮塔"的女孩继承了她爸爸的双手——不是大小，而是技巧——当她还在蹒跚学步时，就用树枝和废物制作玩具屋，将东西建起来，拆掉，然后重新再建一遍。别的女孩想要娃娃玩偶，而她想要的却是一把趁手的锤子。

有一次，在她还小的时候，埃塔娜用树枝给自己建造了一个玩具屋，但不让璜尼塔到里面玩。璜尼塔只是站在那里看了一会儿，估算了一下，然后建了一个一模一样的屋子。

然后埃塔娜的屋子神秘地着火了。

"过了一会儿，我帮她把火扑灭了。"璜尼塔回忆道。

如今，查理的孩子们说，他们从来没有真正注意到在他们身边的痛苦和贫困，因为他将那些都掩盖了，并且永远不让他们触及。他们当时并没有介意吃了很多很多玉米面包，他们没有注意到——直到很久很久以后才发现——查理和艾娃要等到孩子们吃完才吃饭，以确保孩子们都能吃饱。

在他们的保护之外，在那个自尊和爱的边界之外，漫长而艰难的岁月扭动着、翻卷着将他们一家裹挟进去，像一条他们杀不死的蛇。

在南方孤独的柏油路旁、河岸边和铁轨旁边形成了破败不堪的帐篷城市。到了1930年代初，丘陵地带有三分之一的人都失业了。因为纺织厂都挂上了锁，棉花农场也经营不下去了，棉花都烂在地里。

在幸存的工厂中，业主将工资砍掉一半，四分之三，甚至更多。那些当初因为最不显眼的冒犯都能将另一个男人打个半死的硬汉，为了生存也只能低头屈服。

这里的情况很糟糕，但至少气候温暖一些。警察带着警棍在火车站和冷清的乡村十字路口等着，阻止那些来南方寻找工作，或只是寻找舒适一点的地方耗过艰难时光的失业人员。

历史表明，南方的贵族，那些以某种方式牢牢抓住祖上的家产、过得比别人好得多的人，并没有为他们的同乡做很多事情。长期以来，他们一直鄙视那些较贫穷的南方人。有些人甚至把这个阶层的大众推向更深重的痛苦境地,以此获得虐待狂的乐趣。

"让他们挨饿。"大萧条时期的佐治亚州州长尤金·塔尔梅奇这样说。他拒绝帮助联邦政府援助自己州内穷困潦倒的人,他阻挡、骚扰联邦救济,并要求知道每个接受联邦援助的人的名字。

正如艾娃过去常说的,地狱中一定保留着一个特殊的包厢座位,给所有那些打着领结、横行跋扈的狗娘养的使用。

在亚拉巴马州和佐治亚州,人们穿坏了最后一套像样的正装,然后不好意思再去教堂。传教士在栅栏钉上招牌提醒他们的信众,褪色的旧连衣裙和褴褛的工装裤在主的眼里并不是冒犯。十个学童里有八个因为书本和学校要花钱而不再上学,即使到现在,某些老妇人都会告诉你,大萧条最令人讨厌的一面就是它偷走了学童的书本、老师和知识,把又一代人囚禁在过去那种做牛做马的生活中。在那种生活中,因为书本可能为读书的人带来益处,每本书都被链条锁住,不让人读。

那些有深厚家族渊源的人坚守在祖屋门口,然后失去了一切。而那些没有根的人,像查理·巴昂德姆这样的流浪者,随着时代游荡,却最终挺了过来。

他可以到锯木厂去干活,建造房屋和谷仓、铺瓦片、砍甘蔗、拉着骡子犁地、铺砖或者其他需要弯腰的农活,如果警察能对他网开一面,他还能酿点私酒。但是他不得不搬来搬去,出去干活,拖着艾娃和不同数目的孩子一起流浪,先是坐骡子拉着的车,然后是他的卡车。这其实是辆汽车,是他用电焊切割刀砍掉车的后部,然后铺上平坦的木板改装的,因为原来那辆车的后座拖运不了其他东西。到了搬家那天,他将床垫、摇椅、鸡、女孩和男孩都高高地堆在车上。她的女儿回忆说:"大约有九十只小手包。"艾娃没有什么东西要装在小手包里,但事实上,她确实拥有几十只从一元店买回来的廉价小手包,在搬家那天她会仔细清点,确保一个不落。她总是可以找回落下的椅子或鸡,甚至是孩子,但是如果她落下一只好的小手包,那是会被人偷走的。

通常他们至少需要搬两个来回,不得不开回来接奶牛。如果是一次短途搬家,孩子们就在路边赶着奶牛走上几公里。但如果搬家距离很远,他就把小母牛抬上短款车,然后开走,而那头奶牛面朝车尾,眼睛大睁,哞哞大叫,以每小时五六十公里的速度倒着飞驰。

过了一段时间,当母牛又看到查理带着系索或绳子向它走来时,它就跑了。这些年来,只要有谁来给它挤奶,它就把谁踢倒。我猜它只是为了报复。

他们每月花几美元就能在加兹登和罗马附近的山上、诺卡卢拉瀑布上方的农田里、比恩·弗莱特山上、怀兹峡谷里、皮德蒙特公路旁、畅饮湖路、小约翰路和科夫路,还有可爱的木匠街上租一间小木板房屋。有些地方连名字都没有,只能用房东的名字来记地方。先后有奥斯比的地儿、布坎南的地儿、库特·格林的地儿和库特·史蒂文森的地儿。你得老是搬家,才有可能住进由两个叫库特的同名男人拥有的两间不同的房子里。

艾娃和孩子们为其中一部分房东摘棉花,贴补租金费用。

但是随着大萧条的持续，那样的工作也变得稀少。查理是一台为他们的生活提供动力的机器，将他们从一个地方推到另一个地方。

对于他的家庭来说，没有什么对崭新开端的兴奋。鸟是那样生活的，而人不是。每次开进另一条红土车道上停下时，他的妻子和孩子们都知道，那里实际上不是他们的家。在一个真正的家，你会注意到周围的树木越长越高。

家是车道，是任何一条他们能看到爸爸在傍晚的凉爽中走来的车道。门廊总是不同的，但是上面的摇椅总是同样的那把，摇椅上面是同样的两条可以爬上去撒娇的腿，同样的歌声从开着的窗户唱着忍耐和天主的救赎，同样的老马或骡子嚼着院子里的草。随着时间流逝，那里的一切都会变成又一个记忆。直到今天，他的女儿们能毫不费力讲述那段时间发生的具体故事，毫不犹豫地说出那些日期、年龄和其他相关事实。但是他们经常说不清故事发生在哪里，所有的地方在记忆中全都混淆在一起了。

艾娃哭过，但要是让他们离开佐治亚州，她就会哭得更凶。她出生在亚拉巴马州，喜欢那些年住在加兹登的富足生活，那应该是她心仪的地方。但是，如果要她住在一片该死的丛林里，那么她更愿意住在佐治亚州这边哪个该死的丛林里。她总是那么说，从来没觉得需要有任何理由来详细解释这一点。至少她很高兴地知道，她永远不会离"桃州"[1]太远——她的丈夫从来没有往超过一百六十公里远的地方搬

---

[1] 佐治亚州盛产桃子，因此有"桃州"（Peach State）的别称。

过家——并且她很快就会回到佐治亚境内。几乎就像生活将查理·巴昂德姆绑在绳子的一端，把另一端插在亚拉巴马-佐治亚州界线上。他可以四处游荡，但就只能走那么远。

大约是在这个时候，他开始用几加仑的私酒来换取饭菜、培根和咖啡。准确地说，有时他们搬走不是为了寻找工作，而是因为某个执法的人发现了查理的一个蒸馏器。这并不意味着查理进过监狱，因为找到蒸馏器本身就够难的了，那也并不意味着你找到了此物的主人。执法人员们经常在敲门时听到空荡荡的房子里传来回声。每到此时，邻居们则会心一笑，知道查理和他的奶牛安全地跨过了州界线。

尽管富兰克林·D. 罗斯福本人是个贵族，但他当选总统后，通过WPA（公共事业振兴署）[1]为人们带来了工作以及一丝微茫的希望。丘陵地带的人写信给埃莉诺·罗斯福，问她有没有多余的外套让他们可以穿，直到日子变得好一些。"请不要太好的衣服，"一位女士写道，"我所有的衣服都很朴素。"另一位女士将她的结婚戒指寄给埃莉诺，想作为抵押品借一笔钱，这样她可以给自己的婴儿买点衣服。"我不想要人施舍。"这位女士写道。与此同时，佐治亚州罢工的纺织厂工人被带着霰弹枪的执法人员一群群赶进装有铁丝网、类似集中营的临时监狱。

罗斯福就职典礼后，《亚特兰大日报》上一家百货公司的

---

[1] 公共事业振兴署（Works Progress Administration，WPA）是大萧条时期美国总统罗斯福实施新政时期建立的规模最大的政府机构。它兴办公共工程，在1935年到1943年为数百万失业的美国人提供了工作机会。

广告写道:"好日子即将到来。"这则广告向读者出售价值一美元、可用三个月的牙膏,并表示人们可以用延付三个月的支票来支付,因为三个月后的日子肯定会变得更好。

"我希望能相信这一说法,"一位失业的男子在一封写给佐治亚州报纸专栏作家米尔德里德·塞德尔的信中写道,"知道你在一片丰饶的土地上几乎快饿死了,那该有多么痛苦。"

有时候,我很想知道艾娃在咖啡杯底的渣滓中看到了什么。她有没有看到之后十年里的艰辛,或者对这位一边叼着烟嘴、一边在一周前的报纸上富有同情心地谈论穷人境遇的跛脚富豪罗斯福是否抱有信心。

当联邦援助最终缓缓到达丘陵地带时,与其他地区获得的物资相比,他们只得到一小部分——似乎降生在金银花盛开的乡间婴儿不需要那么多牛奶和药物。

艾娃过段时间就放弃了,不是放弃生活,只是放弃在任何地方停留足够长的时间,以便真正了解那个地方的念头——长到能看到那里的树木变得更高。

查理会走进屋里,轻轻地告诉艾娃:"四眼姑娘,我们得走了。"然后将他的身家性命装进卡车的车斗拖走。他的孩子们紧紧地抓住狗,狗狗只要有人偶尔给它们扔块硬烤饼,似乎就不太介意奔波。他开起车来,头也不回,因为当他再次停下来的时候,所有珍贵的东西都还会与他同在,除非他把谁颠下车去,或者哪只鸡在9号公路上的某个地方自己作死飞出车去。陌生人会帮他拔去那个带不走的坟头上的杂草,因为即使是死去也是一种奢侈。他们就那样到处游荡,虽然从来没有真正去到让人过得更好的地方,但他知道如何将他们带过去。

艾娃会在他身边,煤油在她的灯台里来回晃动。她的双手捧着那盏沉重的、被油烟熏黑的玻璃煤油灯,就像带铅水晶玻璃一样珍惜。布置房子对她来说从来都不是什么难事。

她所要做的就是找到一个能配得上那盏灯的地方。

有的历史学家说,塑造南方人的时代是内战,我想对于那些深藏着当年拒不从命的上校发黄银版照片的南方人来说,这是对的。照片上那些遥远的先辈倚着剑、瞪着相机,就像瞪着一门大炮。

但你很少会听到丘陵地带的人们谈论内战,这与人们普遍认为的不一样。他们以为这里所有人都坐在那里,等待南方再次崛起,都在凝视着罗伯特·爱德华·李[1]的蚀刻画,都在从银杯子里啜饮威士忌——那杯子还是我们的姑婆在看到北方佬过来时藏在玉米仓里的。

但是你会听到他们经常谈论大萧条,在家族团聚时,在地上吃晚饭时,在E.L.格林商店外的长凳上,在从我妈妈的家里出来的路上。他们无法告诉你曾经指挥过小圆顶[2]或传教士岭[3]战斗的将领是谁,但是他们清楚地记得所有执拗的骡子的名字,那些骡子拉着他们骂着街、流着汗的爸爸,穿过那

---

1 罗伯特·爱德华·李(Robert Edward Lee,1807—1870),简称为李将军,美国将领、教育家,是南北战争期间南军最出色的将军。
2 小圆顶(Little Round Top)是宾夕法尼亚州葛底斯堡以南两座岩石山丘中较小的一座,与较高的大圆顶相邻。1863年7月2日葛底斯堡战役翌日,南军在此发动了一次不成功的攻击。
3 传教士岭(Missionary Ridge)之战发生在1863年11月25日,是美国内战查塔努加战役的一部分。

片贫瘠的寸草不生的土地，死死地盯着你的眼睛并告诉你，是的，人们真的曾经因操劳而死。我们认识的那些人忍受了一辈子的大萧条时代，是塑造南方的英雄和殉道者的时代，我们的纪念碑早已被整整齐齐地堆放在这片土地上。

第十章

"呼啼"

乌斯塔诺拉河沿岸
1930 年代后期

让我们这样说吧,没有哪个女人会拼了命地去追他。
——璜尼塔评价杰西·"呼啼"·克莱因斯

在河上,在沿着岸边的深洞穴中沉睡着的龙和从黑暗的树上被叫下来的神秘生灵中,有那么一个小怪物。

他的名字是杰西·克莱因斯,但每个人都叫他"呼啼"。他是一个满身灰尘、骨瘦如柴的男人,穿着靴子身高约一米五,如果他的裤兜不总是装满银币——全是一角钱的,他的体重不会超过四十五公斤。

他有一张十字镐般的脸,长着长长的鹰钩直鼻,好像是他在一元商店买来,用线将它系在脸上似的,尖尖的鼻尖一直向下弯曲，到嘴唇以下。如果人们给我讲他的故事时没有举着右手向上帝发誓，我是不会相信的。

他的小眼睛目光锐利，紧挨着鼻子，嘴里一颗牙齿都不剩，身上总是带着一股木头燃烧的烟味和鱼饵的混合气味。

他可以一整天都不说一句话，而当他说话时，声音又尖又高。他总是穿着一件旧军装，但他没参过军，只是喜欢那件衣服。他的裤子臀部有洞，很多洞，而他又穿着红色的长款内裤，让人看得一清二楚。

他戴着一顶宽檐的渔夫帽，就是富人们在海上玩游艇时戴的那种，帽子上还印着一条跳跃的蓝枪鱼。"呼啼"可能从来没有见过枪鱼或海洋，但他很喜欢那顶帽子。当他把它戴破时——实际上，是当帽子在他头上烂掉时——他换了一顶毡帽，就像吉米·卡格尼[1]戴的那种。

他穿着人家不要的鞋子，如果鞋子太紧，或者只是为了透气，他就干脆在鞋子上打几个孔。

"爸爸是把他的鞋子穿出洞来，"璜尼塔说，"'呼啼'直接在他的鞋子上打洞。"

他住在河边一间小小的棚屋里。似乎没有人知道他是不是房子的屋主，或曾经是屋主，还是仅仅擅自住在那里。他一直生活在那里，靠着鱼和威士忌过活，用其中一样来交换另一样。

1　吉米·卡格尼是小詹姆斯·法兰西斯·卡格尼（James Francis Cagney Jr., 1899—1986）的昵称，他是美国知名的演员和舞蹈家，主演的《国民公敌》是一部很有影响力的黑帮电影。

他唯一的奢侈品是罐头肉，那种用肉酱制成的糊状物，他用小指头将它从小扁罐中抠出来吃。他的小棚屋里到处藏着金色的罐头，就像复活节彩蛋一样。他在屋里给动物皮毛上硝——河狸、老鼠、狐狸，还有其他动物，那气味足以将你逼回门外。

他的小屋在陡峭的河岸上摇摇欲坠，就在棕色的河流上方，夏天时被厚厚的绿树完全隐藏起来。它远得像一个人可以生存的最遥远的地方。地上腐烂的叶子足足有三十厘米深，藤蔓、松树和阔叶树挡住了阳光，夏天那里也僻静而凉爽。如果一个男人想独自生活，那么这儿可能就是一个上佳场所，与被这样保存下来的任何一个地方一样。

他们叫他"呼啼"，是因为他能与猫头鹰交谈。河边的树林里到处都是猫头鹰——它们在河岸上猎捕老鼠、黄鼠、花栗鼠以及其他任何会动的东西，它们发出的叫声确实听起来像是"呼，呼"，但是带着颤抖，你能想象鬼就是这样叫的。

他可以用听起来一样的声音回答它们。

人们会看到他在河岸上忙活他的钓鱼线或捕兽夹，对他指指点点，嘲笑他或者盯着他看。但是"呼啼"只是看起来像一个小怪物。他太无害了，脾气太好了，更像是一个精灵。

他甚至都算不上什么真正的隐士。隐士不会觉得孤独，而"呼啼"会。

查理第一次见到"呼啼"时，他正在"呼啼"的小屋附近钓鱼。他向那个小男人挥了挥手。

"呼啼"只是站在那里。

查理又挥了挥手。

"呼啼"把手直直地伸向空中,仿佛惊讶于手臂没有因此有什么不适。查理沿着河岸走过去,"呼啼"就站在那里,表现出很想跑的样子。查理上上下下地打量着他。

"好吧,"查理说,"你肯定不怎么受欢迎,没错吧,孩子?"

"呼啼"摇了摇头。

"我有一些小烤饼,你想不想要一点?"

"呼啼"使劲地点点头。

有些友情是从比这还要平常的交流开始的。

对于查理来说,"呼啼"不是一个侏儒或者弃儿,只不过是另一个可以听他的故事、和他一起捕鱼的人,另一个在篝火和炫目的电灯光之间更喜欢前者的人。

从那一刻起,"呼啼"像一只新来的小狗一样跟着他。查理是个能把两个人的话都说了的人,他并不介意"呼啼"只是在一旁微笑、倾听,而且从不打断他。

"呼啼"并不是智力迟钝,只是安静而且反应有点慢。但是人们认为他这人有点不对劲,因为当他们跟他说话时他并不总会有问有答。其实他只是害羞,极度地害羞。可能是生活让他变成这样,让他活在自己的世界里。

他永远不可能在城里生活,那个年月住在河边的很多男人也都不可能。查理差点就成了这些人中的一个,但对于一个想要交一帮朋友,养活一个妻子,以及在他身边的地板上爬来爬去、不断增多的婴儿的人来说,在河边生活实在太孤单了。

所以,那不是他住的地方,而是他去的地方,从日常生活中脱离开一小会儿，而"呼啼"总是在那里。

这两个人，一个如此伟岸高大，一个如此猥琐矮小，架起篝火，来回传递着一只装着私酿的酒的梅森玻璃罐，并在"呼啼"从废旧垃圾场搜罗来的薄钢片上烤鱼，或者放在查理用来装钓鱼钩和绳子的拖袋里一同带来的旧铁锅里烤。在查理儿子们的帮助下，他们从沙洲中挖出蚌做鱼饵，并从漩涡中抓起巨大的鲇鱼。查理在这整个过程中都在滔滔不绝地说话。

"我喜欢听你说话，查理先生。""呼啼"突如其来地说过一句。

"那么，孩子，"查理说，"我们两个都挺幸运的。"

查理总是称他为孩子，尽管"呼啼"可能比他大二十岁。但不知为什么，这话听上去挺合适的。

这段友情就这样持续了大约一年。查理大约每个月去会他一次，总是在河边。

有些人会说他这个人很神秘，这只是用一种体面的方式形容有关他的谣传。关于杰西·"呼啼"·克莱因斯的谣传比河上的任何人都多，而且几乎害了他的性命。

随着时间推移，随着小隐士的存在被泄露，流言随之传了开来。

有些人说"呼啼"是参加过第一次世界大战的受伤英雄，曾被严重毁容——这可以解释他的外表，因为没有谁生来就那么丑陋。有人说他是一名马戏团表演者，在马戏表演的帐篷大顶下犯过一些可怕的罪行；要么是那样，要么是当马戏团穿过佐治亚州北部时，他从马车上面摔了下来。还有人说他是从疯人院逃出来的精神病人。

还有一些人说他在北方抢了一家银行——可能在芝加哥，可能是印第安纳州——并且把他团伙里的所有其他成员都枪杀了。他们说，"呼啼"带着上千美元的银币逃脱了。

他们说他来到这个与世隔绝的地方藏匿起来——似乎没人注意到他居然一藏就藏匿了三十年，而且他把钱藏在了河边。

有些人甚至有鼻子有眼地说，他将钱放在梅森玻璃罐里，埋在他的院子四处，然后时不时地将它们挖出来，捧在手里来感受。

如果那些传言属实，杰西·克莱因斯将成为州界这一带最著名的人物。相反，仅仅凭着那些不着边际的谣言和神话，就足以将一些人吸引到他那里去，其中有许多很糟糕的人。

当时那条河的河畔仍然是一个无法无天的地方。一天晚上，一群男人来到"呼啼"的小棚屋，告诉他想要他的钱，然后开始打他。他们传过去一个瓶子，然后打了他很久很久。

这变成了一种仪式。每隔一段时间，一群醉鬼就会把他从床上抓起来，然后把这当作一场游戏。世界上有些人只是披着人皮的渣滓，而这些人就是那种人。

有时他们只是稍稍打几下，来回扇他的耳光，有时他们打得很厉害，用靴子对付他——靴跟留下的伤痕一看就知道。没有人知道为什么他没有把仅有的几件可怜巴巴的家当打包起来逃走。也许他没有地方可去，或者这样的生活比他在漂流到这儿之前还好点儿。

有一天查理来了，他看到河边的人渣对"呼啼"做了些什么。他的双眼被打得乌青，嘴唇裂开，嘴里还在流血。当查理问"呼啼"是谁把他打成这样时,"呼啼"不肯回答。

查理一整天都坐在他旁边,然后当天晚上让"呼啼"睡到他的行军床上——"呼啼"睡过的就只是一张旧的行军床——然后走到他的车上取来修屋顶的斧头。

他在小棚屋的走廊上等了一整夜,右手握着斧头,希望能等来那些人渣。但是没有人出现。

第二天早上,他告诉"呼啼"收拾好衣服跟他一起走。

"你不能待在这里,我要去工作,不能总和你在一起。"他告诉"呼啼"。

他把"呼啼"带回自己家,回到罗马附近的那个小村子。

"你跟他做了什么?"艾娃看到"呼啼"坐在门廊上,问道。

"他得和我们一起待一段时间。"查理说。然后他解释发生了什么事情,河边那些人渣是怎么虐待他的。

"我们自己也只是勉强能糊口。"艾娃说。

"我们会有足够吃的东西。"查理说。

从来不让别人在任何事上有最终决定权,并终生以此为豪的艾娃,此时只说了句,她觉得如果只是一段时间就还行。

要过好几年后,查理才发现是谁打了他的朋友,但那时他的愤怒应该已经冷却。本来应该是这样。

当"呼啼"需要一人独处时,就睡在地板的草垫上,或者那张行军床上,或者外面。他几乎从不说话,但他会跟查理和艾娃的孩子一起坐在门廊上,周围都是七嘴八舌的人。

他抽手卷烟,每抽完一小布袋烟草,就把那只布袋送给女孩们。她们把它们放在棍子上,做成一个娃娃玩偶。

有时候，当孩子们生病时，或者只是在兴头上，他会给他们一角钱。当他走路时，那些角币在口袋里叮当作响，而且那些钱似乎永远用不完，好像这个矮小的男人真的会什么魔法。

他把他在这个世界上仅有的东西绑成小小的一捆，就像那些流浪汉扒火车时带在身边的那种。他有一件替换的衬衫和一条替换的裤子——也都是旧军装。

"还有，"璜尼塔说，"他戴着帽子睡觉。"

因为他几乎总是在那个高大的汉子周围活动，很长一段时间没有人打扰他，那些伤害他的人渣显然认为不值得为此招灾。

查理收留他一年后，佐治亚州北部的工作岗位都没有了。查理、艾娃和孩子们收拾好随身物品准备搬到亚拉巴马州，汽车发动机运转着，等待"呼啼"登车。

查理按响喇叭，向他示意，但是"呼啼"只是站在那里。

他离开了他河边的小棚屋，他在人们的记忆中一直在那里生活，现在查理想把他带到更远的地方。这辆短款卡车在他看来一定像是一艘飞向月球的火箭飞船。

"我需要你来确保孩子们不会摔出去。"查理说。事实上，"呼啼"过去的任务是将他的双腿横跨在卡车的尾部——他的身材很有趣，作为一个小男人却拥有一双长腿——他完成这项任务时很认真。

但这一次他只是站在那里一动不动，他的下巴——如果他有下巴的话——紧收在自己的胸前。

最后，查理发动卡车，然后开走了，留下"呼啼"一个人站在院子里。

到了亚拉巴马州,他们从卡车上卸下行李并打开包装,艾娃开始做晚餐。查理站在门廊上,陷入沉思。然后他走回他的卡车,砰的一声猛关上车门,然后沿着土路加速向东边驶去。

他发现"呼啼"坐在空房子前的台阶上。

"呼啼"跳到前排座位上。

他们回家了。

"呼啼"有时帮助查理工作,拿着体面的工资。他在他们餐桌旁吃饭,被当作家人对待。"我一点都不记得他是什么时候不在的。"璜尼塔说。

有时他们的朋友会问,这个看上去很滑稽的矮小男人是谁,而他们总是说同样的话:"那就是'呼啼'。爸爸把他从河边带走了。"

"为什么?"其他孩子总是说。

第十一章

粗的那一头

<u>亚拉巴马州东北部</u>
<u>大萧条日益严重</u>

艾娃觉得，犯不着为那些蠢货烦心，日子本来已经够艰苦了。

人们至今还在谈论那天晚上三个醉鬼在大半夜踢他家的门，大声喊他过来喝点私酒的事。三人中有个叫马丁的家伙，人们都知道他的脑子连上帝赐给水虫的大脑都不如。且不说查理的孩子们此时已经上床睡觉，就算是在大白天，他也有足够的理智不让这些男人到他家来。

"你们都快给我滚开，"他大声说道，让他的声音穿过松树，"孩子们都睡了。"

"来吧，巴昂德姆。我们有一夸脱。"马丁在门的另一边咆哮。整个国家都缺乏食物，但清澈的威士忌仍像水一样到处流淌。

在查理下床之前，这三个人已经开始哐哐砸门。

"我说了快滚。"查理喊道，并伸手去拿他的工装服。艾娃一个直挺坐了起来，纹丝不动，但她的脸上正在形成风暴。孩子们瞪大了眼睛，从门口向他们的爸爸望去。

"让我们进来，臭查理，"马丁说，他的声音含混不清，"不然我就踢门进去了。"一个男人在一旁咯咯地笑，而另一个，明显是马丁，朝门上踢了一次、两次、三次，接着他们都开始踢起门来，直到门在铰链上颤抖。

查理的工具袋在屋里面，他伸手向下从环带里掏出一把锤子——在橡木把手的末端是一磅上好的铁。

"你还有最后一次机会。"查理说。但这次他的声音极其低沉，低到木门外的男人们根本听不到。但是，那帮人此时离开很可能已经太晚。

那些人突然不再敲门，外面死一般寂静。最小的婴儿哭了起来。

"人渣。"艾娃怒火中烧，转向查理，双眼像两个钻头，让他知道认识这种人全是他的错。

然后，随着木头碎裂的一声撞击，门砰的一声打开。马丁和其他人站在门口正咧着嘴笑，摇晃着身体，伸过来一只装着酒、开了盖的罐子，仿佛是在道歉。

接下来的情形好像是一段慢镜头：那些酒鬼的目光从查理脸上的怒火慢慢移到在他枯瘦的手臂末端前后晃悠的锤子，脸色阴沉可怕得像一个被绞死的人。

他们仓皇逃命。一帮醉汉互相绊倒，将手中的威士忌也洒了,他们好不容易跑到车前,像一群马戏团的小丑一样挤了进去。进车后,马丁惊魂稍定,一边启动车一边诅咒窗外的查理,引擎发动,车头灯亮了起来。

就在那黄色光芒中,距离引擎盖仅几英尺的地方,身穿一身宽松的红色长内衣的查理,像一个活过来的稻草人,一只拳头高高举起他的锤子,像一道霹雳。

"耶稣啊,救我!"马丁尖叫道,手忙脚乱试着找到倒车的排挡。

汽车向后一晃,查理用尽全力将锤子扔了过去,挡风玻璃顿时碎成了千万个闪闪发光的碎片,锤子穿过玻璃重重地击中了其中一个人的胸部。他们三个一拥而出,一个呼哧呼哧喘着气,试图缓口气,另外两个人一边咒骂,一边尖叫。然后他们钻进林子里的安全地带。

查理脸上仍然写满了愤怒,走进屋里,在他的比利时产的12号口径霰弹枪里压上子弹,然后走回门廊。他耐心地站着,直到看到其中一个男人向他们的车跑过去,他像瞄准一只野鸡那样追踪院子另一头的那个人。那天晚上夜空中有一轮半月,对射击来说光线不是太好,但已足够。

他扣动扳机,整个房子都震动了,然后从院子那一头传来一声大喊,就像有人踩到一只小狗的尾巴。

"该死,你打中我了。"这是马丁的声音。

"我只是打中你的腿。"查理说,纠正他。

"可你还是对我开枪了。"黑暗中的声音传来,接着是一阵呻吟。

"那你本来就不该踢我家的门。"查理说。

第十一章 粗的那一头　　123

出于某种原因，让那些人无法回到他们的车里而不得不走着回家这一点，让查理十分自豪。也许，比起他们造成的麻烦，这样的惩罚似乎也是合理的。

最后，经历了另一次剧变的艾娃走了过来，满是保护欲地将查理赶回屋里。

"我猜条子明天早上就会来这儿。"他说。此时所有的怒气都已从他身上排泄殆尽，只剩下个空壳。

"我估计也是。"艾娃说。然后把他引到床上。

似乎没有人记得"呼啼"做了什么，但他很可能躲在床底下匍匐着。

第二天一早，沃尔特·罗林斯过来敲门——那门是查理在黎明之前装回去的。沃尔特是卡尔洪杰克逊维尔市的一名全职棉花农，同时也是一名全职警察。他是一位受人尊敬的人，不欺骗给他摘棉花的人，也不抱怨妇女干活时把孩子带到地里。他让那些小孩和自己的儿子一起在棉花车上玩，并用现金付薪水。

沃尔特说话的声音可能是卡尔洪最有特点的：尖尖的，带有鼻音，同时又拖腔拖调。沃尔特喜欢乡亲，也很喜欢说话。他经常将句子中的最后一个词拖得很长以示强调，好像想让最后一个词一直持续下去一样。

"我的上帝，查理，"他一边说，一边坐到桌边喝咖啡，"你干了什么好事呀？"

查理把昨晚那事的前因后果告诉了他。

沃尔特接过一块涂有黄油的小烤饼和一点点用来涂抹的苹果酱。那就是那天早上他们所有吃的东西。

"下一次，"他将手上的面包屑搓了搓，说道，"你干吗不直接把那狗娘养的给干掉呀？"

"呼啼"，因为他更软弱，需要一个英雄做榜样，于是他将查理性格里的闪光点给激发了出来。查理的孩子们在他膝盖上爬行，摸他的鼻子或拉扯他的耳朵时，将那些闪光点像太妃糖一样给拉了出来。艾娃如果想看到那些闪光点的话也可以做到，只要将她冰凉的手放在他被太阳灼伤的脖子上就行。在某种程度上，可能看起来很可悲，酒也让他闪闪发光，把他的忧虑隐藏在金色的雾中，放松了他的舌头，麻痹了他的思绪，并提醒他，他很久很久没有唱《亲爱的内莉·格雷》[1]了。

但愤怒、脾气打开了那扇通往查理灵魂中炽热、黑暗的地下室的大门。他的行动是如此迅速和狂暴，以至于人们无法理解他性格中的两面是怎样存在于一个身体之中的——好像一条腿想迈向一个方向，而另一条腿要迈向另一个方向，就像一个从坟墓施法召唤出来的可怜僵尸。他的愤怒虽然看起来很黑暗，却没有恶意。恶意只是像癌症一样沉睡在男人的大脑里，而愤怒被放进一个男人的身体里，搅扰着他的内心，然后像胆汁和剃刀刀片一样迸发出来。愤怒和恶意看上去好像是一回事，但只是从远处看起来一样而已。

有些人把查理不好的一面归咎于那个时代。老人们发誓

---

1 《亲爱的内莉·格雷》（"Darling Nelly Gray"）是19世纪的一首流行歌曲。它从肯塔基州一位黑人奴隶的角度，讲述了他的爱人被奴隶主带走，卖到生活更艰苦的佐治亚州。他哀悼他的爱人，最后死去并在天堂和她相见。

那年代甚至让那些野蛮的事情更加恶劣。从来不偷东西的男人悄悄潜入鸡舍偷走了鸡蛋，其他男人则从门廊向他们开枪。但那真的不是因为时代。当一个人伤害或威胁你及你所爱的人时，每个男人心里要去伤害那个人的意愿是截然不同的，就像他们的指纹一样。在一些男人身上，它被理性和恐惧缓和，而在另一些人身上，他们的怒气在一个激烈、可怕的时刻压倒了一切。查理的脾气并没有使他盲目。他打人，而且打得极狠，因为他相信他必须这么做。

对于一个从未因为愤怒打过人，从未被人打过，并且知道除非你狠狠地教训你的对手，否则打人是不会结束也不可能结束的人，这种事无法解释。吉米·吉姆将这个道理教给了查理，查理又教给他的儿子们。有些人把自己的孩子送到军校，去学习如何以绅士风度和荣誉与他人打仗。查理则教他们如何打仗并打赢，然后高昂着头继续生活下去。

詹姆士在十一二岁时就学会了这一点。

在上学的路上，一个叫达默·琼斯，比詹姆士更高大更强壮的大男孩，用一块石头打中他的腿。当他的爸爸看到他一瘸一拐地走路时，问道："你怎么了，儿子？"

当詹姆士告诉他时，查理只是说："好吧，我想我们应该好好教训他一顿。"他来到一棵大山核桃树跟前，折下了一根大树枝，用他的小折叠刀为詹姆士削了一根大棒——大约一米二长，粗的那头有他的手腕那么粗。"等你教训他以后，我想检查一下这根棍子，"查理边说，边把那武器递给詹姆士，"我想要看到这上面的树皮都被打掉了。"

"还有儿子，"当他的男孩走开时，查理跟了一句，"用粗的那头。"

后来,詹姆士把前后经过告诉他爸爸。

"我去了,躲在排水管的出口,然后等达默·琼斯经过时,我从里面走出来。他说:'哈,你像是瘸了是不是,巴昂德姆。'我就往他身上打下去。好家伙,一旦开始,我就再也停不下来了。"

他把那个男孩打得头破血流。

这些男孩和他们的父亲一样长大,不受太多学校教育或文明的拘束,而艾娃在他们十一二岁的时候就把他们当成流氓,不指望他们成什么大器。他的儿子们在1930年代慢慢过渡到1940年代那段时间进入青少年时期,长相和谈吐跟查理一个模样,以至于从远处很难分辨他们——看上去就是三个瘦瘦高高,穿着工装裤,走在土路和小道上的男人。

查理依照自己父亲的传统,对他的两个儿子很严厉,但他们尊重他。当有人谈及一些与他有关的事,关于他的饮酒,关于他私酿威士忌的副业,关于他褴褛的工装裤,他们总会说上一句:"我爸爸是个男子汉。"他们通过观察他学会了怎样去做一个男人,好的坏的都学。

就像许多年龄特别接近的兄弟,他们特别不喜欢彼此,经常打架打到头破血流。有一次,在木柴堆里,他们拿着松树桩子打架,就好像用棒球棍在对打一样。玛格丽特跑着躲到屋子后面,直到他们打完。

"他们继承了你这一点,"艾娃总是对查理说。而他总是点点头,没有什么可说的。

但那不是仇恨。如果是仇恨,他们之中肯定有一个会死。而且通常情况下，在对抗外部世界时，他俩站在同一条战壕里。

詹姆士有着结实的拳头、骨骼和肌腱发达的手臂，让其他男孩感到害怕。威廉会和两个，甚至三个男孩找碴，当他们接近他时，他会发出一声尖厉的口哨声。于是詹姆士会跑过来，打架就此开始。过了一段时间，詹姆士发现威廉吹口哨的次数实在太多了，发现原来是在利用他。终于有一天，当哨声再次响起时，他只是抬起头来，微笑着，听着哨声变得越来越紧急，然后变得可怜，最后消失在沉默里。

男孩们对爸爸的记忆并不总是他说过的话——那些只不过是一阵风，他们记得的是他做过的事。在狩猎的小道上或高高的草丛中，他总是走在他们前面，这样盘绕在那里的蛇只会袭击他。他带着一把像扫帚柄一样长，但是很沉又很绿的棍子，随意地提在手上。

有一次，当他们穿过一片高高的茅草时，听到了一条响尾蛇的声音——它们只在你踩到它们身上时才会咬你，但这一点并不会让你被咬得更轻些或更不致命，查理和他的儿子们拼命地环顾四周。

一条响尾蛇就盘在威廉的脚前，就在查理冲到儿子面前那一刻，它向他们发动了攻击，查理对准它的头猛砸下去，随即发出一声手枪射击般的声响。

蛇在地上仿佛发了疯一样剧烈地扭动，渐渐死去，查理则继续走路，好像什么事情都没有发生。那一整天，那一整个礼拜，两个小男孩将这事告诉了所有跟他们说话的人。直到后来，他们在带领自己的孩子穿过高高的草丛时，也走在前面。

对查理来说，那条蛇只是又一个伤害他孩子的东西，并不比那天深夜在门口闹事的醉鬼、一只空空的面粉罐，或者一间空空的熏肠室来得更邪恶。查理想，这些都能伤到自己，但更容易伤到孩子们，因为他们不像他那么强壮或敏捷。

他必须将这些挡掉，就像他宁愿让毒蛇先咬自己，如果那是拯救他儿子的唯一方法。

他不觉得那是勇敢无畏的英雄举动。

他只认为那是他能承受的压力。

第十二章

最糟糕的年头

丘陵地带
1930 年代中期

在大萧条结束半个世纪之后,我听艾娃说过自己是如何熬过 1936 年和 1937 年的,那是她称为最糟糕的年头。但她的故事会和其他记忆混杂在一起,所以很难复述她讲过的所有事情。那几十年的经历在她的脑海里混在一起,就像我小时候,在蒂利森家开的店外面要一个巧克力和奶油胡桃味的双球冰淇淋蛋筒,那两种味道融在一起。她会先从 WPA 讲起,讲到一半就岔开说,她不确定人类是否真的登陆了月球,如果他们真的登陆了,那一定是我们再也没有下过一场好雨的原因。听上去,最初的话题像那个五十美分的冰淇淋一样融化了,然后她抬起头来言之凿凿:"我和查理从来没有让这些娃娃们饿过肚子,这点我会跟你讲,没有热水。"我从来没有搞懂过后半部分有关热水的含义,但我知道前半部分的意思。

他们在1934年、1935年以及1936年的大部分时间里勉强维持生计。然后,在1936年的冬天,他们的运气不太好。他们当时住在佐治亚州,而查理正在亚拉巴马州一个脚手架上工作,敲打钉子,建造墙壁。那个脚手架由松木板组成,放置在钢做的框架上,但没有架好。有一次,他站在很高的地方,正从围裙里摸索一枚钉子时,脚手架在他的脚下散了架。

他身体的一侧被一大堆乱七八糟的木头和铁架磕伤,还咳了血。工头叫他回家疗伤,但他还是干了一整天的活,因为做半天工和一天工的工资有巨大的差别。一周以后,他得了肺炎。

他卧病在床躺了几个星期,拒绝看医生,知道反正没有钱看。他对着一块碎布咳嗽,然后时不时抿一口"补药",那药实际上是威士忌酒加一小撮糖。

一天早上,他从床上踉跄着下来,伸手去拿系带靴子,但他仍然病恹恹的,一个体弱的男人能干的活很少。他的体重掉了太多,脸瘦得看上去似骷髅。工头和公司老板们都摇着头叫他回去。"我们需要健壮的男人。"他们告诉他。

埃塔娜记得那是他们过得最苦的一段时候。

"妈妈不吃东西,只是看着我们吃,我、威廉、詹姆士和璜尼塔。我们吃玉米面包,有时候吃一点豌豆,还有一些油炸的土豆。那时我们住在弗洛伊德。我记得有一天,我们什么吃的都没有了,纽特叔叔给我们带来一锅土豆泥和一大块玉米面包。因为爸爸不上班的时间太久，他失业了。后来他就带上一把斧头给人清理灌木丛。人们让他登上零工卡车，去给他们砍伐制作纸浆用的木材。他也会挨家挨户地问是否需要挖井，并且与迪克西黏土公司门外等活儿干的人站在一起，也许他们需要有人给棚车装货。如果他们需要，他就用手装运一车车的货。"

房东来找他们要房租，艾娃恳求让她为他们做针线活抵租金。在没有需要她和年龄较大的孩子采摘棉花的活儿时，她就和埃塔娜整天做针线活。艾娃去商店买针线，在柜台上一枚枚数一分钱硬币，许多次，她不得不拖欠店家一分钱。

"我是靠得住的。"她总会这样说，眼睛定定地看着商店老板。

"我知道你靠得住，女士。"他们会说。

他们缝制拼被，将饲料袋的布作为布料制作床单和连衣裙。但那一天似乎总会到来，房东会走进院子找他们。大多数情况下，他们怀有歉意和善意。有些人会说，他们虽然不好意思这么说，但你们必须搬家了。另一些人则不那么友好。贫困会显露一些人内在的闪光点，也会卸下另一些人良善的外表。

他们当时住在罗马镇附近的科伊尔布勒夫，穷到只有卖掉那头奶牛才能支付房租的地步。艾娃牵着母牛走出棚子，把缰绳递给了一位前来买它的女人。

"还有，"女人说，"我还要今天早上的牛奶。"

艾娃已经挤过奶，这个女人认为她被骗了。

"你不能。"艾娃说。

"为什么?"女人问道。

"我要把它留给我的孩子们,"艾娃说,"因为那是他们仅有的牛奶了。"

那个女人试图跟她争执。艾娃绝望到可能会屈服,但她看到已经极其贫乏的生活有太多被搜刮走了,不能忍受再把残留的骨头上的那点东西刮走。

她转过身走进屋子,为她的孩子分了牛奶,并看着他们喝掉。那个女人发了一小阵子火,然后带着母牛离开了。艾娃七十年来一直为此得意扬扬。

艾娃就是那样。有的日子她哭,有的日子她笑。但在任何一天,她都可能会把那个女人一屁股踢回罗马镇。

艾娃留下了那头奶牛的牛犊。它当时还不能产奶,但将来会的。那时,有指望产牛奶总比什么都没有强。

几个月后,他们又一次拖欠了租金。那时他们住在一座小房子里,房主是约翰逊一家。那个周末,在几个县以外工作的查理会带着薪水支票来结清债务。但房东不肯等,派了一名雇工来到巴昂德姆的房子。

"全付清,"男人说,"否则今晚我要回来牵那头小牛。"

当天晚上,那个雇工和另一个男人带着一只灯笼、一捆绳子走进他们的院子。最年长的儿子詹姆士和父亲一起离家在外。艾娃走出门廊,恳求他们放过他们一家,不要把小牛带走。

"那是我们的口粮啊。"她说。

威廉,当时只有九岁或十岁,从墙上抬起爸爸的霰弹枪,然后走出门廊,艾娃没来得及阻止他。

那是一个建在细细的柱子上的高门廊,人们管那种门廊叫鸡腿门廊。那两个人抬头看了看大门廊上那个拿着一把几乎和自己一样高的枪的小男孩,鼻子里哼了一声。

"你要做什么,小鬼?"他们问道。

"只要你把绳子放在那头小牛上,"威廉说,"我就杀了你。"

当威廉将霰弹枪的枪托抵在他皮包骨的肩膀上,并用枪管朝下指着他们的脸时,那两个人停了下来。男人们深深地望着那把12号口径霰弹枪黑暗、冰冷、不眨眼的枪口,慢慢地从院子里退了回去。

查理一回来,全家人就搬了出去。那个年代,当房东把警察带到他们租借的院子里时,这些四方漂泊、到处搬家的人就完蛋了。他们连夜装满行李,走了。

(我现在想起了这一切,是在我想到我听过的另一个故事时。南方一所著名大学有一个女学生,将她的一美元钞票全扔掉了,就因为它们把她的房间堆满了。她说,反正一美元什么也买不了。)

日子似乎稍稍有些转机时,查理的病痊愈了,尽管当你穷成那样,富足总是一种相对的概念。到1937年,他几乎每天都在工作,不管人家能付给他多少报酬。他为得到半只猪或一蒲式耳[1]的桃子,他回到树林里和河岸上去打猎——主要是松鼠和兔子,还有捕鱼。他继续酿威士忌,自己喝,也用来卖。他永远不会在孩子们挨饿时自己去喝酒——因为那是,

---

[1] 计量固体物质体积的单位,美制的1蒲式耳约等于35升。

而且永远是一个可怜虫的标志,但如果那酒是你自己做的,喝点似乎不是太大的过错。

他有那个技能,那是他的爸爸传给他的。他需要的只是一个安静的作坊。和他的爸爸一样,他很快就知道人们——包括那些非常受人尊敬的人——会花很多钱来品尝他的佳酿。

1937年,他们的第六个孩子即将诞生。当时艾瑟姆奶奶正在很远的另一个地方忙着接生一个孩子,于是查理只好开车去罗马找那个镇里的医生。医生爬进他的A型车时,问查理有没有钱。

查理只是告诉他没有,但是,好吧,也许他们可以想出妥协方案。

第十三章

玛格丽特和那个谜

丘陵地带
1937年春天

他们相信,如果你每天吃一只洋葱,就能活到一百岁——这可能不是真的,但至少在他们认识的人里面,没有一个因为吃洋葱而死。他们认为烧焦的机油可以治愈疥癣,虽然一只身上沾了黑油的狗比一只身上有几块裸露的斑块和持续瘙痒的狗要双倍令人反感。他们相信你可以用凡士林闷死一只恙螨,而吃太多的泡黄瓜则会让你的血液干涸。他们相信很多很多事情,因为他们的妈妈和爸爸都相信这些。

仅仅因为一个男人穿着工装裤干活,或者一个女人在晚上吸上一口鼻烟,并不意味着他们不坚守传统。就像一个流传了几代人的故事像骨瓷一样珍贵而有价值,那些我们因为亲戚那么做就去做的事情,对我们来说就像贵族传承下来的所有东西一样神圣。这就是为什么查理在他第六个孩子出生那天的行为那样令人费解。他背弃了一个极其古老的以至于没人记得它源自何处或者什么时候开始的传统。

生产过程最辛苦的部分一结束,会有一个简单的出生仪式。初生婴儿会被交给一位亲人,或者一位受人尊重的邻居或朋友,通常是最年长的一位,以示敬意。然后那位亲人会抱着新生儿,极其缓慢地绕着房子走,对他说话,告诉他那些美好、高尚、充满希望的东西。他们会让宝宝贴近他们的心脏,让他感受心跳。当走完一整圈时,老人们会一语不发地将孩子还给母亲,因为把在那神圣的一圈里讲了什么说出来是非常非常不吉利的。这就跟如果把你对着生日蜡烛许的愿告诉别人,会让你的愿望落空一样。

在丘陵地带,我们家族相信那个婴儿将继承那个人身上所有的美德,所有的高尚禀性,所有的运气、爱心和才能。这并不意味着宝宝不会继承妈妈和爸爸的禀性,而是会从家人那里得到一些额外的东西。这是这些人相信的一件事情,他们每次都以一模一样的方式来做这件事,直到玛格丽特的降生。

她诞生在山茱萸开放的季节,她的出生让查理花了一夸脱的威士忌。罗马镇那位名叫格雷的医生给这娃娃接了生。这是一个叫声微弱、长着一副生气模样、金色头发的小东西,将来有一天会变漂亮,但现在看上去却像一只粉红色的老鼠。艾娃坚持要给她起名为玛格丽特,那是一次在她生病时帮助、照顾过她的一位老妇人的名字。而儿子们,詹姆士和威廉,围着小房子走来走去,抱怨又来了一个该死的妹妹。医生喝了一杯咖啡，并没有给他们任何关于育儿的建议。看上去，巴昂德姆先生和夫人对此已经有不少经验。

查理带着一夸脱酒跟着医生走向他的 A 型车。这整整一夸脱的酒是那一天最美妙的东西。在大萧条时期，它能值一美元或者更多，就跟现金一样值钱，而对口渴的人来说，甚至好得多。医生拧下盖子，嗅了嗅，但一口也没有抿，查理没有说过这种举动是不是一种对他的冒犯。过去有许多人喝劣质的私酒把眼睛弄瞎了，还有一些人喝酒喝死了。用威士忌来换取接生这样的事似乎是一种亵渎神的罪，但那个时候上帝可能原谅了他。

仪式没有立刻开始。宝宝需要先吃饱，需要在妈妈的怀抱中感受舒适。只有在那以后，宝宝的爸爸才会将她从母亲的怀抱中抱走，然后交给一位姑婆，或一位亲近的叔叔，或者平时对他们友好的男人或女人。

他们总是说"谢谢你们"，因为那无疑是一份礼物。

没有人知道为什么查理在那天打破了传统——他之前什么都没有喝，但是他突然把小女孩抱进怀里，然后抱着她亲自绕着那个小房子走了一圈，他的脸几乎塞进毯子里，靠着她的脸，轻声说着什么。他说了什么，我们永远不会知道。

仪式完毕后，他将玛格丽特交还给艾娃。当他把她从床上带走时，艾娃没有反对，当他把她带回来时，她也没有抱怨。聚在一起的其他亲戚在一旁看着这一切，有点疑惑。对他们来说，这个举动似乎有点自私。

查理从来没有说过他为什么那么做，而且一直到他去世也没有解释过。我们只能猜测。

这并不是因为她是他最钟爱的孩子——他们能看出来，他并没对哪个女儿有所偏爱，也不是因为他认为自己是最适合让那个新生宝宝继承的人。查理·巴昂德姆知道自己的弱点，他的一个真正的弱点。

但是，根据传统，新生儿只会继承好的东西，这是他将所有优秀、勇敢和纯粹的东西汇集到其中一个孩子身上的机会。那不是科学——在科学里你会继承所有的特征，包括好的和坏的——那只是迷信。或者，也许是信仰。

但是，如果那是真的，如果一个男人真能保证他的宝宝会继承他所有的德行，而避开所有的弱点以及那些弱点所造成的痛苦的话，会怎样呢？

如果它确实是真的，会怎样呢？

玛格丽特和璜尼塔性格完全相反。她比璜尼塔更胆怯，不是个斗士。这个皮肤白皙、一头浅色金发的小女孩相信，无论一个人多么坏，只要她对他们足够耐心，他们就不会继续使坏。当其他孩子打架时，她就远远走开。当成年人打斗时，她就逃跑。只有当她走投无路时，才会反击，当她没有任何出路时，才会张牙舞爪、拳打脚踢。

她的兄弟对她很不客气，但他们对任何人都不客气。他们用麻袋将她裹起来，每次艾娃不在家，让威廉照顾她时，他都会把她头发剪了。威廉会只剪掉她一边的头发，另一边仍然留着长发，甚至当他的妈妈为这种恶作剧抽打他时，他还笑得出来。

当巴昂德姆一家从亚拉巴马州搬到佐治亚州时，她的兄弟们告诉她，他们要去把小艾玛·梅挖出来，他们骗她说小艾玛其实并没有死，而是被活埋了。他们交给她一把大概有她身高两倍长的锄头，于是她走到哪儿都拖着那把锄头。她相信了他们，因为她还太小，她相信如果她不愿意帮助他们去挖的话，他们可能就没法将艾玛·梅从地里救出来。

当某个成年人告诉她，他们只是在愚弄她时，她就坐下来流泪，不是为自己受骗生气，只是感到伤心，因为他们会把艾玛·梅留在地里。

她到处都跟着璜尼塔。她依偎在埃塔娜的大腿上。艾娃的腿上总是有针线，因此她害怕其中一个孩子会跑到她身边，然后被缝被子用的大针戳到。玛格丽特讨厌那些针。

针头意味着疼痛，她非常非常讨厌疼痛——不管是身体上的，还是心灵上的疼痛。

查理管她叫"小男孩"，但似乎没有人知道为什么。她会蹒跚地跟着他走下土路，到信箱那儿，然后再蹒跚地跟他走回去，只是为了黏在他的身边。他是让她免遭痛苦的保护神。当她的眼里进了尘土时，是他用一条温暖的毛巾把它擦去，以减轻疼痛。如果她被炉子烫到，他会给她皮肤吹气。如果他发现她的兄弟们对她使坏，他会抽他们。

"也许我们不应该写这个，"多年后她说，"但我是他最喜欢的孩子。也许不是在喜爱这方面——他爱我们所有人——但也许他给了我更多的关注。我知道当爸爸和我在一起的时候，没有什么能伤害到我。我知道他永远不会让那样的事发生。"

第十四章

烧　伤

在奥斯比家
1930 年代后期

　　她身上着火的时候,脑子里一片空白。玛格丽特当时还不到三岁,是个金发白肤、招人喜爱的孩子。他们住在老奥斯比家的房子里,距离他们最近的邻居也有四五公里,在州界线的佐治亚州那一边。查理在亚拉巴马州的麦克莱伦堡找了一份临时工作,建造军队营房和屋顶,距离他们住处有三个小时车程。他晚上就睡在那里,周末回家。那件事发生的那天晚上,他不在家。

　　埃塔娜用一个饲料袋的布料给玛格丽特做了一条新裙子,一件漂亮的连衣裙。埃塔娜说:"但我当时还没有纽扣,我告诉她,先不要去穿它。"那是一件长裙,下摆一直垂到她的脚面,长大了穿才会合身。

"我等不及了。"玛格丽特说道。她哭着央求,直到家里的其他女人,大的、小的都向她屈服。当时,璜尼塔大约五岁,埃塔娜大约十岁,但显得更老成一些。

因为埃塔娜没有纽扣,她们用一个大的安全别针将裙子后背固定住。有一件新衣服是她生命中最快乐、最重要的事情,那是她第一次真切、清晰的回忆。这样的大喜事怎么可以为纽扣这种小事而耽搁呢?

黄昏降临了。她和璜尼塔用旧报纸剪纸娃娃,艾娃和埃塔娜离房子不远,正用搓衣板洗衣服。

两个小女孩制作了很多纸娃娃,地板上堆满了废纸。玛格丽特开始将碎纸扔进壁炉里,一块炽热的煤从火里滚下来,碰到了她衣服的下摆。那条棉质连衣裙着了火,火焰灼烧她的双腿,并沿着新衣服的后背烧了上来,玛格丽特拼命扑打着火苗。

她们赶紧试着把裙子从她身上扒下来,但脖子上本来应该由纽扣固定的地方紧紧地裹着。璜尼塔想把安全别针扯掉,但怎么都弄不开。玛格丽特尖叫着从房子里跑到门廊上,当她冲进新鲜空气里时,整件衣服似乎都熊熊燃烧起来。"我全身都着火了。"她回忆说。就在那时,她脑子里一片空白。

埃塔娜和艾娃听到了她的尖叫声,冲了过来,在她冲破门的瞬间抓住了她。艾娃将她按倒在门廊上,她们俩赤手空拳开始扑灭火焰。埃塔娜哭了起来,艾娃边祷告,边诅咒。她们一直拍打着火焰,直到双手都燎起了水疱,直到玛格丽特躺倒在门廊上,身上冒着烟,奄奄一息,安静得可怕。

她的眼睛睁得大大的，但看不见这世界上的任何东西。她还在呼吸，胸脯上下起伏，但受到了惊吓或类似的冲击。这并不是所谓的濒死经历，只是一个小小孩痛得脑海一片空白。

她只记得她做过一个梦。

"我升天了，我在飞，但我没有见到主。我在和孩子们一起玩，大概有三四个，我们都能飞，四处飞来飞去，都穿着白色连衣裙。我飞了很长时间，但我从未见到主。我想见到他，因为我一直都很乖。但如果我真的见到主了，我肯定能记得。"

他们当时没有车。查理把车开走了。他们无法去找医生，没有更快的办法。玛格丽特恢复意识的时候哭了起来，这让艾娃意识到她很可能不会死去。

艾娃有这种不同寻常的能力，在最糟糕的时候总能做出她应该做的事情，然后再恐慌和崩溃。这天晚上就是这样。玛格丽特身上的火一被扑灭，艾娃就轻轻地将她抬起，让她肚子朝下趴着——大部分烧伤集中在她的腿上和背上，然后开始给伤口抹药膏。她叫埃塔娜和璜尼塔去找人帮助，最后她放松了下来，浑身开始发抖。

她们拿着艾娃那个又大又重的提灯，跑了几公里，去到奥斯比小姐那儿，那是离他们最近的一户人家。奥斯比小姐家没有电话，她和女孩们又走了三公里，去了一家有电话的商店。她们不相信救护车会为这种事情来这么远的地方，于是给麦克莱伦堡附近的亚拉巴马州安尼斯顿的警察局打了电话，然后他们找到了查理。

第十四章 烧 伤

他跳上卡车飞驰回家,当他走进门时,嘴里还带有威士忌的酒气。男人下工后经常喝点酒,会悄悄抿上几口偷偷带到禁酒郡里的家酿私酒。但这次天使们都在跟他对着干。这一次,那些需要他的人,相信他可以杀死任何恶龙的家人,需要他当时是个完全清醒的人。

他的女儿们指望他只手擎天,但他却辜负了她们——这是仅有的几次中的一次。

玛格丽特趴在床上,哭累了,再次安静下来,下半身的水疱开始浮现。查理站在她身边,努力用那双惺忪的醉眼看个仔细,说:"好吧,也许这还不太糟糕。"然后他去商店买了一些药膏,就又回去工作了。

但情况很糟糕。那些水疱发展到像茶杯一般大,然后又发生了感染。

"我那时躺在她身边的床上,将被子从她身上掀开一点,因为她痛得碰都不能碰一下,但敞开被子她会着凉,"埃塔娜说,"我试图将那件裙子从她身上扯下来,弄得手都酸了,但那没关系。有时候我会睡过去,被子就落到她身上。她肯定痛得很。这把我吓坏了,我很害怕我们会失去她。"

玛格丽特趴在那里,迷迷糊糊的,醒来时感到很痛。

艾娃再次让女儿们去找查理。这一次,他清醒的双眼看到了他的孩子正在遭受什么样的痛苦,并将她带去看罗马镇的医生,然后带着愧疚回去工作了。

许多许多年以后,我问玛格丽特对这一切有什么感受,有没有给她留下什么不好的回忆,有没有影响她对他的感受。

"没有,亲爱的。我那时年纪很小,所以它没有留下任何不好的伤痕。"她说。

我猜她误会了我的意思,她以为我在讨论那场火本身。不过,也许她完全明白了我的意思。

第十五章

找乐子

树林深处
1930 年代后期

酒。

这玩意儿似乎听上去就是一种亵渎神的罪。

查理挥上一整天锤子,也赚不了十美元,但他可以酿出一加仑的威士忌酒,卖五美元一壶。他将它卖给了杰克·米尔萨普、拉尔夫·克罗、商人、药剂师以及其他体面人物,因为他产的酒很清澈、很醇正,也因为它像"酷爱"饮料[1]一样安全。其他人可能用生锈的卡车散热器酿酒,他们的烈酒中混有铅盐,看不见,但是致命。没有人会在查理的

---

[1] "酷爱"(Kool-Aid)是卡夫食品公司旗下一种用粉末冲泡的调味饮料,因为便宜好喝,受到穷人欢迎。

麦芽浆里发现漂浮着的死负鼠。如果他没有用自己的肝脏测试过他酿的酒，他一口都不会卖——绝对连一小口都不会卖。

就像他的爸爸把他带到树林里学习这门手艺一样，他带上他最大的孩子、当时才十几岁的詹姆士，让他帮着搬运木头，协助望风。詹姆士还记得他的爸爸会看着酒液从干净的铜管上慢慢地、慢慢地往下滴——他们把这个过程叫作"加甜度"——直到检验品尝的那一刻。

查理在工装裤的后袋里带上一个透明、扁平的半品脱瓶子，他会先蒸馏出一品脱酒液，摇晃一下检查它的泡沫——上好的酒被摇动时，表面会产生很细的一串微小气泡。他会使劲盯着看，好像那瓶子就是他的显微镜，然后猛地喝上一大口，然后第二口、第三口，直到一滴不剩。

他会闭上眼睛，抬起脸看着树，然后轻轻地宣布：

"儿子，那就是酒。"

他每卖出一加仑，先要喝上整整一品脱。

这在树林深处已经形成一种文化，几乎就像一种宗教。这玩意儿比任何事情都重要，比战争、撞车、世仇这些事都要重要，有不少我的家人为此送了命，或者导致他们去做招来杀身之祸的事情。那是一种亵渎神的罪，但那是我们大家都犯过的罪。我想这将永远延续下去。

禁酒令来了又过去了，但亚拉巴马州和佐治亚州的大部分地区在1940年代正式禁止出售酒精饮料，并持续了数十年。但那些地方只有在你想遵守禁令时，才会无酒可喝。

在罗马镇、安尼斯顿、加兹登和山区的其他城镇，富裕的男人和女人啜饮葡萄酒，喝着他们从酒类走私犯或不禁酒的地方买的盖过章的棕色威士忌。他们让人偷偷摸摸地把酒运到他们的后门，然后挺直腰板、面容神圣、表情庄重地去上主日学，还以为耶稣会不知道。一些在乡下长大但现在住在城里的老人，偏爱那种在树林里酿出来的私酒，于是就去找到像我外祖父这样的人。

在乡村地带，每个地方至少有两个走私酒的人——一个白人，一个黑人——他们从地窖和泉水里取出啤酒一瓶瓶地卖，以保持啤酒的凉爽，另外还一夸脱、一夸脱地卖私酿威士忌。在亚拉巴马州的卡尔洪，有一个绰号叫"海蒂阿姨"的女人，是一位传奇人物。她在小纸片上写下秘密数字给客户——作为一个标记，以确保自己不会一不小心将酒卖给便衣税务员或警察。在她去世很久以后，她的走私联络网早已和她一起埋进土里，男人们还把写着代号的纸片留在钱包里，会充满骄傲地展开那些纸片展示他们的号码。

有些人有秘密握手暗号，而我们有海蒂阿姨的密码。

如果你能得到丘陵地带产的威士忌，那么你的酒几乎总是很纯净。人们认为它胜过肯塔基州所有的酒，而且非法的酒让人觉得味道更好。

这是一种伪装的文化，在当时这个地区死板的浸信会和公理圣教会的信徒们高挺的鼻子下肆意流淌。他们奉主的圣名喝得醉醺醺的，心荡神驰地从教堂的长椅背后走过——我妈妈将这种行为称为"找乐子"——有时甚至用手握大蛇来证明世上没有任何东西可以刺破他们信仰的盔甲。

但是，如果你不知道往哪儿看，威士忌就会在你的鼻子底下滴漏了那副盔甲，从它下面和周围无形地流将过去。

甚至在查理·巴昂德姆家那样的房子里也有一种伪装的文化。有趣的是，它几乎显得很高尚。

当然，为了制造酒，伪装是很有必要的，因为如果像查理这样的人蹲了监狱，他的家人就会挨饿。这是一个很自然的事实。

查理像他爸爸一样，在漆黑的夜晚去照看他的蒸馏器，那种时候深深的树林能帮他保密。他走同样的路线从不超过一次或两次，并且总在他称为他的"锅"的蒸馏器外绕一大圈，又绕一大圈，就像一只狗在躺下之前会围着睡觉的地方绕圈一样。老人们说，狗会这样做是因为它们不想躺到蛇的身上。在某种程度上，查理是在做同样的事情。

他身上带着那把比利时造的12号口径双管霰弹枪，还有一把一磅半重的铁匠锤，他总说那是为了防蛇。

有那么两次，执法的人在州界两侧等着抓他，但他是一个黑暗中的幽灵——"走路像印第安人一样悄无声息"，我表弟特拉维斯·巴昂德姆曾这样描述。他们第一次来找他时——当时的法律规定，酿私酒的人必须和蒸馏器在一起时才能抓捕——发现有埋伏后，他悄悄融入黑暗之中。下一次，他们隐蔽得更好，时候一到，迅速从树后面跳出来把他团团围住。他做了当时唯一能做的事情：像一头公牛撞倒牛仔竞技会上的小丑那样，将其中一个人撞倒，从他身上跳过，然后将剩下的人全都甩得无影无踪。他的表兄弟说，没有一个白人能在那些树林里跑得过他。这不是喝醉酒后胡编的神话，是当时和现在的人们都知道的不争的事实。

如果詹姆士在他身边，查理对周围起了疑心，他会将詹姆士先藏起来，告诉詹姆士在那儿安静等着，直到他来找他。

如果蒸馏器离家只有几公里，他们会走着过去。如果距离更远的话，他们会开一辆1935年的普利茅斯短款车到附近的地方，然后下车走过去。

詹姆士永远不会忘记那次和爸爸在丘陵地带很高的比恩·弗莱特山上，大概已经蒸馏出三加仑酒液。这意味着查理肚子里灌了三品脱酒，并且说实话，他看东西已经不那么清楚，或者说看什么东西都是重影。

那时正是黄昏时分，天色即将变暗，锅底的火滚出的烟太多。查理总是在山洞里、石崖下或一堆倒下的树中间酿威士忌，那些树枝就像过滤器一样，有助于消散和隐藏从炉火中冒出的烟。

但这次要么他在火上放了太多的柴火，要么其中有一部分是湿柴，所以即使有头顶的树木作为屏障，炉火还是向空中飘出一股粗粗的黑烟。詹姆士生怕会被税务员发现，急得几乎要跳进火里，开始拼命挥动双臂扑打起烟来，直到他的爸爸笑得浑身颤抖。

"把它打个落花流水，儿子。"他说。如果有任何税务员在他们附近，一定能听到他在那里鼻子发齉、捧着肚子大笑的声音。

詹姆士记得，在那些山脊的顶部和洞穴的深处，环境宁静而优美，没有将星星变得模糊不清的城市——只有他和爸爸两个人坐在草地上，讲着故事，火不断燃烧着，蒸馏威士忌的香气甜美而强烈，随着微风飘散开来。当他年纪再大一点,他的爸爸会让他尝一小口,那酒真像蓝色的火流过他的身体,燃烧着他的嘴,烧灼着他的喉咙,温暖地进入他的腹部,像所有上好的威士忌一样。它能让你忘掉事情,还能让人很难看清东西,但也没有什么值得去记住,没有什么值得去看的。至少喝下第四或第五口之后的感觉似乎就是那样。

有时他和爸爸会仰面躺着看星星,这些星星大部分都是静止不动的——除非他们喝了酒,还有那些在空中徘徊的萤火虫。星星的光是纯白色的,萤火虫的光则是金色的,或者是一种荧光黄,要看当时空气的湿度。

那天晚上,"就在我刚把那股烟扑散",正当黑暗完全将他们笼罩起来时,他们看到远处有一盏灯,正沿着一条笔直的路线缓缓向他们移动过来。

"儿子,"查理低声说道,极其严肃,"看起来不是好事,对吧?"

詹姆士害怕得说不出话来。

"走到那棵大松树后面,站着不动,"查理说,"无论发生什么事,你都不要动。如果大事不好,他们把我抓了,就赶紧回家,越快越好。"

然后他弯下腰捡起那把铁匠锤,站在蒸馏器旁的林间空地上,火焰把他笼罩在一层黄色的光晕中。詹姆士起初不知道爸爸为什么不躲起来,然后他明白了。

当有一个人或一群男人举着灯追逐查理或者打他时,他就会把所有人的注意力引到自己身上,这样詹姆士可以借机溜走——或者在深深的阴影中一动不动,直到安全为止。

查理用锤子拍了一两下自己的手掌。那有可能是收税的人，也有可能是哪个卑鄙的狗娘养的想来偷他的威士忌，也许还要伤害他或他的儿子。比利时产霰弹枪靠在一棵树上，就在离他近在咫尺的地方。

那团光越靠越近，越靠越近……但詹姆士和查理都注意到它似乎并没有变得更大。它只是嗡嗡作响飞了过去，一个明亮的、微小的、清晰的发光的球。

那时，在树林的深处，他们认为那是一个幽灵。现在詹姆士知道它只是一只萤火虫，但绝对是所有萤火虫的母亲，谁都没见过那么大的萤火虫。但是它怎么能飞那么长时间，像有人过来一样？萤火虫一般都是在微风中跳舞。

鬼故事都是这样诞生的。但是，醉鬼的故事也是这样产生的。

联邦的人和县警骚扰了查理三十年，虽然他们时不时因为他血液中含有太多的私酒而将他铐起来，但他们从来没有在酿酒的现场抓到过他。

"他们一直追赶他，"詹姆士说，"我估计他们把所有的人都抓了，可就是抓不住爸爸。"

他记得有一次，他们住在亚拉巴马州时，看到树林上空有一大片灰尘全速飞过来。两辆装满执法人员的车在院子里停了下来。

"我不喜欢这样。"詹姆士说。他当时十四岁。

"这也让我高兴不起来，儿子。"查理说。

八扇车门都打开了，男人们冲了出来。警察——他们相信那是有名的"蒸馏器破坏者"索克·佩特——走到门廊上。

"我在找一位查理·巴昂德姆先生。"他说。

"我就是。"查理说。

"我想搜查你这儿周围的地方,"他说,"查有没有威士忌蒸馏器。"

"你请便。"查理说,声音愉快,但不带嘲讽。索克不是个可以戏弄的男人。"我要不是正准备坐下来吃饭,我会和你一起去。"

但是当他走进去的时候,他转向詹姆士轻声说:"儿子,我琢磨着他们抓住我了。"

虽然那蒸馏器距离房子只有一英里,查理却找到了完美的地方。他找到了一个深深的落水洞,一人多深,并且很仔细地在洞的一侧挖出一个洞穴——然后用藤蔓和金银花把它盖上。他没有把往那里去的路踏出来,因为每次他去的时候,都会在不同的路线穿过杂草,小心缓慢地移动。

"除非他能飞,"警察嘟哝着,走进院子,"他没去过那儿。"

他把查理叫到屋外。

"好吧,算我们运气不好,"他说,"我们从这里一直到那里,连一只兔子的踪迹都没找到。"

查理告诉他们,如果他在附近看到一个威士忌蒸馏器,肯定会去找他们。

他当然不会飞。

但是,经过几次痛饮自己的产品之后,有时他真以为他可以飞起来。

对于像查理这样的男人来说,一种伪装的文化决定了威士忌的制作方式,也决定了它的饮用方式。

当然，有些人就在自己家里喝酒。他从来没有。艾娃在很久以前就已经知道，恶魔就藏在打开的酒瓶中，从不让把威士忌放在家里。就是让放，查理也不会这样做。

在他的行为准则里，男人不在他的妻子和女儿面前喝酒——但是一旦儿子们长得足够大了，他就开始在他们面前喝酒，也并不教训他们不要喝。

男人喝酒，男人工作，男人打架。

你长到十三岁或十四岁，要么是条汉子，要么就是个可怜虫。

他们在树林里喝，在他们的蒸馏器边上喝，在他们停在土路边的卡车和汽车上喝。有时候，如果他们只需要一点点，就会把车停在院子里喝。

迫使他们掩饰这个习惯的并不是宗教。正如我们之前说过的，查理不是一个笃信宗教的人，尽管他生活在有牢固信仰的人周围。在那个年代有一些人（我想，在这个年代也有），会在酒醉后传教，他们会像神灵附体一般——同时满肚子烈酒——在树林里踉跄而行，并开始大声热烈地背诵《圣经》经文，直到醉翻在地。

查理没有在去教堂做礼拜的人面前掩饰饮酒的习惯。像查理这种被夹在对家人的爱和对烈酒的爱之间的人，只能喝完酒之后才回家。

这似乎是一场空洞的胜利，一场毫无意义的胜利，一个男人把自己喝个半瞎，然后踉踉跄跄闯进屋里，把所有喝酒带来的坏事全带回家。

但这正是他们爱他的原因之一。他的本性、他的优良品性，并没有因饮酒而变得丑恶。他喝酒，他大笑；他喝酒，他唱歌；他喝酒，他讲精彩的故事；有时候他喝完酒，只是带着微笑睡上一觉。

他喜欢生活，所以不是为了逃避而喝酒。他只是喜欢酒，喜欢它的味道。

大萧条结束时，他开始酿酒，那是稳赚一点外快的方式——只要他没有被抓住。如果他把挣来的钱全都喝掉，欺骗他的家人，他就是一个可怜虫。但他酿了酒并只喝其中的一部分——再说我猜想，要一个男人去酿酒，闻着酒香，指望他一口不沾，要求也太高了。

我并不是在给他的行为找借口。他的确做了不应该做的事情。我想一个人只有经历过一个恶劣的酒鬼，才会看得上一个善良的酒鬼。

他从来没有毒害过任何人，从来没有让任何人因为喝了劣质的威士忌而跛脚或失明。而且如果你真想喝点威士忌——那酒就像产出它的大山一样，永远与我们同在——你最好还是喝点令人难忘的威士忌。人们确实还记得那酒的味道。他们真的记得。

而为此受到伤害最大的是他。

警察因为抓不住他而感到沮丧，紧紧地跟着他。不少警察厌倦了试图以其他罪名将他拖进监狱后被他倒打一耙，干脆就跟着他沿着泥泞的道路行驶。每当他的车开得摇摇晃晃时，就将他逼停。

有一次，两名佐治亚州的州警跟着他，来到罗马镇外一个叫作"山上枫树"的知名啤酒卖场。

那是一家真实的、地板上还散落着锯末的酒吧，了不起的罗伊·阿卡夫[1]甚至写过一首关于它的歌——要么这首歌用了这个地名，要么就是这个地名因这首歌而起，总有一个是对的——查理、詹姆士和威廉进去坐在一排高凳上。

两名州警走进来，站在他身后。

"来吧，巴昂德姆，跟我们走吧。"一个州警说。

"我什么也没做啊。"查理说。

"来吧。"另一个说。

"我只是坐在这里，"他说，"我这几个孩子跟我在一起，我不能把他们留在这儿。"

然后其中一个州警用手臂勒住查理的脖子，向后将他从凳子上拖了下来。

接下来的事情发生得如此之快，以至于詹姆士和威廉根本没有时间介入帮助他。在地板上，查理用他长长的手臂向那个州警的腿后面猛扫过去，将他绊倒在地。

威廉说："他摔倒时四脚朝天，脚高高地踢到他脑袋应该在的位置。"

那个人头朝下地摔倒在地，几乎失去了战斗力。另一个州警抡起警棍重重地朝查理挥去，正好打在他的头上——但并没有起作用。

查理对着剩下那个清醒的州警脑袋侧面打了一下，发出像两块混凝土块拍在一起的声音。那个男人摔倒在地板上，

---

[1] 罗伊·阿卡夫（Roy Acuff, 1903—1992）是知名的美国乡村音乐歌手和小提琴家，有"乡村音乐之王"的称号。

倒在他的伙伴旁边。

查理没有吼叫、大喊或说一个字——反正这两个人似乎也听不到。他把他们一个一个拖到砾石停车场，让他们躺在他们的巡逻车旁边。

然后他回到里面，继续喝他的啤酒，直到满满一车的警察开进了这个停车场。他告诉男孩们走回家——然后走出去迎接他们。他们给了他一顿揍。

他喝酒时车开得很慢，除了右转弯外，其他都能做得很好。他总觉得他的拐弯空间比实际空间大得多，所以总会撞到信箱上。

孩子们会听到他的旧车轰隆隆地开进车道，然后——如果隆隆声之后没有立刻听到铁皮相撞的声音——他们就会很庆幸。随着时间的推移，那只可怜的信箱看上去就像是卷入过一场不宣而战的战争，伤痕累累，邮递员会把信件塞进去，然后咧嘴一笑。

他们住在亚拉巴马州的特里迪格时，一天晚上，他们听到了可怕的撞车声。他们跑到外面，看到查理的卡车撞在一棵巨大的橡树上。

"上帝啊，爸爸，"璜尼塔说，"那么大的东西你怎么也会看不到？"

"得了，你看，亲爱的，"他说，"因为我看到的是两棵。"

如果他不是一个喜欢用威士忌让生活变甜的男人，他应该可以活得更久，他的妻子和孩子拥有他的时间会更长，他的孙子们也可以认识他。

但是对于有些男人来说，喝酒就像呼吸一样。

尽管有喝酒的习惯,他仍然支撑了这个家。他从不像一般喝酒的人那样,醉得不省人事。他很少在白天睡觉。

我想你可以说,他找到了人生的乐子。

艾娃以确保把他酒醉后的难受劲儿变成痛苦为己任。

"你必须停下来,否则酒会要了你的命。"她说。

"我知道,孩子他妈。"他说。

"你真得停。"她说。

"我知道,孩子他妈。我知道。"

"你甚至没在听我说话。"她说,提高了嗓门。

"在听,孩子他妈,我在听。"他说。

"不,你没在听。"她说,站在他边上,低着头,像良心一样审视着他。最后他会起身逃到院子里,玛格丽特会跟着他,蹒跚地走出门。

"那个女人,"他会说,"能把墙上的油漆都唠叨掉。"玛格丽特只会坐在那里,一脸伤心。即使是蹒跚学步的小孩,也能感觉家中出了问题。

有时艾娃会变得不依不饶,会走到门廊上强调她的观点。此时查理会爬进他的短款车逃走,一路走一路说:"我听到了,孩子他妈。我听到了。"

他会一路颠簸但安全地离开,他的忏悔会在轮胎扬起的尘土中烟消云散。

"他一点都不觉得抱歉。"艾娃回到家里说,然后在屋子里跺起脚来。对于玛格丽特来说,艾娃似乎能让太阳为早上升起而感到抱歉。

"为什么她对你生这么大的气,爸爸?"她大一些的时候就会问他。

"嗯,亲爱的,"他会说,"因为她是个圣教会的人。"

"那是什么?"玛格丽特说。

"圣教会嘛,"他说,"就是从来没有一点乐趣的人。"

他解释说,艾娃有时会忘记她是圣教会的,于是会享受一些乐趣,然后才意识到自己正在找乐子。

"她会收回去,"他解释道,"这让我可以忍受她的唠叨。"

有那么一两次,他喝醉了以后去为房子做屋顶。一位表亲咧着嘴笑着告诉我,她曾经开车经过一幢大房子,看到我外祖父在屋顶上的剪影,他当时正在云间摇摇晃晃地走着。

第十六章

来 信

罗马镇外
1940 年代初

联邦政府的信是在 1941 年冬天的一个傍晚寄到的,当时璜尼塔大概七八岁。那天晚上,当查理下班回家时,艾娃将信读给他听,然后走到柴炉边坐下,眼睛红红的。政府的信被她的拳头捏皱了。

璜尼塔问大一点的孩子,她为什么伤心,他们说这是因为父亲不得不去罗马镇找医生做个什么"煎茶"(检查)。如果他通过了,他们就会给他一身绿色的衣服,就像"呼啼"穿的那种,把他放到军队里。

当时世界上的很多地方已经处于战争状态,但这对她来说并没有太大意义,因为没有人为争夺他们的土路、他们的树木而战。对她来说,孩子的爸爸必须撇下全家,一个人离开，似乎怎么都说不过去。孩子他爸能把那些游魂和烂人赶走，能阻止雷电把房子击倒，能把蛇杀掉。

孩子们想知道为什么"呼啼"不能去，因为他已经有那套衣服了。他们不愿让"呼啼"走，但是……

"我们会饿死的。"艾娃说。她正怀着第六个孩子。查理只是一直说："嘘，这会儿就别说了。"

第二天早上起床后，艾娃还在哭。他穿上一身干净的工装裤和牛仔布的木匠帽，拥抱了艾娃和孩子们。他告诉他们不要担心，但即使是年幼的璜尼塔也能看出，他当时的脸色是惨淡而严峻的。

"呼啼"不肯进屋，独自一人坐在树林里。查理喊他的名字，但是"呼啼"只管往树林深处走去。

他的旧卡车坏了，所以他得走着去。他们当时住在一座小山上，有一条长长的笔直的红土车道。璜尼塔站在门廊上，看着他越走越远。他仍然是一个瘦削的男人——他一辈子都很瘦，当他走远时，他看上去有三米高。

"我在院子里整整等了一天，盯着那条路看，我想我来回看了一百次，"璜尼塔说，"我没有跟任何人说话，没有进屋吃饭。我只是在等他回来，我很害怕他不回来。那是我记忆中的第一件伤心事。"

即使还是一个小女孩，她在很多方面都像他一样，是个身材瘦瘦的假小子，比和她一起玩耍的任何一个女孩都更坚强，更不轻易掉眼泪。那天她没有哭，只是看着。

黄昏的时候，当妈妈在里面点亮灯笼时，她看到他走进了车道。她拼了命地飞奔过去，他用一只手抓住了她。

第十六章 来 信

他只说了一句:"他们没有要我。"

她和他一起走了回去,不过如果一个人喜出望外,像在云中飘荡,她并不需要走路。

"妈妈还在屋里,还在吵吵嚷嚷,"璜尼塔说,"妈妈总是吵吵嚷嚷。"

晚饭时,他告诉艾娃白天发生的事。医生说他作为一个如此瘦弱的男人,身体够健康了。但征兵的人告诉查理,他肩上的责任太多了,军队不会接受一个已经三十多岁,还有五个孩子的男人,而且,他的妻子正在怀第六个孩子。他让查理回家,和他的家人一起过日子。查理告诉那个男人,如果他被招募了,他不会逃避自己服兵役的义务。但是那个男人笑了起来,告诉查理,如果这场仗打得久,他的儿子们很快就会长到服兵役的年龄。

"回家吧,巴昂德姆,"征兵人员告诉他,"回到孩子们身边去。"

玛丽·琼于1941年3月27日出生在佐治亚州一侧,那是日渐衰弱的艾瑟姆奶奶最后一次来到艾娃的家中。玛丽·琼,每个人都叫她琼,睡在艾娃的怀抱里,璜尼塔和小玛格丽特站在那里盯着她。

"她长得有些难看,不是吗?"璜尼塔说。

玛格丽特点了点头。

她最终变得漂亮多了。即使家里已满是女孩,琼还是成了爸爸的宝贝女儿。在婴儿时期,她得了很厉害的耳痛。她的爸爸买了雪茄,将烟吹进她的耳朵。当时人们相信这样做能缓解疼痛。不管它是否起了作用,这是她对爸爸最早的记忆，即使它当时没能把她治好，如今也成了能抚平她创伤的某种东西。

很多年以后，琼会说，正是由于她即将诞生，正是她将要来到这个世界的事实，使得军队将爸爸送回家。

但璜尼塔知道，如果许愿可以让某些事情发生，她那时就许了愿，要让他回到那条车道上，要他远离夺走了成千上万个来自松树林区的父亲生命的那场战争。

"我就是无法想象没有爸爸的生活，"璜尼塔说，"现在叫我想象没有他的生活都难。"

那时，有一场战争正在向他们逼近，一场与第三帝国或日出之国毫无关系的战争。有一个敌人，正坐在隆隆作响的座位上，向他们逼近。

第十七章

瑞登一家

科伊尔斯布拉夫
1940 年代

比起巧克力馅饼,瑞登一家更喜欢打闹。内德·瑞登身高近两米一,身材长得像一段烟筒。他会跟妻子梅进行一场难以入耳的对骂,然后大发雷霆冲进院子,跳进一辆福特汽车,打火发动。此时,梅会拖着女儿米基的胳膊冲出来,尖叫着让他从车里出来,"不然我会把米基扔到车轮下面"。内德会坐在那儿猛踩油门,掩盖梅的尖叫声,而米基则泰然自若地在一旁等着,嘴上还沾着番茄酱——她喜欢从瓶子里直接喝——梅和内德对骂着,发动机咆哮着。其实梅不会将米基扔在车轮下面,内德也从来没想过她真会那么做,而米基在五六岁时就已经聪明到一看就知道这是一场情景剧。剧情的结尾总是内德开车奔罗马镇而去,轮胎转动,砾石乱飞。

一连串的咒骂声像垃圾一样,从驾驶员那侧的窗口不间断地蹦将出来。

有些人就是很有趣。他们不这样不行,他们天生就这样。

瑞登一家就是这样一群人。

在琼出生的那段时间里,查理再次搬家,这次是在乌斯塔诺拉河附近的科伊尔斯布拉夫。在他们生活过的所有狂野又美丽的地方里,这个地方可能是最狂野也是最美丽的。在比猪踩出来的小道好不了多少的土路上,鹿在车前方跳跃,黄鼠狼在门廊下面做窝,一家人好像生活在定时臭弹上一样。但也许科伊尔斯布拉夫最狂野的生物,就住在离巴昂德姆家一条山脊开外一栋摇摇欲坠、窗帘紧闭的房子里。

老瑞登、他的妻子、五个成年的儿子、两个成年女儿、一个儿媳妇、一个饮食习惯很古怪的小孙女和一个儿子的恋人,一家人住在一栋四居室的房子里。即使在夏天,也会有黑烟从烟囱里冒出来。与大多数人在树林深处藏着蒸馏器不同,他们直接在房子里酿私酒,并且很长时间都没有遭到惩罚。

老瑞登是一个干瘪的小男人,中风后一直坐在轮椅上。艾娃见了这种事总会心中不忍,为他做了蛋奶糕和巧克力馅饼,那些东西在那间拥挤的房子里不一会儿就被分光了。老瑞登太太,有时被称为瑞登奶奶,腰围和一个五十五加仑的桶差不多,身高几乎和桶一般高。

他们家的男孩都皮肤黝黑,身材高大。内德是最年长的,杰里像一条被逼入绝境的蛇一样凶狠,小瑞登有一口好牙,还有可以像田纳西赛马一样飞奔的罗德尼。还有丹,大家都说他头脑冷静，很有可能有些出息。

他们家的女儿则是可以让传教士放下《圣经》的漂亮女人。琼恩和露丝身材苗条，深色皮肤，十分可爱。"她们就像电影明星一样。"璜尼塔说。男人们会绕道走上半天的路，只是为了来看上一眼她们坐在门廊上的样子。

米基是这家的孙女，也许是瑞登一家里最有趣的一个，即使不算她直接从瓶子里喝番茄酱的事。当艾娃将馅饼带给老瑞登时，她带着当时大约四岁的玛格丽特。当艾娃和瑞登一家在厨房里聊天时，米基折磨起玛格丽特，打了她一记耳光，只是为了看看她有何反应。

玛格丽特只是坐在那里任其发生。玛格丽特天性冷静，不记恨任何人，只渴望与他人和平相处。她讨厌冲突，讨厌尖叫，讨厌诅咒，讨厌当有人试图给一个理智的人造成痛苦时，她会感到的那种恐惧。即使还是一个小女孩，她也只会对周围人的恶意忍气吞声，当那个陌生女孩扇她耳光时，玛格丽特真会把另一边脸颊转过去。[1]

"我当时就那么忍了。"六十年后她说。

"为什么？"璜尼塔说。

"因为我怕她。"玛格丽特说。

"你应该告诉我。"璜尼塔说。

"为什么？"玛格丽特说。

---

[1] 《圣经·马太福音》第3章第38—39节，耶稣在《登山宝训》中说："你们听见有话说：'以眼还眼，以牙还牙。'只是我告诉你们：不要与恶人作对。有人打你的右脸，连左脸也转过来由他打。"系基督教教义中不对施暴者实施报复的理念。

"我会拧她。"璜尼塔说。

在那个时候,住在瑞登家附近就像躲在马戏团帐篷下偷看那里的秘密一样。他们一家一直在打架,酿威士忌,逃避警察和税务员。有时他们被抓住,但经常能逃脱,然后直接回到科伊尔斯布拉夫,直到再次被抓。那里的税务员对查理·巴昂德姆或他的私酒蒸馏器一点儿也没注意。对他们来说,那可能就像在狂欢节游行中,某人因吹个泡泡糖而被逮捕一样小题大做。

他们是巴昂德姆一家人见过的唯一敢在家中酿威士忌的一家。埃塔娜当时大约十二岁,她说他们的房子总是"黑洞洞的",因为他们一直拉着窗帘。深夜时分,瑞登家的男孩们会带着大瓶罐头走出前门。

有一次,在一次突袭中,税务员沿着河边追捕小瑞登和罗德尼,并抓住了小瑞登。他们一时腾不出人手去看住他,于是一个税务员让他伸手绕着一棵雪松树的树干,那树几乎和教堂的尖塔一样高,然后用手铐猛地把他铐上。"他逃不了,除非他把那棵树一起带走。"税务员说了声,然后继续去追罗德尼。一等他们离开了视线,那个从来不缺心眼的小瑞登就开始一点一点地爬上那棵瘦削的树。雪松的枝条很脆弱,他干脆就从那些枝条中一点点挤过,一直爬到树顶。等税务员回来的时候,他早已跑得无影无踪了。

瑞登家的男孩对巴昂德姆一家非常友好,只有一个人除外,那就是脾气暴躁的杰里。他与一位名叫诺里斯的高大女人形影不离。诺里斯是个乳房大得像两只饲料口袋一样的女人,据说和杰里几乎一样凶狠,也被当作瑞登家的一个成员。

每当艾娃见到他们开车经过房子的话，都会反复嘟囔那句童谣："杰克·斯普拉特可以不吃肥肉，他的老婆可以不吃瘦肉。"[1]

所有人似乎都惧怕杰里三分，查理除外。"呼啼"怕他怕得魂不守舍，但不肯说出缘由。只要杰里在附近任何一处出现，"呼啼"就会紧紧黏着查理，到处碍手碍脚。

巴昂德姆一家住在他们边上一年左右。孩子们甚至将他们最喜欢的一只又矮又胖的母鸡起名为"老瑞登太太"，因为她们有相似之处。查理为此开怀大笑，说："看起来确实很像她。"

他们喜欢讲有次刮龙卷风的故事。当时他们看到老瑞登太太正在山脊上喘着粗气，打算躲进防空洞。但是她的一只脚打了滑，然后一直滚到半山腰才停下来。

巴昂德姆家的孩子为此大笑了起来，妈妈和爸爸训斥他们，说取笑别人不好。

第二天，查理脸色阴沉地走进屋子，说他带来一件可怕的消息。

"瑞登太太死了，"他说，"她就在院子里，双腿直挺挺地伸到半空中。"

孩子们震惊了，为昨天的事感到羞愧。但无论如何，他们都得跑到外面去看，因为一个孩子很少能看到一个像

---

[1]《杰克·斯普拉特》（"Jack Sprat"）是一首英语童谣，最常见的版本是："杰克·斯普拉特可以不吃脂肪，他的老婆可以不吃瘦肉。但是，当他们在一起时，就把盘子舔得干干净净。"

五十五加仑的桶那么粗大的女人死掉、躺在院子里，腿伸向空中。但当他们冲到外面看时，才发现死的只是那只母鸡。但它确实死了，而且，事实上，它的腿确实伸得直直的。当愤怒的孩子质问他时，查理说："上帝为证，死翘翘了。"他为此笑了半天。艾娃并没有被逗乐，她出去看那只母鸡是不是死得太久，能不能用来做饺子了。

大部分情况下，他们都是好邻居。查理从来没有酿过几加仑以上的威士忌，所以对他们不构成威胁，不是竞争对手。他们看起来很尊重那个瘦削的男人，只有杰里除外。他有一辆改装过的大马力福特，平时会轰隆隆地开过巴昂德姆的房子，目光凶狠地看着他们一家人。

当山下远处南边的53号公路边有了建屋顶的工作时，查理将他的家人和"呼啼"装上他的卡车，搬到了工地附近的一栋房子里，房主是叫罗奇的一家。"呼啼"在那里开心多了，直到有一天，他们听到杰里的福特车消声器里发出的隆隆的轰鸣声，看到他缓缓开过他们的家。诺里斯，那个两百多磅重的女人，坐在轰隆隆的车座上，就像一辆小孩车上的胖孩子，喝着汽水，一脸凶神恶煞的样子。

第十八章

清　算

<u>罗奇家的屋子</u>
<u>1940年代</u>

几个星期后的一天,他们一家正准备吃晚饭时,"呼啼"冲到门廊上,急急忙忙地撞开门,猛地一摔,把门关到身后,桌子上的盘子都被震得嘎嘎响。他浑身发抖,眼睛睁得老大,像着火的谷仓里的一匹马。"帮帮我,帮帮我,查理先生,他又来找我了。"然后他冲过房子,一把打开后门,消失在夜色中。

就在那时,他们从院子里听到杰里·瑞登的喊声。

他的福特车已经滑行到房子前,车的前灯已经关上。他刚才几乎抓住了"呼啼",但那个小个子看到了他,拼命地逃走了。现在他站在阴影中,一把霰弹枪抵在他的肩膀上。一个男人用这种架势拿着他的霰弹枪不是来谈话的,他是来杀人的。

"把'呼啼'交出来,"杰里喊道,"他从我这里偷了一些威士忌,我要找他。"

那时查理大概确认了一件他一直怀疑的事情,杰里·瑞登就是当初伤害"呼啼"的人中的一个。他们逼"呼啼"讲出连他自己都不知道的秘密,或仅仅是为了消遣。"呼啼"没有勇气偷任何人的东西,更不会去偷杰里·瑞登的东西。现在这个男人来到他的家里,给他的妻子和孩子们生活的地方带来了暴力威胁。

艾娃和女孩们开始哭泣,部分是因为他脸上的表情,而已经快要十几岁的儿子们,安静地站在窗户旁边向外看去。通常在这种时刻,查理会动手,而不是动脑,但是这次他手里没有能把杰里·瑞登弄得死死的全套工具。而怎么把这家伙弄死,正是他脑子里盘算的事情。

他的霰弹枪里没子弹了。他的锤子和建屋顶的斧头在卡车里的木匠围裙里,而杰里现在正站在房子和卡车之间。他环顾四周,想找一根棍子,哪怕一块煤块,什么都可以。他曾想去拿艾娃的铁锅,但他想,如果被枪打死的时候手里拿着一个煎锅,对他来说就太不体面了。就在那时,杰里·瑞登说要进屋去。难道查理就这样受那狗娘养的气,而对此却无能为力?

接着查理做了一件我听到过的最勇敢的事情之一,他的孩子们发誓这是真事。他打开门,赤手空拳地走到外面,去会自己的敌人,就那么径直走了过去。

"'呼啼'不在这里。"他边走边说,似乎直接走向霰弹枪的膛口。这是一把单发点 41 口径的枪,他想如果杰里第一枪没有打中他的要害,他就能在杰里装下一发子弹前,用他的大手掐住他的喉咙。

"你必须离开这里,"他说,继续走近,"我这房子里可都是些孩子。"

"你可能也是个该死的小偷。"杰里说。他的声音因为威士忌而沙哑,他的脸紧紧挤在霰弹枪的钢管上,印出一个圈。那时男人们总是嚷嚷着要杀了别人。但眼前这个家伙醉得不计后果,而且凶狠成性,这足以让他扣动扳机。

他真的扣动了扳机。

在屋子里,女孩们把枕头盖在头上,这样就听不到枪声,也听不到她们的爸爸死时的声响。

查理感觉到子弹从他的脸旁飞过的一股火辣气息,他的双腿随着枪声的巨响晃了一下。但这一发完全打偏了,他朝着杰里跑了起来,在杰里从口袋里摸索另一发子弹的时间里缩短了他俩之间的距离。

还有三米……

杰里一边咒骂,一边打开枪的后膛。

二米六……

他把全新的子弹压了进去。

二米四……

他"啪"地关上枪。

一米八……

他把枪托架到肩上。

一米二……

他看到一个像猪油桶那么大的拳头飞向他的鼻子。

查理已经骑在他身上。在杰里的脑袋被打得后仰的瞬间，查理一把从他的手中夺走了枪，就像夺走一个玩具一样，然后顺势用枪托打中了他的牙齿。杰里像一盒石子那样瘫倒了下来，他的脸和牙齿变成一团鲜红的血污。就在这时，查理看到一个巨大的身影从阴影中向他扑了过来。

是那个大个子女人，正挥着一把杀猪刀向查理扑了过来。他一个急转身开了枪。那个女人刚把身子侧过来准备刺他，胸部侧面被近在咫尺的子弹打中。

子弹穿过她一边的乳房，接着又穿过另一边的乳房，那女人狠狠地摔倒在草地上。她大叫起来，一边流着血，一边来回翻滚，但是她和杰里受的伤都不致命。查理只是站在他们身边，喘着粗气，汗水像冰水一样沿着他的脊椎流了下去。

查理告诉他们，他们最好尽快离开他的院子，然后走回了家。艾娃没有让孩子们走出门廊，所以当门打开时，他们不知道进去的会是他们的爸爸还是恶魔。他踏进屋子，看到所有人都睁大了眼睛盯着他看，除了玛格丽特，她仍然蒙着头。

"我们现在最好带着小鬼们上卡车，"他说，"然后到别的地方待一段时间。"

在院子里，他们可以听到那个壮女人和杰里一边咒骂，一边试图帮助对方爬起来。那个壮女人在号啕大哭。

她那天很幸运，查理也很幸运。他从杰里·瑞登手中抢过是一把小型的点 41 口径的枪，是用来打松鼠和兔子，有时也用来打鹿的枪，但不是一把 12 号口径的。

一把 12 号口径的枪在近距离范围内，几乎能把这个可怜

第十八章 清 算

的女人轰成两半。但是如果那真的是一把装填了铅弹的12号口径的枪，瑞登一开始就不可能打不中查理。一个手持12号口径枪的男人，不至于醉得在近距离内也打不中人。

刚才发生的事情绝非儿戏。他想，他可能会因此进监狱，或者瑞登一家会杀了他。诺里斯这个老娘们是他们的家人，实际上差不多就是瑞登家的人。她还没有结婚戒指这一点也救不了他。

但查理绝不会让那个男人和女人闯进他的家，让他的两个儿子、三个小女儿和一个婴儿经受他们可能施加的任何恶行。这就是他自己从不在家里喝他私酿的酒，也不允许在家里存放私酒的原因。他知道虽然那不是一道完美的壁垒，但那是他建造的壁垒。

他们将孩子们快速装进了短款车，无视在地上的呻吟的那两个人。就在那时，"呼啼"突然出现在院子里，并从后面爬上了卡车。他们上了一条乡村路，开到了两公里以外，然后就等在那里，但连他们自己也不太确定在等什么。直到他们觉得这样隐藏下去似乎毫无意义。艾娃碰了碰他的胳膊，轻声说道："查理，我们回家吧。"当艾娃和查理回到车道停下时，他们的院子里已空无一人。孩子们已经在车里睡着了，于是查理就两个两个地将女儿提回了家。

瑞登家的人再也没有来过，也许是因为他们服了他，或者因为他们认为那事不值得花时间。警察甚至没有立案调查，从没有一个警察来过院子。就像他们也认为有些人该杀，有些人该挨枪子儿，并且该在脑袋顶上挨一记老拳。

查理从来没有因为"呼啼"带来麻烦而对他生气，至少所有人都认为如此。艾娃为此事发了火。但是"呼啼"本来就怕极了艾娃，所以她这次发火并没有改变什么。在那之后不久，他们再次移居亚拉巴马州，这次不算太远。但是，一个脾气火暴的男人必须开很远很远的路，才能摆脱他本性的驱使。

第十八章 清 算

第十九章

格蕾丝除外

亚拉巴马州杰克逊维尔
1940年代

格蕾丝过去抽细细的女烟,像男人那样喝酒,给自己化妆。当她开着她的大车隆隆驶过木匠街时,人人都会朝她的方向回头,因为那是一辆很好的汽车,也因为坐在车里的格蕾丝是个漂亮的女人。

当她的姐姐艾娃住在亚拉巴马州时,格蕾丝常常去看她。她来造访时,就像个大电影明星来到城里。格蕾丝是一个娇小而美丽的女人,美容店平时想去就去,穿着从加兹登、伯明翰和亚特兰大的百货商场里买的衣服。别的女人戴系带的女帽,格蕾丝戴的则是商店买的帽子,上面有神秘地垂到眼睛的花边面纱,有丝织的玫瑰花,甚至还有用真的羽毛缝在上面的小红鸟。当她把脚伸出车外,准备出来的时候,脚上蹬着高跟鞋。

詹姆士和威廉长大后，常常将她带到城里让她扮演他们的女朋友，让他们的恋人嫉妒。她造访艾娃时已经四十岁，但看上去只有二十五岁。她的睫毛长得像蝙蝠翅膀，当她扑闪它们时，会让男人们的内心顿起波澜。

格蕾丝嫁给了一个名叫乔治·马纳斯的希腊人，他们在伯明翰开了一家咖啡馆，后来在加兹登附近的阿塔拉又开了一家。他们的日子过得很滋润，雇过二十个帮工，去佛罗里达看大海、柑橘园和短吻鳄。他们给家里寄明信片。艾娃将它们放在镜子的角落，这样就可以时时看看他们。

那是艾娃原本可以拥有的生活，也许是按照她从小接受的教养设计的生活。但恰恰相反，她坐在又一间租来的房子里，又有一个婴儿要喂养和担忧，还有两个长大的儿子，一个十几岁的女儿，还有两个一天到晚都拉着她衣服的小女孩。

大多数时候，这两种生活的差别并不是那么明显，直到格蕾丝来到这里。她们在门廊上或厨房里坐下，手中端着咖啡杯。格蕾丝的双手依然光滑。艾娃的手则满是摘棉桃时留下的伤痕——那些棉桃总是把她指甲下面的肉割破，还被热煎锅手柄烫出一块一块粉色伤痕。

她的衣服是用面粉袋和饲料袋的布料做的，她曾用那些袋子摘棉花——那该死的棉花甚至都不是她的。

她的发型像当时的黑人女性一样，用围巾绑起来，像包头巾，这样当她弯腰劳动和缝纫时，头发就不会落到眼睛前面遮挡视线。有一天她打开围巾，发现曾经乌黑发亮的头发里夹杂着丝丝缕缕的白发。仿佛中了一种邪恶的魔法，她不停地哭，而边上的查理则无话可说。

她没有结婚戒指，甚至连一个简朴的金戒指也没有。虽然她有大约一百只从廉价杂货店买的小手包，但除了报纸上剪下的所有她觉得有趣但永远不会去做或者去看的东西，还有从被人丢弃的杂志里剪出来的汉克·威廉姆斯[1]的照片之外，她没有任何东西可以放进去。

她这该死的一辈子一直是一个母亲和一个体力劳动者，而她的丈夫不可能将她从这种困境中解救出来。事实上，他没有许诺过他要这么做。

查理·巴昂德姆从来没有一条不经她缝补过的工装裤，他身上带着焦油和鼻烟的气味，兴致一高就喝自己酿的私酒，然后像个傻瓜一样，将邮箱撞倒，与警察争斗，把隐居的怪人带回家。

她原本应该讨厌自己的生活。

但她总是说，如果她嫁给一个沉闷无趣的男人会怎样呢？

确实，她咒他下地狱的次数之多，自己都数不清了。

确实，她对他说，在她把他杀掉之前，从她的家里滚开，顺便把他的隐士也带走。

但这么多年里，没有人记得她叫他闭过嘴。

他干完活回来，从来没有，一次都没有，坐在厨房的桌子旁无话可说。

看在上帝的分儿上，如果他真是个闷罐子，那该是多大

---

[1] 汉克·威廉姆斯（Hank Williams，1923—1953），美国乡村音乐、蓝调创作男歌手，是20世纪最重要和最有影响力的美国歌手和词曲作者之一。

的悲剧。

因此,每当格蕾丝回到她的车里,小心翼翼地不让她的长筒袜被钩破时,艾娃只是在门廊上目送她,小女孩们紧紧抓着她的衣服,冲她们的姨妈挥挥手。

这就是艾娃能容忍他的原因,也是为什么就在那段时间,她把布莱基·李好好地抽了一顿。任何一个女人都可以欣赏一个漂亮的男人,但不是每个女人都能欣赏一个说个不停的男人。

在亚拉巴马州的一个晚上,把孩子们送上床后,查理和艾娃正在灯光下静静地坐着说话,传来一声轻轻的敲门声。

"查——理——,"一个女声传来,"让我进来吧,查理,宝贝。"

玛格丽特和其他女孩抬起头看着爸爸的脸。他看上去既困惑又震惊。

即使是死神本人在敲门,查理也不会看上去那么困惑。

"查——理——,"那声音再次传来,"让我进来吧,查理。这里好冷。"

艾娃用了一两分钟时间积蓄起怒气,然后以比她最快的速度还快地蹦到门口,啪的一声弹出闩锁,并猛地拉开门,动作之猛几乎让她有些站不稳。

"你他妈到底是谁?"她朝外面的黑暗喊道。如果有一个女人在那儿站着,她一定会狠狠给她一记重拳,把她打得四脚朝天。

但那里只有查理的朋友休伯特·伍兹,他笑得岔了气,躺在地上站不起来。

他一边笑一边翻来滚去，笑得咳了起来。在院子的更远处，他的爸爸厄尔也在大笑，他一边摇头，一边调侃说："小子，你知道你有多幸运，那小女人现在手里没有枪。"

艾娃只是站在那里，紧紧攥着拳头，但她明白，此时跳到一个在她院子里滚来滚去的成年男子身上该有多难堪。最后，她只是跺了跺脚回了房子，砰的一声关上了门。

查理站在门廊上，只是望着休伯特，面无表情地说："我应该把你杀了。"然后他走进屋子，而在院子里的休伯特和厄尔又笑了很久很久。

第二天，他的女儿们一遍又一遍地拿此事说笑，但她们在某种程度上为爸爸感到难过。"因为我这一辈子从来没有见过任何人脸上有过比那更可怜的神情。"玛格丽特说。

第二十章

家有儿女

亚拉巴马州卡尔洪
1940 年代

玛格丽特不记得他们是什么时候最后一次回到佐治亚州的,也不记得他们最后一次回到亚拉巴马州的地界的具体时间。对于一个小女孩来说,那些房子可能只是在一个寂寞的十字路口从她面前经过的货车,仿佛那些房子本身就建在火车轮子上,她只要坐着不动就能搬家。

但她清楚地记得那段旅程。

他猛然挂挡,磨光的轮胎在车后扬起五十米长的尘土。查理开车时总是用他的大脚将油门一直踩到底,如果他那辆破旧短款卡车此时真能跑得快到让人受伤,那会是很危险的事。他们正向西穿过佐治亚州西北部的山脉,经过亚拉巴马州切罗基宽阔的棉田,继续进入卡尔洪。如果可能的话,查理计划在那里待上一段时间。艾娃和埃塔娜坐在他身边的椅座上，艾娃抱着那盏该死的灯，埃塔娜让琼坐在她的膝盖上。瑛尼塔和玛格丽特在后面，和那头名叫巴克的牛在一起。在车开动之前，查理心一软，在巴克的眼睛上盖了一条毯子，这和当人们要把可怜的马群从大火中带出来，必须先遮住马的眼睛是一个道理。那是一头老牛，不那么做，可能会把它吓出病来。他让"呼啼"、詹姆士和威廉开着男孩们自己买的一辆旧车先走一步，嘱咐"呼啼"要留意他们，"呼啼"闻听此言，沮丧地摇了摇头。

他们在锡达敦停车买了一大包热狗，孩子们人生中第一次吃到食品店的食物，小玛格丽特，当时还不到六岁，那顿饭将让她记一辈子。热狗用蜡纸卷着，面包温热柔软，生洋葱、香辣的肉和辣椒的味道充满了汽车。她吃饱喝足，坐着车走完了剩下的路，脸颊上还挂着黄芥末酱。

这对她来说算是一次探险，是她长那么大走过的最长的旅程。她差不多记得每一公里的景物，还记得在一面侧视镜里看到爸爸对她挤眼的样子。

查理不是一个城府很深的人，他什么情绪都表现在眉头上。幸福、愤怒、沮丧、悲痛、厌恶和怜悯——只是没有人记得有过恐惧——根据不同的情况在他脸上一一闪现。但那天他的眉间只有平和，也可能是满足。

艾娃不开心时，家里没人会开心。同样，当他们的父亲开心时，当他笑的时候，他们都能感受到，并分享那份快乐。

他正在离开佐治亚州，将那里的麻烦抛在身后，把那里的财富带走。孩子们的身高从一米九到四十几厘米不等——

从即将成年的男人到一个有一头秀兰·邓波儿[1]式鬈发的女婴。艾娃和他一起经历了暴力和贫乏，经历过激烈的争吵和温暖的爱抚，颤抖的拳头和额头上温柔的吻。现在，在一座座小房子里度过了十五年以上的生活之后，这个女人和她的男人之间早已没有什么秘密可言。他们在那些逝去的年华里发现的，并不是那种在烛光里低声细语的爱，而是当他们的女婴在凌晨三点咳嗽时需要的那种爱。现在，他们不像过去那么频繁地弹琴和唱歌，但是一旦他们弹唱起来，那音乐仍然能把屋顶震得嘎嘎作响。

报纸上说，大萧条过去了。卡尔洪虽说不是什么大有希望的土地，但也在复苏，木匠们正在寻找铺屋顶的工人。查理的副业仍然有一些忠实的客户。那里的警察喜欢砸他的威士忌蒸馏器，将他的尊容登上报纸，但查理曾经逃脱他们的追捕，他相信他还能逃过。他知道这里的每一座山脊和每一条山谷，知道每一个可以藏身的洞。

他开向了往韦伯斯特斯·查珀尔去的岔路，沿着路慢慢行驶，直到看到树林间的一个缺口，然后沿着一条狭窄的小道又走了大概三公里，一路上杂草猛打卡车的底部，直到在一片荒芜中来到一间小棚屋。那里除了树木什么都没有。

"又把我们带到该死的丛林里。"艾娃说。

先行的詹姆士、威廉和"呼啼"都在等待。这家人甚至没有完全从卡车上下来，兄弟之间就开始了一场挖眼睛、咬

---

[1] 秀兰·邓波儿（Shirley Temple，1928—2014）是美国著名女演员和外交官，曾是好莱坞最著名的童星。

牙齿、啃耳朵的斗殴,查理不得不解下自己的皮带。但说实话,这些孩子现在几乎已经成年,仅仅用皮带抽打造不成太大的威胁。男孩们十几岁了,身材高大,瘦骨嶙峋,几乎不可摧毁。长期以来,艾娃和查理靠频繁而严厉的体罚管教他们,打累了又有其他亲属加盟。但这一切并没有让詹姆士和威廉受到太多感化,尤其是年轻的那个。

威廉仍然把小妹妹裹在装柑橘的麻袋里,挂在树上和钉子桩上,仍然把玛格丽特扔进深水坑里赶走水蛇。赶蛇用一块好的石头就够了,但他就是喜欢听到她掉进水里时发出的喊叫。他不是因为她仍然是最温顺的妹妹专门欺负她。埃塔娜个子太大了,很难搞定,璜尼塔急了会咬人,琼个子太小,而且会沉下去。不过哥俩不会真的伤害他们的姐妹,因为查理会要了他们的命。所以他们就互相伤害,弄得伤痕累累。

但随着男孩们越来越接近离家建立自己家庭的年纪,查理变得心烦意乱。那似乎不可能,那似乎不太对劲。

埃塔娜那时才十几岁,仍然是大姐姐,仍然很认真,因为她必须那样。因为艾娃在自己选择的艰苦生活中变老。她变得更加反复无常,更容易情绪爆发、咆哮和哭泣。但艾娃并不是那种可以成天顾影自怜的南方女子,她没有坐在露台上等待不切实际的幻境。大萧条过后,棉花种植业卷土重来,艾娃和年龄较大的孩子们,拖着骑在摘棉花袋子上更小一点的孩子,一排一排地摘棉花,然后站在运棉马车前排队称重,等着拿一沓一美元的钞票。

埃塔娜的责任包括扫院子——草坪那时并不流行,大多数人喜欢光滑的土地——当璜尼塔和玛格丽特在中间建造了一个玩具屋时,埃塔娜做了件不明事理的事情。她将玩具屋捣毁,然后继续扫。半个世纪之后,玛格丽特和璜尼塔对此仍然怀恨在心,还在发牢骚说:"埃塔娜把我们的玩具屋毁了。"

璜尼塔正在上学——她喜欢上学——玛格丽特曾经经常哭,因为不能和她一起去。琼摆脱了她缺乏吸引力这个暂时的痛苦,变成了一个漂亮的小女孩。"我们当然很高兴了。"玛格丽特说。

所有的小女孩都漂亮,但唯独琼有着一头自然卷曲的金发。玛格丽特过去常常抚摸自己的直发,搞不清楚为什么她的命这么不好。在教堂里——艾娃每个星期天早上都把四个女儿带去——那里的女人都抢着去抱琼,就像抱着一个奖杯。

她们去的教堂是特里迪格公理圣教会,年龄较大的女孩们去韦伯斯特斯·查珀尔学校上学。当玛格丽特六岁时,她和她们一起去。"我不会数数,"她说,"那些孩子们都嘲笑我。"她一生都在为此感到难过。

其实她是会数数的,只是在说一些数字时有点困难。

"我不会说'十三'和'十四'。"玛格丽特对她的老师说。那两个词她是那么念的——原因仍然是这个家的谜——"盒三"和"盒四"。

那个心地善良的老师问她是不是门牙掉了。

"不,"玛格丽特说,"我就是说不清楚。"

"听上去还可以。"老师告诉她。

"我知道,"玛格丽特不耐烦地说道,"当我试图说'盒三'和'盒四'时,我就是说不清楚。"

"我还不能说'蔬菜'。"她说道。其实她这个词的发音还算到位。

老师安慰她说很多人也说不清那个词。

这是他们第一次在一个地方生活很长时间。但在某种程度上,他们仍在四处搬迁,仍在租房住,仍在租用他们走过的土地、听到的鸟声和呼吸的空气。

随着年龄的增长,玛格丽特想知道她的爸爸,一个什么都会建造的人,一个用锤子谋生的人,为什么从来没有为他们自己建造一所房子,抛下一个能将他们固定下来的锚。

她以后会明白的。由于同样的原因,那些在高级餐厅做饭的大厨并不在大堂吃饭,而他给别人家建造房屋,是为了让家人有吃有穿。但小女孩们心里仍然有愿望。

"爸爸为吉姆·沃尔特公司盖过一些小房子,他们把房子——就是我爸爸盖的那些房子——放在日历上,"她说,"我看呀看,都把它翻破了。他说过不再给别人盖房,然后给我们自己盖一座。他说:'我当然很想找到一块地,也许是在河边。'他说他相信可以在河边休息休息。"

他们住在库萨河旁边,后来很多次都住在河边的僻静处,有几次,不远处就是流动缓慢的棕色河水。他的女儿们会在那里从卡车上卸货,一边看着水面上阳光闪烁。每到此时,玛格丽特的情绪总会高扬。

可能就是这里,她想,可能就是这里。可能这就是我们停下来的好时机。

但有趣的是那场大萧条。历史说它过去了,消失了,但是历史从来没有怎么关注像她那样的人的境遇。这就像加在她爸爸和妈妈头上的紧箍咒只是稍稍松动了一些。他们明白，如果爸爸不去上班，房东会走进院子里，对着他大声喊叫。他干活干到几乎站不起来，当他的汽车发生故障时，他就将那套旧的工具袋和木工围裙往肩膀上一搭，手里拎着一大桶五加仑的焦油，走上几英里去上班。

他过去常说，那些屋顶上没有遮挡，透过靴子的那股热气能将他的脚烫出疱来。建屋顶的人工作时手脚并用，嘴里含满铁钉，一股苦涩的滋味。于是查理用吸一口鼻烟来遮掩一下，晚上女儿们将凉水倒在他脚上。

从来没有人质疑，他是在为谁受这样的罪。

艾娃的孩子们是在1925年到1944年这二十年间出生的。在詹姆士和威廉快要自己建立家庭时，当时接近四十岁的艾娃又为查理生了一个女孩。

苏，家里的最后一个孩子，于1944年3月30日出生在木匠街上的一所房子里，就在杰克逊维尔郊外，位于卡尔洪政府所在地安尼斯顿以北一个相当小的学院和工厂镇上。

这个孩子金发碧眼，在一个满是漂亮女孩的家庭中，她是最美丽的——像是百货商店里的娃娃活了过来。而她的姐姐们也是这样对待她的，像玩具一样到处带着她。

许多亲属都过来见证了她的出生，包括艾娃的妹妹格蕾丝。格蕾丝姨妈喜欢热闹一点，所以查理打开一瓶酒，用一只透明的玻璃杯给她倒了一小口——格蕾丝实在是太过淑女，不胜酒力——当苏来到世界时，查理和格蕾丝都差不多半醉了。

"他们在干什么？"琼问道。

"他们在庆祝。"玛格丽特说。

随着战争在欧洲和太平洋地区先后结束，詹姆士和威廉已经达到入伍年龄。有一天，詹姆士收到了信，请他为国家服兵役，威廉接信后又笑又叫，上蹿下跳，手舞足蹈，还唱起歌来：

> 他现在在军队里
> 他不在犁后面
> 他正在挖战壕
> 那个狗娘养的
> 他现在在军队里

他唱了一整天，接着唱了一整个星期，一口气唱到下一周。然后邮递员给威廉送来了他的入伍通知。

他们去密西西比州的谢尔比营地进行基础训练，查理常常过去看望他们，确认他们没闯大祸。他们都已经长大成人，成了强悍的男子汉，但他们仍然是他的儿子，而且那是他第一次不在那里为他们抵挡真正的麻烦——他们第一次任凭陌生人摆布。于是他开车去看他们，路上要开一整晚，带着艾娃送给他们的吃食，以确保他们没事。那时候是和平时期，所以他不担心战争，但担心儿子们可能没有足够的理性挺过那段时间。

他们干得不错。具有武装力量所有智慧的陆军为詹姆士找到了一份完美的工作，他喜欢大战一场、嗜酒如命，是个无法无天的干架分子。

他们让他当了宪兵。

一些士兵是城里来的男孩,可能会忍不住想戏弄这个身材高大、瘦削,耳朵尖尖的男孩——但是詹姆士,这个也能连珠炮似的讲些可能比他爸爸讲的更深邃道理的家伙,会用他巨大的手钳住他们的脖子,用他爸爸盯人的目光看着他们的眼睛,然后他们便识趣了。

在监禁中,当愤怒的士兵对他软硬兼施时,他给他们讲过他爸爸的一段往事。爸爸帮他削过一根大棒,让他用来对付一个名叫达默·琼斯的凶狠大个男孩,以及他如何用那根大棒把那个男孩打得皮开肉绽的故事。

他讲故事的时候,会往手心里轻轻砸几下他的警棍,那只是又一根大大的、长长的棍子。

詹姆士·巴昂德姆在单元禁闭室里从没有遇到太多的麻烦。

总而言之,那是一段美好的时光,是他们一家的美好时光。

艾娃仍然会等她的孩子们吃饱了才吃,但那只是出于习惯,而不是因为缺吃的。那时似乎什么东西都有足够的供应。詹姆士和威廉服完兵役回家,新生的孩子身体健康,女孩们正在上学。世道很好,联邦政府甚至免费发放花生酱。

第二十一章

免费奶酪、冷水和温驯的马

科夫路
1940年代后期

> 一口浅井,出的水不会好,是浑浊的,但那口深井,水源来自岩石的下面,它的水很清。我还能记得那水的味道。
>
> ——玛格丽特对科夫路房子的描述

即使是现在,在我妈妈最甜蜜的梦里,她仍然在科夫路上走。像以往环绕他们住过的其他房子的那些森林一样,那边的林子古老而茂密,但又不是连绵无尽。每隔二三十亩,树木形成的屏障就会被广阔的田野取代,阳光能洒进去。

这座房子不是某个佃农的小棚屋或河边小屋,而是有三个宽敞的开放式房间,且在巴昂德姆家孩子们的记忆中,那是这个家庭第一次没有全员睡在一个房间里。

那差点把"呼啼"搞疯了。他和他们在一起的所有时光，都是挤在一个其他人空出来的角落里度过的。现在他一个一个角落地走过那三个房间，肩膀上搭着他小小的破包裹，有十二个角落可供选择，而他却做不了决定。

当查理和孩子们开始解开绳索，将他们的物件从卡车上抬下来时，"呼啼"还在一个一个房间地绕来绕去。

卸下东西后，他们去井边舀水喝。当查理将舀水勺倾斜过来，让水灌进他的喉咙里时，一丝微笑浮现在他的脸上。在近二十年的搬迁过程中，他们喝的一直都是看上去像咖啡，闻上去像硫黄，喝上去像松节油的水，他们从来没有喝过如此清澈、优质的水。

大约九岁的玛格丽特从井边向下偷看。井很深，她看不到底部，井里出来的水就像冰一样。

"这水能让一个人戒掉酒。"查理说，没有特别说给谁听。

"我不信。"艾娃说。

这又是一座没有灯光的房子，虽说它只是又一座在树林深处的房子，又一座处在刚好能离开城市喧嚣位置的房子，但它就是给人以一种不同以往的感觉。

夜里，一只黑豹在树上徘徊，也许那是穿过这片树林的最后一只。没有人见过它，他们只是远远地听过它的声音。每隔很长一段时间，它就会来一次。但不知怎的，它只会让壁炉里的火焰显得更加明亮，让被窝感觉更加温暖。

就像人们说他们在寒冷时会睡得更好一样，那只大猫，在外面的黑暗中像幽灵一样游荡，让玛格丽特、琼和小苏更紧地依偎在她们的床上。如果它走得太近，他们身边总有查理。

一辆黄色的校车过来接她们去学校，她们只需要走将近五公里去赶校车。但那座房子的一切，那口水井和周围环绕的森林，给人以一种感觉，一种感受——他们会在这里住上一段时间。"我们以为我们拥有那座房子了。"玛格丽特说。

利昂·布泽开价每个月十美元的租金。那里有查理干不完的活，于是，他交给布泽十二张十美元的钞票。玛格丽特、艾娃和其他女孩坐在那儿几乎说不出话来，因为查理正在一座房子、一片土地上扎根。那是她们做梦都想不到的。

从那之后，他每年都重复着同样的事情，重复了惊人的整整七年。

在同一个地方住上七年。

"那儿成了我们的家。"玛格丽特说。

科夫路一直贯穿到杰克逊维尔市以外好几公里的地方。大多数人都会念错它的名字，将它叫成"煤炭路"[1]。这座房子坐落在离它几百米的地方，被一片树木遮掩着。布泽的房子只是又一座租来的、借住的房子，但是它深深植根在他们的心里，好像他们为它缴了地税，好像他们有张房契被卷着放在咖啡罐里似的。

那不仅是又一片可供踱步的地板，那儿几乎是个有魔力的地方。

它甚至附带了一匹神奇的马。

---

[1] 科夫路原文为 Cove Road，煤炭的英文是 coal，二者发音相近。

他们是通过一种奇怪的方式租到这个地方的,几乎像是运气使然。史密斯一家一直住在那里,但他们不愿生活在那么偏远的地方。巴昂德姆一家则住在布泽家在湖滨路的房子,查理觉得周围的房子太多,都挤在那里。两家决定换房子住,但是还有一个问题。

史密斯家有一匹名叫"罗伯特"的马——"罗伯特·史密斯",他们没有地方养它。"你能把它带走吗?"史密斯先生问查理。

当巴昂德姆一家停下短款车,看到它在房子边上的草地上吃草时,玛格丽特高兴地尖叫起来。

它漂亮极了。

它浑身漆黑,额头上有一个白点,长长的四条腿,像一匹赛马。

"你以前叫罗伯特·史密斯,"查理说着,伸出手抚摸着它的鼻子,"但现在你的名字叫'鲍勃·巴昂德姆'。"

这简直好得不能再好了,有人会留下这么好的动物不要,这么健壮又气质高雅的家畜。

为什么会有此等好事,原因很快就明朗了。

当时詹姆士的女朋友是菲恩·泰勒,一个身材小巧的黑发女子,有印第安血统和绿色的眼睛。菲恩——他们念成"菲因"——来自附近的农家,耕作的时候像男人一样。查理给她起了个绰号"蝌蚪",原因只有他知道。

有一天,她把"鲍勃"拴到犁上,想让它干干农活。她把缰绳缠在手上,然后将长长的皮带往它身上一弹,说道:"起来,'鲍勃'。""鲍勃"就像子弹一样冲了出去。

它拖着身体横过来的菲恩跑过整片田地,直到无影无踪。

"好吧。"查理站在门廊说。

又过了漫长的几分钟。

"我琢磨着我最好出去看看,它是不是把'蝌蚪'给干掉了。"他说。

查理决定"鲍勃"应该成为一匹骑用马。他把玛格丽特放在它的背上,让它绕着牧场走,直到"鲍勃"不耐烦。然后"鲍勃"把玛格丽特甩到栅栏上,快步跑走了,查理就骂它。

似乎"鲍勃"派不上任何用场,直到查理买了一副二手马鞍并亲自爬到它身上。"鲍勃"没有突然跃起,或乱咬,或把查理甩到栅栏上,反而表现得像只小羊羔。周日,"鲍勃"和查理会一路小跑去拜访邻居,玛格丽特说有时候"爸爸会中途下马"。"中途下马"指的是喝点小酒。

他自己现在不怎么酿私酒了,所以只能出去找酒喝,但是当时的酒就像恙螨一样,只要在树林里散会儿步,就能沾上一些。

查理会抿上几口并讲起故事,一直讲到天傍黑,然后爬上"鲍勃"——或者有人将他抱上马背——然后查理和"鲍勃"会一路小跑回家。查理在马鞍上一边唱歌一边晃悠,但至少这次邮箱是安全的。

有时他会在马鞍上睡着,身子朝前倾着,鼻子埋在马的鬃毛里,但"鲍勃"知道回家的路,查理就像坐在凯迪拉克的后座上一样。

但"鲍勃"进入院子时对待他的方式才叫神奇。"鲍勃"会轻轻地让查理从它背上滑到地上,然后慢慢地走回马厩里。

几十年前，那头没有名字的骡子也差不多能做到同样的事情，但是着地的方式却大不相同。查理说，被轻轻放到地上，比起被扔下来要好太多了。

他们从未有过任何免费的东西，真的，除了查理从库萨河钓上来的鱼。现在他们有了一匹免费的马和免费的奶酪。

如果说孩子们觉得"鲍勃"是匹神奇的马的话，那每个月当艾娃进城取"日用品"时，他们就觉得跟过圣诞一样。

联邦政府已经发现，那些穷人尽管意志坚强，办法很多，有很强的自尊心，但也不会对免费的食品说不。

政府将他们在国民警卫队军械库和法院大楼礼堂发放的那些简单包装的库存盈余食品称为"日用品"，后来这个词进了该地区的口语汇编。

年纪大的女人会说她们喜欢聊天，真的非常愿意聊会儿天，但"我得去拿我的日用品了"。

那可能是联邦政府赐予我们这些穷人的最大礼物，而不是那些可以用来领取垃圾食品、白面包和糖果的食品券。

那可是实实在在的食品。

政府把罐装的上好花生酱和五磅重的大块醇香的美国黄色奶酪发放出去。如果你是南方人，而且你的奶奶给你做过烤奶酪三明治或奶酪通心粉，那里面很可能就有政府发的奶酪。

树林里的每个人都能得到这些，只要年纪够大，或是够穷，或有够多的孩子就行，这里几乎每个人都满足这些条件。自尊心太强，不想去领取他人施舍的人，会在周末去他们的妈妈家或奶奶家里，切走一块一磅重的奶酪或者拿走一罐花生酱。

艾娃把奶酪搅进鸡蛋里烧，孩子们把锅刮得干干净净。查理带上一大块去钓鱼，用盐饼干和沙丁鱼搭配着一起吃。

政府还发放大袋大袋的粗玉米粉、玉米面、面粉、燕麦、大米和罐装切好的肉——人们甚至都不知道那是什么，但会拿它炒来当早餐吃。

你要是告诉我，有哪个人说，他们的奶奶从来没有用自制果冻和政府发的花生酱给他们做过"三明治"，我会告诉你，那人肯定是骗子或共和党人。

即使是现在，人们在圣诞节或7月4日团聚在一起时，还会谈起那时的奶酪。乡村里的人不像那些时髦的、更加温文尔雅的人，他们并不觉得奶酪必须要闻着像死狗一样的味道才好吃[1]，那种奶酪气味干净，上面甚至没有任何气孔。

我的家乡几乎有种来自自身的神秘感——因为它已经消失很长时间——就像大熊布赖恩特[2]，老吉姆·福尔瑟姆[3]，或是吉姆·内伯斯[4]。内伯斯从亚拉巴马州的锡拉科加进军好莱坞，

---

1 许多比较名贵的奶酪由于在加工过程中经过进一步发酵，往往会带有特殊的气味。有钱人或文化人常常趋之若鹜。

2 保罗·威廉·布赖恩特（Paul William Bryant，1913—1983）是美国著名的大学橄榄球运动员和教练，他执教亚拉巴马大学橄榄球队期间保持了大学橄榄球历史上最多胜利的纪录。他的外号是"熊"，源自少年时嘉年华促销期间同意与熊摔跤。

3 詹姆斯·福尔瑟姆（James Elisha Folsom Sr.，1908—1987），通常被称为吉姆·福尔瑟姆（Jim Folsom）或老吉姆·福尔瑟姆（Big Jim Folsom），美国政治家，曾担任亚拉巴马州第42任州长。他的儿子小吉姆·福尔瑟姆曾任亚拉巴马州第50任州长。

4 吉姆·内伯斯（James Thurston Nabors，1930—2017）是美国演员、歌手和喜剧演员，在亚拉巴马州出生并长大。

扮演"戈默尔"[1]。与奶酪相比，内伯斯可能并不认为那是一种荣誉，但它实实在在是一种荣誉。

有时政府的救济有点过了。有一天，查理用开罐器打开一个与"桂格"燕麦片盒子差不多大的容器，一整只煮好的鸡扑通一声掉出来了。

每个人都站在那里盯着它看。

在那个富足的年代，唯一让人伤心的就是这样的时光不能一直停留。

当年龄最大的孩子离开艾娃和查理建立自己的家庭时，他们住在科夫路上。1947年，在短短三个月的时间里，詹姆士、威廉和埃塔娜都先后结了婚。离家像是一种传染病，艾娃、查理和四个小女孩想知道接下来会传染给谁。

詹姆士娶了"蝌蚪"，这并不奇怪。鲍勃没能干掉她。

威廉与一位名叫路易丝·里夫斯的可爱女孩结婚，她的妈妈和爸爸在加兹登的工厂工作。她当时十五岁，头发乌黑，双眼碧蓝，玛格丽特说"她总是穿得很漂亮"。

埃塔娜嫁给了一位名叫查理·桑德斯的水兵，他是休·桑德斯先生的儿子。当年杰夫·贝克血流如注时，桑德斯先生曾试图背诵《圣经》经文求助。

玛格丽特说埃塔娜当时已经出落成一个美人，有着丰盈的棕色头发和可爱的脸庞。在他们还是孩子时，埃塔娜就认识查理·桑德斯。在他去海军服役期间，他俩还互相写信。

---

[1] 戈默尔·派尔（Gomer Pyle）是吉姆·内伯斯在一部情景喜剧中出演的角色，使他一举成名。

玛格丽特还是个小女孩,房子好像被清空了。她习惯于事物都以一定的方式运转,现在却不是这样,这让她感到烦恼,而且让她有点生气。

查理·桑德斯第一次走进院子里的那天,她很生气。

她是这么说的:"我不觉得他长得有什么好看。埃塔娜有过一个男朋友,威廉·斯宾塞,我觉得他挺好看的,可她就像扔一个冷掉的土豆那样把他甩了,像扔一袋垃圾一样。查理·桑德斯的头发又黑又卷,是那种特别密的卷。他一走到院子里,她就飞奔到他身边抱住他,抱呀抱的,我觉得她失去了理智,我觉得糟透了。但那时我还不了解查理·桑德斯的内心,还不知道他有颗金子做的心。"

玛格丽特说,璜尼塔现在是最大的孩子了,什么都没变,因为她一直都挺专横的。

对于年龄较大的孩子来说,离家就像一个行星要摆脱太阳一样困难。他们与抚养他们长大的那对夫妻之间的联系依然是那么紧密、那么牢固。

詹姆士和"蝌蚪"搬到两三公里外,埃塔娜和查理过了山脊搬到特里迪格,威廉和路易丝搬到了月球的背面——他们去了加兹登,车程三十分钟——只要在你穿越埃托瓦县的县界时,格伦科的警察没有抓到你。这就像科夫路上的那座房子被分成了四块,然后那几块就在附近着陆了。

随着他们自己孩子的诞生,那些孩子与艾娃和查理年幼的孩子一起长大,他们互相串门,在不同厨房餐桌边吃饭。房子里欢声笑语,热泪纵横,婴儿们从一个人腿上传到另一个人腿上,所有的老故事被一遍又一遍地讲述。孙子们叫查理"伯伯",他喜欢这样。

那时查理不过四十多岁。他仍旧很瘦,当他买来一件便宜西服穿上时,衣服总是松松垮垮地挂在身上,像是谁忘了将衣架拿出来。

艾娃不再需要用面粉袋布料做衣服。尽管如此,她仍然是一个节俭的女人。她在安尼斯顿、加兹登、杰克逊维尔和皮德蒙特等地的商家清仓甩卖的时候为自己和孩子们买衣服,以每件一角钱的价钱买衣服、裙子和衬衫,小女孩们只要看一眼姐姐们的背影,总能知道她们自己在今后一两年内会穿什么。

没有多少钱让他们挥霍,当他们想大手大脚时,通常在吃食上奢侈一下。

他们现在仍然会谈起那段时间周日的早餐,谈起查理会如何早早起床,开始切肉、火腿、板油或乡村牛排,艾娃会拍出跟一个老奶奶的手掌差不多大的小烤饼。她用猪油涂抹烤盘表面,这样烤出的面包就带有培根的香味。当她从木柴炉中取出烤盘时,烤饼表面金黄,四周浅黄,即使冷掉以后味道也很好,下午来家里做客的人还会礼貌地问她有没有剩下的小烤饼。

她会在一些烤饼上涂黄油,让另一些保持原味,有时孩子们会在里面塞一小片"日用品"奶酪,让它融化在里面。

烤饼新鲜出炉的时候,老马"鲍勃"会闻到烤饼的味道。它从来没有被圈起来过——没有那个必要,因为它真的哪儿也去不了——此时它会一阵小跑来到房子前等着。

如果是夏天,窗户开着,它会将头贴在窗户上,艾娃会将一块烤饼塞进它嘴里,"鲍勃"会把它吞下去,然后等下一块,但艾娃会说,天上不会掉烤饼。

但他们最喜欢的东西是扎节香肠,以及伴随它的歌曲。因为没有冰箱,查理只好在当天早上买一部分早餐用的食品。他会很早醒来,开车去商店。他会停在 Y. C. 帕里斯家的店或埃德·扬家的店前面,买一节节的猪肉香肠——它们像香蕉一般大,肠衣老得几乎和猪本来的皮一样难嚼。

那香肠是用大蒜和红辣椒调味的,他会将它纵向切成长长的片,然后用培根油来煎它们。当它们嘶嘶作响时,查理的几个小女儿会唱她们从休·桑德斯先生那里学到的一首歌——她们叫桑德斯"爷爷",因为他上了年纪。

> 屠夫扔了一根香肠
> 在地上
> 狗说"我不要"
> 因为在那节香肠里,我认出了
> 我亲爱的女孩儿

咖啡在壶中沸腾,那香气与其他所有气味混合在一起,查理开始制作肉汁。艾娃做五米糁粥,炸一堆鸡蛋,扭开一罐果酱的盖。然后他们就像有钱人那样吃早餐,只不过有钱人吃的并没有这么好。

星期天要去教堂和闲逛。如果艾娃和女孩们那天早上去教堂,查理就会走另一条路。

下午时分,亲戚们会来探望,或者他们会去亲戚那里走动。桑德斯爷爷已成为他们家庭的一分子,他们也成为他家庭的一部分,孩子们会在他身上到处爬。

他会坐在阴凉的地方,一个婴儿坐在他的腿上,其他的小女孩聚集在一起,用一种哀伤、悲惨的语气唱歌:

> 去告诉萨莉阿姨
> 去告诉萨莉阿姨
> 去告诉萨莉阿姨
> 老灰鹅死了

唱着唱着,小女孩们会哭起来,连婴儿的嘴唇也会开始颤抖,桑德斯爷爷只会悲伤地摇摇头,继续唱道:

> 不知道它们有没有存钱
> 不知道它们有没有存钱
> 不知道它们有没有存钱
> 做一张羽毛床

接下来,孩子们会倒在地上抽泣,妈妈们会冲着桑德斯爷爷狠狠地瞪眼,而他却坐在那里,做出一脸无辜的样子。

窗台上好像总放着一些西红柿,吸收阳光,逐渐成熟。男人们好像总带着一串串鱼从河岸边走上来。四个家庭所有的婴儿看上去都长得壮壮实实。那段时间,好像大型工厂的日班总是有岗位空出来,军事基地总是需要哪个女人去缝衣服或哪个男人去开卡车或者公共汽车。

加兹登又在日夜不停地轧着钢铁,威廉立刻就入了那一行，詹姆士和查理有的是要盖的房子和要铺的房瓦，还有其他房子的房瓦需要拆除——查理总是纳闷，为什么一个人拆东西领到的薪水和他过去将那东西铺上去领的薪水一样多。在周末，人们会互访，会胡吃海喝和讲故事，还会小酌几杯，弹弹班卓琴，为了更亲密而打打闹闹。每当有乌云飘过，所有的目光仍然会向查理投去，期待他能噘起嘴唇将它吹走。尽管有时查理自己身上就带着乌云，但他们似乎总能原谅他这点。

他的外表变化不大。他过了四十岁后，脸上仍然没有皱纹，头发没有脱落，牙齿保持洁白和整齐，他的小女儿们为他感到骄傲。不知怎么搞的，时间似乎没有在他身上留下痕迹。他仍然能像猴子一样爬上脚手架，仍然可以用一次估算好的、强劲的、精准的捶打来敲一枚七八厘米长的钉子，仍然可以用他的握力让另一个男人眼睛涌出泪水，仍然可以像喝水一样喝酒。

时间在艾娃身上体现得更严酷，但那是很自然的。她生过八个孩子，埋了一个，拉扯大幸存下来的一半，现在又要养另一半，白头发冒了出来。因为她太注重淑女形象而不愿穿着裤子去摘棉花，她的双腿在棉枝的荆棘中穿行，布满白色的小疤痕。她的脸饱经沧桑，在田里戴着老太太戴的那种女帽，有时胯上还挂着一个婴儿。

不消说，她的孩子们爱她，而新生的孙子们也是如此。她是无私的，她也爱他们。虽然很多人说他们把自己的人生，整个人生，献给了家庭，但她可以用脖子上、脸上和手上的每一道皱纹和每一个雀斑来证明这一点。

就像有些人一样，为了丈夫，为了孩子们，为了在严酷的岁月中求生存的那些担忧，已经在艾娃的脑海中堆积如山，她会时不时地沉迷其中。但是不知怎的，她总能找到出路，总能找到一种方法来冲破那层黑暗的帷幕。当她走出那种恍惚时，她会微笑，笑得美丽极了。当她在脑海中神游归来的那一刻是很值得一看的，那就像在一间花店里打开电灯开关一样。

她没有像一些妈妈那样去和查理争夺孩子们的爱。她实在太忙了，而且也太聪明了。

她知道大部分情况下，他赢得了他们的心。

她同时也知道，他会怎样让他们的心破碎——就像整个广阔世界上的任何人都知道的那样。

第二十二章

照我说的去做，别照我做的去做

科夫路
大约在 1948 年

詹姆士决定杀死乔治·布坎南的那个夜晚，查理正在院子里，在他上床前享受一下夜晚的空气，看看星空。在科夫路上能看到星星，清晰又明亮，就像在他年少的时候，骑着那头坏脾气骡子从加兹登这个大城市过来时看到的那样。他不吸烟，不喜欢在睡觉前吸鼻烟，所以有时候他只是走到院子里，静静地站在那儿，特别是如果艾娃那天晚上情绪激动的话。有时"呼啼"和他一起走出来，等着他说些什么。他不说也没关系，他们会静静地站在那儿，听蟋蟀的吟唱和夜鸟的啼声，而"呼啼"会和它们聊一会儿。

那天晚上查理独自一人，就那么站着，那么悄无声息，当詹姆士蹑手蹑脚地进屋拿枪时，甚至没有看到他懒散地站在阴影中。

他当时在那里是一件好事，对詹姆士是好事，对巴昂德姆一家是好事，尤其对乔治·布坎南是好事。

事情的经过是这样的：

詹姆士、菲恩和他们的第一个孩子玛丽当时已搬出旧家，还未搬入新家，所以一家人和查理、艾娃住在一起。詹姆士当晚和乔治一起出去喝酒了，这是他那天晚上第一个糟糕的决定。"因为每个人都知道乔治是个像蛇一样恶毒的人。"詹姆士承认道。

乔治·布坎南是这一方地界尽人皆知的唯一被人割过喉咙还活下来的人。他个头很大，眯着蓝色的眼睛，下巴上留着胡须，是一个不好惹的家伙。

当他们坐着乔治的 A 型车在院子里停下来时，他打量着当时大约二十二岁的詹姆士。

"你身上有钱吗，巴昂德姆？"他说。

詹姆士说他没有。

"你这个骗子。"乔治说。

詹姆士下车，猛地关上门，乔治随即将车开走。但他向房子每走一步，怒气就上升一点，越想越气。当他摸到纱门时，他知道必须要杀掉乔治。如果他当时头脑清醒、思维清晰，可能就不会得出这个结论，但他并没有。他悄悄地从墙上拿下来霰弹枪——屋里的每个人都在睡觉——然后回到了外面。

他检查了一下枪。它装满了 00 号霰弹，能把一头鹿击倒，或炸掉男人的胸部。

乔治住得不远，詹姆士打算走到那里把他杀了，但他还没走下门廊时，就听见一句近乎耳语般的声音：

"嘿，儿子。"

他看到他的爸爸站在月光下。

"嘿，爸爸。"他说。

"你拿着枪做什么？"

"我想去把乔治杀了。"他说。

他的爸爸什么都没有说。

"我气坏了。"詹姆士说。

他走了起来，他的爸爸加快步伐走到他身边。他们走下一座小山，查理让他停一下。

"儿子，"他说，"你那屋里还有老婆和小孩。"

"我知道，"詹姆士说，"可是——"

"我说了，你家里有妻子和孩子。"查理说，他不习惯重复自己。

"但是，"詹姆士说，"我——"

查理用他紧握的拳头狠狠地打中了他儿子的下巴，使尽全力，因为眼前这个男孩现在已经和他一般高大和强壮，也因为他想让这成为那天晚上出于愤怒，或是出于爱打出的最后一拳。

詹姆士的头猛地向后甩去，他的手臂张开。当儿子向后倒在地上时，查理拿走了霰弹枪。对詹姆士来说，那一拳好像闪电击中了他的下巴。它炽热、粗暴地燃烧了一秒钟，然后他便昏了过去。他在倒地前就昏过去了。

过了一会儿他醒过来，看到他的爸爸站在那儿，还在看星星。

"我说了，"他的爸爸开始说，好像刚刚那拳从来没有打过，"你现在是有老婆和孩子的人了，如果你杀了他，你就不在了。"

对于詹姆士来说，那些话音似乎来自非常非常遥远的地方。

"他们会送你进监狱，"查理说，"谁来照顾他们？"

他扶詹姆士起身，然后回到家里。

"如果你再干出这种该死的蠢事，"查理说，他的手握着儿子的手臂，"我就把你留在那儿让秃鹫吃掉。"

在家里，詹姆士的很多血流到了枕套上。

这似乎有点虚伪。如果乔治·布坎南骂查理是骗子，查理可能当场就会杀了他。但是出于愤怒痛打一个人是一码事，朝一个走到门廊外的人开枪是另一码事。查理对法律上适用于穷人和醉汉的细节了如指掌。

他也有四十多年的生活经验可供借鉴，他犯过的错误，他所见过的、处理过的和从中侥幸生还的种种暴力事件。他见过暴力的后果，在法官面前低声下气地站过。他痛恨那种情形，并在脑海中计算着自己可能被判的刑期，想知道艾娃还剩下多少生活日用品，想知道在一家人必须过没有生活来源的日子之前自己是否能出狱。他的大脑在快速运转。

有些人会把这种两面性称为一种纠结，会好奇为什么他就不能一辈子遵纪守法，让自己和他的家人免于那种戏剧性的纠结呢？

答案是，如果他真是那样的人，他就不是他自己了。

随着年龄的增长，他对事情看得更加透彻。他使用他相当精细的脑子，多于使用他的拳头——就像人们记得的那样。但事实上，有时两者需要兼而有之。

那天晚上，他本可以和詹姆士讲道理，事实上他也的确试过了。但是布坎南住的地方只有两三公里远，他们前进的每一步，都可能成为他不得不背着儿子回来时多走的一步。被他打中的大多数男人都没那么快恢复理智，但他打詹姆士就像是在打自己，他知道自己的脑袋有多么固执。

"当时他就把我打倒了，像根木桩一样昏死过去。"在星期日和平安夜的篝火周围，每当谈起此事时，詹姆士都会这样说。"如果他问你一件事，你应该直截了当地回答他，而那天晚上我就把这事给忘了。而且他总是说，如果你要揍一个人，那就狠狠揍他，我想我当时把这也忘了。但是一旦眼睛恢复聚焦，这样的事情就会让你爱你的爸爸。我知道每个人都爱自己的爸爸，我知道我们都应该这样。但在那时，我已经是一个成年人，他还在救我。所以，他难道不是个百分百的男子汉吗？"

第二十三章

失 去

亚拉巴马州怀兹峡谷
1951年

这个家不会长时间谈论悲伤,但说起某些日子,那只有悲伤。那年,詹姆士两个较小的婴儿在他和菲恩的房子失火时死了,当时他正在工作,而她正在邻居家里。两个年龄较大的女孩,玛丽和珍妮特从一扇窗户爬了出去,但是一个男婴小詹姆士和一个女婴雪莉,死在黑烟里。"这是我们家族发生过的最悲惨的事情。"玛格丽特说。这是五十年来所有人关于这件事说得最多的一句话,而这也是现在所能说的全部了。

第二十四章

圣 名

科夫路
1950年代初

玛格丽特不介意待在这么高的地方，这和婴儿被扔到空中时会咯咯笑是一样的道理。

"我大概十二岁或十三岁时，就和璜尼塔一起帮助爸爸修屋顶。我并不害怕待在这么高的地方，因为我知道，如果我摔倒，他就会过来帮我。璜尼塔也不害怕，因为她天生不怕。没什么大不了的。但如果爸爸到城里去修屋顶，他不会带我们去，因为那里的男人会对我们喊叫、挑逗，爸爸不喜欢那样。"

璜尼塔当时还是十几岁，像监狱里最轻量级的拳击手一样强悍，但她身材苗条、头发乌黑、面容姣好，这就是为什么查理从不让他两个十几岁的女孩到城里帮他修屋顶。不过那一定是一道亮丽风景，骨瘦如柴的男人穿着宽松的工装裤高高地跪在天际线上,一边是一个漂亮的黑发女孩在干活,另一边是更加白皙的金发女孩在挥着锤子。他会含着一嘴的房瓦钉,将其中一根吐到他张开的手中,然后重重一击将它钉死。这样,万一其中一个女孩失足滑倒,他可以腾出一只手去抓住她。

一天早上,他起床起得很慢,感到身体虚弱,几乎抬不起手臂,更不用说举起一把锤子了。去干活的时候,他试图爬上梯子,但上了一两步就瘫倒了。他从工地开车回家。当他在车道上停下来时,在方向盘后坐了一会儿,手紧紧地抓住方向盘。玛格丽特当时才十二或十三岁,他上一次生病时,她还没有出生,当时脚手架落在他身上。自打她出生之后,他不仅一直身体健康,而且壮得刀枪不入。

而这回他疼得脸色煞白,无法进食。他告诉艾娃,他得去耶稣圣名医院去看医生,他早上会自己开车去加兹登。

当他准备好出发的时候,查理看着玛格丽特说:"小男孩,你要不要陪我一起去,我们可以去里勒尔和托布家过夜。"——那是他的姐姐和姐夫,他们仍住在加兹登。玛格丽特想知道,如果他们只是去看医生,为什么还需要一个过夜的地方。

她真的不想去,因为医院是悲伤和有疾病的地方,圣名医院又是一家由一群性情古怪的修女开办的天主教医院。但是她很高兴爸爸叫上她同去,所以她和他一起爬进他的旧车,朝加兹登的公路开去。

她的爸爸走进了医院,但那天晚上没有出来,第二天也没有。那里只有修女进进出出。对玛格丽特来说,她们看上去像天使,但这并没能让她感觉好一点。

里勒尔上了年纪,而托布已经从钢铁厂退休,他们和查理一起坐在医院里。但查理告诉他们,他不想吓到他的小女儿,所以每天晚上,她都在医院停车场,坐在车里等着。

白天她和里勒尔一起度过,她的姑姑让她办点杂事。有一天,托布的假牙开裂——玛格丽特怎么也想不通一个人怎么能把一排牙齿弄裂,里勒尔用餐巾纸裹上托布的假牙交给玛格丽特,让她到维修店跑一趟。

她把那副开裂的假牙远远举在面前走着,因为有时餐巾纸会滑下来,那坚硬的粉红色的牙龈部分会擦到她的手。她讨厌那种感觉,她希望爸爸能快点好起来。有一件事是肯定的,从那之后,她从来没用过假牙。

她身材瘦削,皮肤白皙,头发浅到近乎白色,直直地垂下来。琼的头发上全是卷,玛格丽特会将自己的头发夹在手指间摩擦,希望它们不是那么直。

但大多数情况下,她只是想变得勇敢。她想和爸爸一样,像他一样无所畏惧,但她做不到。

"他是什么都吓不倒的,但我继承了可怜的妈妈,妈妈一直都在害怕,除了你惹她生气的时候。我一直希望自己什么都不怕,因为我讨厌它,讨厌害怕。璜尼塔天性就像爸爸,什么都不怕,我猜她从来就没怕过。我希望我能继承他这一点,就像璜尼塔一样。她比我们中的任何人都更像他。她有勇气和骨气,会应对不好的事请。但是主啊,恐惧对我起作用。"

她试图表现得刚强。"我穿裤子,蓝色牛仔裤。璜尼塔是穿着裤子长大的。"

她想，璜尼塔不会害怕进到医院里去看爸爸。璜尼塔会轻快地走向医生，然后说："嘿，你好。"璜尼塔会把护士们指挥得团团转。

但玛格丽特只是坐在车里，希望自己能打开收音机听，但又知道那样会把电池耗尽。她想知道为什么爸爸没有从医院的门里冲出来，带她回家。

当然，有一天晚上，他终于出院了。"然后我和他回了家，他又回去工作了，没人想太多。"

很多年过去以后，她得知他当时去圣名医院是因为他的肝脏出了问题，情况很糟糕。医生把它的一部分切掉了。

喝了一辈子的私酿威士忌，是他除了打架、吸一点点鼻烟以及一些谨慎的咒骂之外唯一的坏习惯，酒把他的肝脏腐蚀了，一个男人没有肝脏是活不了的。但是，医生告诉他，他可以靠一部分肝来活，条件是他能把酒戒掉，彻底戒掉才行。

玛格丽特只知道她的爸爸回家了，一切都恢复了正常，就像璜尼塔在整整十年以前那天的情形一样。当她看到他去罗马镇见征兵的人回来，走上泥泞的车道那一刻，就知道一切都会好起来。他并不是一个走进过医院的男人的幽灵，就像有些人当医生在他们身上动过刀子以后那样。他还是和从前一样，一样努力工作，也一样经常去钓鱼。

在那之后，他似乎花了更多时间和她们在一起。在法定年龄之前，他教会仍然在家的玛格丽特和璜尼塔如何开车。他会将车开到路边，然后下车，让坐在中间的那个滑坐到方向盘前。他并没有紧绷着神经坐在那里。当女孩们试着从高高的仪表板上方看清路面,让引擎狂转,从一条沟歪歪扭扭地开到另一条沟,他会大笑。而此时仍然坐在后座上的"呼啼"则在琢磨,他会不会很快上西天。

"呼啼"仍然和他们在一起,仍然得到艾娃不接受的眼神以及查理的保护,仍然是在他愿意的时候,帮助查理铺铺房瓦,不愿意时,就在门廊上或深深的树林里坐坐,一副老样子。他变得老了一点,如果还有可能的话,甚至变得更丑了。

他和查理仍然走到河边设置钓鱼线,每一次到了装车回家的时候,他都有点迟疑,好像河边有一些东西在呼唤他,可能真的有。

但他已经和他们相处这么长时间,不仅是家中的成员,而且几乎成了一件"家具"。他仍然不怎么开口,但仍然给孩子们分发一角钱,年纪小的女孩和他一起坐在门廊上,就像姐姐们当初那样。

差不多是在那个时候,查理收留了一对姓萨瑟的年轻夫妇。他们刚刚结婚,那个男孩正在攒钱租房子,没有地方住。男孩像查理一样是个木匠,他们在一起上班。查理告诉他,他的小房子里还有空间。他们一直待到能够自己站稳脚跟,才搬了出去。

一天晚上,一个查理认识的年轻人跟跟跄跄走到他们的门廊前昏死过去,艾娃走出去低头盯着他,他在木板上安静地打鼾。她用眼睛盯住查理。

"我们可不能让他留宿。"她说。

但名声传开了,有时候,好的名声可能会像坏名声一样被夸大。但是,我家乡的每个人都知道这个汉子的善心,于是那里的人们,那些贫穷或有困难的人,似乎都会向他那儿飘荡过去。他们会在他家住上一晚或一个月,或像"呼啼"一样,一住几十年。这个名声可能不像他能酿一手好酒,或者一记重拳就能把成年人打翻在地那么浪漫,但人们仍不时提起。

那些岁月已经将他内心擦得亮亮的,但当你看到他站在屋顶上的轮廓时,你是看不到它的,云朵勾勒出他高高的身体,那无时不在的锤子不停挥动。有些男人有意让自己行动显得苍老迟钝,好像他们在为晚年的岁月做练习,为死去做预演。查理不那样去做。

他四十多岁,已经是一位祖父,肝脏上方有一条藏不住的疤痕。他开枪打过男人,还有一个大个子女人,还曾用锤子敲打他们。通常需要满满一车警察才能用锁链制服他,如果其他一切都做不成,他还可以找个碴和艾娃吵一架。

他好像早就知道永远不会看到自己的迟暮之年,在生活的冒险中,他似乎永远不会得到或者也从不想要得到一丝宁静。这也许是他很少打盹的原因。

第二十五章

趴着别动

库萨河边
1950 年代初

  雨下过了。过去在夏末时分，每天下午都会下雨，但现在再也不下了。老辈人说，这是因为我们把所有的绿树都砍掉了。
  那天还有绿树，空气是如此潮湿，你一动它就会粘在你身上，就像墙上刚刷上的新鲜油漆。查理穿着一条工装裤，但没有穿衬衫，他滴着汗撑着一条自制的船，在向河面倾斜的两岸树木形成的间隙中穿行。树林密不透风，只留下一小块缝隙让炎热的阳光透过，在水面上闪闪发光。对于特拉维斯·巴昂德姆（克劳德的儿子和查理的侄孙）来说，那里似乎是一个荒蛮、阴湿又危险的地方，当查理用长杆的末端去触探河底的沙子和岩石时，凝滞的河水似乎深不见底。
  这条小船在水中行驶，吃水很深，因为查理的船上载满了亲戚的孩子。特拉维斯当时十一岁,他的哥哥桑尼大约十四岁,他们的堂弟罗杰大约九岁,他们都吵着要来。特拉维斯的父亲克劳德在结核病疗养院待过,不能经常带他的儿子参加这样的钓鱼之旅。

召集这个聚会的是特拉维斯的叔叔里奇[1],他是克劳德的兄弟,和这些男孩们坐在一起,让查理做导航和大部分的工作。理查德是一个英俊的男人,有着一头浅棕色的头发和蓝色的眼睛,据说他心肠很软。他像查理一样能说会道,也是查理最喜欢的人之一。男孩们坐在两个男人之间,在船的中部,信口开河的故事和闲聊就像子弹一样在他们的脑袋上嗖嗖地来回掠过。

但当他们坐在船上向河面划去时,每驶过一道小小的波浪,船似乎都会沉浮颠簸一下,特拉维斯自问他上这条船是不是明智的决定。

"我们从掠过水面的树枝下经过,查理叔公用杆子拍打这些树枝,看看里面有没有藏着噬鱼蛇。如果你不去拍,蛇就会正好掉到你身上。水面上是水栎树、矮橡树和松树的树枝,沿岸也排列着浓密的松树林。两岸到处都能看见私酒贩子建的小屋,那是供人喝酒、赌博的地方,有些不好惹的人就住在那里。

"但我知道查理叔公会护着我们。我猜,他只是看上去一副泰然处之的样子。他在很多方面对我们来说是一个深不可测的男人,他熟练地操控着那条小船,他熟悉库萨河里每一公里的河道。"

---

1 理查德的昵称。

查理是特拉维斯心目中的英雄，因为他能和男人干架并打赢他们。他基本上过着随心所欲的生活，也因为其他人看上去对他都很尊重和钦佩，而且也用尊重的口吻去评论他。人们说他可以站在树林里一动不动，以至于松鼠忘记了他在那里，然后，查理会用比什么都快的速度，伸出手来抓住一只松鼠，在它还来不及咬他时，就把它的头往树上一撞，然后将它塞进大衣口袋里。人们说他们曾经看到他用石头和铅块杀死兔子。人们说了很多事情。特拉维斯本人没有见过那些事，但他知道每次他和查理一起去钓鱼，他都能钓到鱼，而不是坐在河岸上盼着鱼咬钩。

对特拉维斯来说，也许对很多人来说，比起此时此地，查理和丘陵地带的这条河流的过去更般配。新的柏油公路从薄雾笼罩的丘陵一直延伸到南部的狗尾草地和低地，标志着这个地区的未来。而查理仍然在使用折断的枝条作为鱼钩，他是这片土地的过去。

他从来都不在店里买船，他仍然用汽车引擎盖自己造船。这条船是他从两辆1940年产福特双门轿车上拆下引擎盖，将它们焊接在一起，做成的一条又粗又短的小舟。这一天，查理带着亲戚的孩子来放置他的钓鱼线。

一个人在消遣和觅食之间更注重后者时，就会用钓鱼线来钓鱼。查理会拿上一根长绳子，每隔一英尺左右系上一条线和钩，并用他能找到的最廉价、闻起来最臭的东西当诱饵，挂在每一个钩子上。他们会用从河口沙洲挖出来的贻贝、变质的牛肝或猪肝、鸡肠、没人要的鲤鱼切成的碎块——甚至是发霉的面包，把它捏成紧实的小球，这样它们就不会从钩子上很快散掉。

然后,他将那条带钩的长线放进跨越河流、支流或深水池的水中,让河水带着鱼经过它。

有时候,特别是在大萧条时期,他急需一些鱼,就会随身携带一个旧的曲柄电话,就是那种必须一圈一圈转动手柄发了电才能用的电话。

转动曲柄可以产生电荷,他将手柄转动几次后,就将线放到水中去电鱼,鱼被电击后会漂浮到水面,浮上来的还有各种各样的蛇、乌龟和其他水生动物。

查理会将鱼和乌龟舀起来——乌龟汤在当时是好东西,即使你肚子不饿。死蛇就留下不管了,有些人说,蛇的味道可能像鸡肉,但更可能只像蛇的味道,哪怕只吃一点点,就能让人恶心。

政府监管渔猎活动的人对这种电击捞鱼的方法感到不满,但很难当场抓住这么做的人。直到今天,那架已经生锈的旧曲柄电话的残骸肯定还躺在河底,被半个世纪的淤泥和污垢所覆盖。

很久以前,查理就不那么钓鱼了,现在他合法地按规定钓鱼。船上放着一桶散发着恶臭的动物内脏,他们打算用它们做鱼饵,然后在河边过上一夜,第二天早上检查成果。运气好的话,第二天他们就能吃到鱼和软炸土豆。

傍晚时分,他找到了一个可以露营的地方,就在河岸高处一幢摇摇欲坠的旧棚屋下面,特拉维斯和男孩们围坐在篝火边,听着成年人吹牛、闲聊。

"我们吃了一顿沙丁鱼、薄脆饼干和维也纳香肠,就在天黑之前,查理叔公和理查德叔叔走过一座独木桥,上山去买一夸脱威士忌。那天是满月，亮得就像白天。"

等他们俩回来以后，就将火灭掉，准备入睡。但是从山上那间私酒贩子的小屋里传来大声的咒骂声，把睡着的人都吵醒了。虽然那天晚上的月亮十分美好，但山上那间小屋对男孩们来说是黑暗的中心。

"树林里的所有声音好像都被放大了，"特拉维斯说，"山上开始有响亮的争吵声，你能听到咒骂声和打人的声音，然后就听到一声枪响。"

男孩们吓得跳了起来，但查理悄悄地、严厉地告诉他们，安静闭嘴，孩子们，一动也别动。然后，山上小屋的门吱嘎一声打开了。

山下的河边，三个男孩挪到查理身边。

"男人们出来了，其中两人搬运着一具用防水油布裹着的尸体，"特拉维斯说，"我猜他们总共有六七个人，当两个人把尸体搬到河边时，其他人就站着，低头凝视河岸，好像在找什么东西。"

就在那时，查理把男孩们拽倒或者推倒在地，小声说："趴下，闭上嘴。"

"我们没有犹豫。"特拉维斯说。他们卧倒在地上，将自己藏在阴影和树叶中，运尸体的人刚好从他们边上经过。站在上方的人则用眼四处搜寻河岸，看有没有人看到刚才发生的事情。

那些人在防水布里放进石头增加重量，然后用力将尸体抛进河里，水花四溅，发出一声巨响，然后一行人沿着岸边走了回去。查理叔公再次对特拉维斯和男孩们低声说道，趴着别动，然后用他的大手轻轻拍了拍他们。

虽然此时站起身跑开,飞奔着穿过树林可能让人感觉更好,但是查理的手还是将他们牢牢地按住了。

这一切都是真的,他们目睹了一次杀人。那些人随随便便就能把自己人杀掉,头也不回就将死掉的人喂了鲇鱼,不用说对上帝有个交代。特拉维斯在当时就明白,这帮人能毫不犹豫地杀掉三个瞠目结舌的男孩和两个打鱼的大人。

"于是我们就趴在那里,在那里趴了整整一夜。"他的心脏在胸腔里敲打了一小时、两小时、三小时,一直不停。直到快黎明时,查理估摸着那些坏人要么醉死过去,要么睡着,要么走了,他们这才悄悄地溜到船上,悄悄地划走了。

那帮人当时即使看到他们,也一定会以为查理和里奇一行人只是路过,要喝点小酒才停下来,然后继续前进,而不是正好在那个地方露营,听到了枪声,看到他们将尸体加上石块沉掉的事。

特拉维斯·巴昂德姆一辈子都想知道,如果当时那帮男人径直朝他们走过去,或者闻到树林里有烧过火或空沙丁鱼罐头的味道,或者看到他们那条一半在岸上,一半还在河里的船,会发生什么事?

但特拉维斯从未怀疑为什么他能死里逃生。他在那天晚上能幸存下来,多亏了他的叔公查理。虽然查理当时肚子里还有大概一品脱的酒,却用他的声音、双手和意志的威力让他们趴在地面上一动不动。

不久之后,查理又回到河边布置了钓鱼线,这次他抓到了一些河里和淤泥里的鲇鱼,并将它们扔到岸上。那些鱼因为老是待在太阳照不到的水底,身体是黄色的。

他在河边给它们开膛破肚，掏出内脏扔进水里，然后将它们带到他家后院清洗干净——那儿有一块架在两个树桩上的旧木板。

埃塔娜是这个家庭中，甚至可能是全美国烧鱼最好的人。她接过鱼，撒上粗玉米粉、盐和黑胡椒粉，然后将它们炸得恰到好处，外面酥脆，里面嫩滑。鱼肉呈片状，有被人称为"条儿"的味道——一点点土腥气，让你觉得这是来自自然的美味。

她会炸土豆——他们称为白马铃薯，还会做你能吃到的最好吃的软炸土豆，就像我妈妈给我做的那种。他们会用牛奶或水混上土豆泥，拌入切成丁的洋葱——夏天有时会用小葱——甚至可能有一点切成方块的"日用品"奶酪。但他们不把它们炸成小圆球，而是用勺子将一只只土豆小煎饼从铁锅的热油中舀出来。

如果佐治亚州的亲戚开车去看望他们，有时候他们会叫其中一个男孩去商店买一大块冰块，会用一把刀把它凿碎，和一些可口可乐、皇冠可乐[1]或者得宝可乐[2]一起放在一个盆里——生活中最神秘的一件事就是亚拉巴马州的内地买不到得宝可乐，你只能跨过州界到罗马镇去买。有时他们会在冰水中放进一只西瓜，让它变冷。但是盆里从来都不放啤酒，因为喝酒是一种亵渎神的罪。

---

[1] 皇冠可乐（Royal Crown Cola）是由美国佐治亚州哥伦布市的药剂师 Claud A. Hatcher 于 1905 年开发的可乐味碳酸饮料，并于当年投入生产。
[2] 得宝可乐（Double Cola）是由得宝可乐公司制造的碳酸饮料。该公司总部位于田纳西州的查塔努加，产品在美国部分地区经销。

他们会把所有东西吃光,坐着聊天,有人有时候甚至会弹琴、唱点儿小曲,桑德斯爷爷可能会讲个故事。他们会一直聊到夜深得看不见东西,然后对着黑暗交谈。

孩子们在潮湿的草地上玩捉迷藏,捕捉萤火虫——把它们放到一个盖子上戳着洞的罐子里,但是一旦把它们放在玻璃罐里,它们就没有原来那么明亮了。

杰克逊维尔正在发展、扩大。那栋石头建的监狱仍然是广场上最有气势的建筑物,邦联军士兵的雕像仍然用花岗岩的眼睛俯视着这座城市的公民。

但你在那儿能买到所有东西,从成套的衣服到香草冰淇淋和汽水,样样齐全。冰淇淋店一大勺冰淇淋卖五分钱,而璜尼塔——她总是买香草味的——会拖着玛格丽特的手到那里,手里的硬币让她的指尖发烫。那时她大约十七岁,玛格丽特年龄小一点。但是当她们手里拿着冰淇淋时,她们又回到了少女时光,坐在那里看来来往往的车。骡子是再也见不到了,在城里是没有的。

如果她们有钱,会去广场上的电影院看一部牛仔电影,通常是罗伊·罗杰斯[1]、戴尔·伊文思[2]或特里杰[3]演的,不过即使戴尔骑的马有名字,他们现在也不记得了。人猿泰山荡过

---

1 罗伊·罗杰斯(Roy Rogers,1911—1998)是一位美国歌手和演员,是那个时代最受欢迎的西部片明星之一,有"牛仔之王"之称。
2 戴尔·伊文思(Dale Evans,1912—2001)是美国女演员和音乐人,是罗伊·罗杰斯的第三任妻子。
3 特里杰(Trigger)是罗伊·罗杰斯拥有的一匹帕洛米诺银鬃马,和它的主人一起在美国西部电影中出名。

树林,杀了一模一样的大蛇和布偶鳄鱼肯定足足有一千次,但她们就是喜欢坐在影院后面的座位上,一边嚼着五美分一袋的爆米花,一边听他呐喊。"那是我一辈子吃过的最棒的爆米花。"璜尼塔说。

但那儿不再是查理的世界了。

税务员现在有了飞机,可以从天空拍到一个人的照片。索克·佩特警长几乎每个礼拜都出现在《安尼斯顿星报》上,好像都是他和一群副手站在又一个被捣毁的蒸馏点边上拍的。查理酿了最后几加仑酒,让子孙们啜上几口做个念想,然后将铜管从蒸馏器上拆下当废料卖了,剩下的部分就让它们留在树林里生锈。实际上,亚拉巴马州北部和佐治亚州西北部每两个酿私酒的人中,就有一个蹲过监狱,而他则金盆洗手,不显山不露水,从未吃过败仗。

还有其他不一样的地方。州警很少需要在泥泞的道路上去追赶一个人,他们只需抄下此人的车牌号,在他们想去的时候再派一辆车去捉他。对查理来说,那种做法实在太卑鄙了。

现在喝了酒以后什么车都不能开,所有那些车在逐渐延伸的柏油路上都行驶得那么快,一个男人用一种正当的、毫无保留的方式与警察及其副手们交手时,他们似乎并不欣赏这里面比拼的成分,好像查理一攥起拳头,他们就顿时没了幽默感。以往,对许多年轻的州警来说,被查理打一顿几乎已经成为一种成人仪式。但是现在那些戴警徽的男人会掏出警棍,要不就将手按在手枪上,那还玩个什么劲?

现在一个醉汉不能再像过去那样,在监狱里过上一夜来醒酒。他们会把查理带到安尼斯顿市的临时监狱,要想保释他还得花很多钱,那是他家出不起的钱。法官们仍然记得查理的名字,仍然每两三年摇着头,甚至有时是笑着,看着那个高个子男人来到他们面前。那个男人没有恶意,只是他身上那旧得蒙了尘的行为准则有时会跟法律背道而驰。但随着城界逐渐扩展到乡村,警察对查理的围堵变得越来越紧。

查理特别不喜欢其中一个州警——这本来不应该,因为那个人的妻子是皮德蒙特医院的一名护士,还帮助接生过查理的孙子——当这个州警逮捕他时,查理拒绝坐进他的巡逻车。查理会坐在沟里等另一名州警一路开车过来,再将他带走。

对于艾娃来说,不断好转的时代结束了那可恨的阴霾,即使是穷人也给自己的房子拉上了电线。对于查理来说,田纳西河流域管理局[1]没带来什么好事。它改变了他的河,造成了巨大的死水区,吞噬了房屋、牧场围栏和旧谷仓。很快,城里人就在河岸上建造起他们的第二座房子,还有"钓鱼营",里面通了电,有冰箱,还有收音机,冲着黑暗高声播放。

但是在水边仍然有荒野,每当查理有什么心事,他就去那些地方。

他从未告诉他的家人杀人那件事儿。在他去世后,他们才从特拉维斯那里听说这件事。

---

1 田纳西河流域管理局(Tennessee Valley Authority)是大萧条期间,罗斯福新政下于1933年成立的机构,用于解决田纳西河流域面临的水灾、森林滥伐及水土流失问题,同时负责发电、贩卖过剩电力、创造就业机会及保存水力。作为一个区域经济发展机构,这是新政下实施最成功的一项计划,成功帮助相关地区实现了经济和社会的现代化。

那种事情会一直困扰你,直到你的头发变成灰白,特拉维斯就是这样。"好奇怪,那以后不管是查理叔公还是里奇叔叔,谁也没有提起过那件事。但我总在想那个被杀的男人。我想知道他是谁,有没有家人,但那仅仅是一件我们不会去谈论的事情。"

那事发生几年后,有一次特拉维斯和他的叔叔里奇在院子外面有一搭没一搭地聊天。特拉维斯突然开口:"里奇叔叔,他们把那个家伙杀了,是吗?"

"是的,孩子,"里奇说,"他们确实杀了。"

之后他们再也没有谈过这件事,特拉维斯一次也没有再谈起它,直到他听说有个表弟正在写一本关于查理叔公的书,他琢磨着是时候了。

有时候,当他开车经过杰克逊维尔广场周围看到那座邦联军士兵雕像时,他想应该凿一座查理·巴昂德姆的雕像立在那里,和原来那座雕像做个伴儿。

他认为,如果人们真的想要向某个属于这一方水土,与这个地方相关的,有勇气、有感情的人致敬,查理会是个很好的人选。

冰淇淋店消失了,剧院消失了,像查理这样的人也消失了。他曾想,为什么不立一尊雕像:一个身穿工装裤、头戴一顶宽檐木匠帽的男人,手上拿着锤子或钓鱼线,屁股口袋里装着一个透明的一品脱酒瓶。

当然,他不相信这样的事能发生。但想象一下,如果幻想能成真,如果用石头把所有受过爱戴的男人都雕琢出来,放在那里。那将是一大群穿着工装裤、围裙和平头钉靴,手里拿着锤子、大扳手或一大把棉桃的男人,将是一大群被定格在给鱼钩装钓饵或用小折刀撬开桃子罐头场景的祖辈先人。

想象一下那个场面吧。

第二十六章

初遇，告别

杰克逊维尔
1950 年代初

她第一次看到他时，他正站在杰克逊维尔的广场上。

"好俊俏的小伙。"玛格丽特心想。

他的头发向后梳得溜光，发色接近黑色，有一双醒目的蓝色眼睛，脸色像切罗基印第安人那样黝黑，他的颧骨很高，鼻子有点钩。他看上去是那种如果他想使坏就会使坏的人，但总的来说，他就是好看。

他很纤瘦，但看上去孔武有力，就像艾伦·拉德[1]一样，穿着黑色西装、上过浆的笔挺白色衬衫，系着一根细细的黑

---

[1] 艾伦·拉德（Alan Ladd, 1913—1964）是美国演员，电影和电视制片人，1940 年代和 1950 年代初期在电影方面非常成功，特别是西部片和黑色电影。

领带,脚蹬一双嵌着硬币的黑色平跟皮鞋[1]。他的嘴唇上叼着一根烟,懒懒地靠在角落里,像是个大人物。

当时她的男朋友和那个黑发男孩是朋友。那天,他向那个男孩借了车带玛格丽特进城。

当玛格丽特的男朋友看到角落里那个黑发男孩时,他靠边停下,将那个男孩介绍给他的约会对象。

"这是查尔斯·布拉格,"她的男朋友说,"他是海军陆战队的,很快就要去朝鲜。"

查尔斯握了握她的手。

"这是玛格丽特。"男孩说。

她当时虽然才十几岁,但身材高挑,几乎和那个黑发男孩一样高。而且她已经像大多数人所说的那样,很美丽。

她自己非常讨厌的浅色直发垂到她的肩膀上,脸上有一种人们无法形容的宁静,但也是一种脆弱的表情。她的脸蛋长得完美无缺,笑着说你好。

看上去,他太酷了,不愿说太多的话。"他只是带着那种有点邪恶的微笑,我看到他外套上的纽扣孔里有一朵小花,我不知道为什么。"玛格丽特说。

但他其实并不是为了显得温文尔雅,他只是有好几秒钟忘了怎么说话。后来,很久以后,他说初遇那个时刻,她看上去像个电影明星。

她稍稍了解了这个男孩,但他俩似乎没有什么未来。她

---

[1] 这种平跟皮鞋也叫乐福鞋,过去在这种鞋子上面有一条缝隙,可以塞进硬币,用来打电话。

对朝鲜了解不多——事实是,家乡的大多数人甚至不知道那个地方在哪里——没有人听说过"警察行动"[1]一说。但他告诉她,告诉所有人,他要离开这个小镇,他不会像他爸爸那样在哪家该死的棉纺厂工作一辈子。即使他活着回到家里,他也永远不会回到这个小镇。这让一些人,那些爱过他一辈子或者只是爱过一会儿的人感到悲伤。但是后来,当他回家休假时,他问玛格丽特他能否时不时给她写信。她说好的,如果他真的很想写的话。

---

[1] 美国总统杜鲁门称朝鲜战争为"警察行动"(police action),即未经正式宣战而采取的军事行动。

第二十七章

水 下

亚拉巴马州甘特斯维尔
1953 年

  这事你得偷偷摸摸去做，但你确实做过。你得会在河里游泳，否则其他男孩会取笑你。你不是为了要当个男子汉才去做，你做这事是为了像个男孩。于是，11 岁和 12 岁左右的男孩们套上一条裁短的蓝色牛仔裤，集体向他们的妈妈撒个谎，然后或奔向天地间最宽广的所在，或钻进最狭窄的缝隙。他们蹚水走到齐腰深的地方，站在那里，手臂、脸和脖子被晒成红色或棕色，他们让河水穿过手指，像巫师在揣测河流的意图。然后他们会用力一蹬离开沙底，双臂猛力划水，就像要摆脱一个噩梦那样拼命打水、蹬水，直到一根手指或脚趾刮到河对岸的河底。那些没有成功的人，那些被水流拖到了下游太远的地方，最后累得不能再奋力登岸的人，他们的遗像就被登到报纸上去了。

水坝创造出一条不同的河流。水坝创造出一条如此宽、如此深的河流，以至于男孩们只是站在人造堤岸上，希望自己不会掉下去。

建于1939年冬天的大坝创造出一个全新的世界。人们使用带有三个叉的巨大抓钩从水中拉出形态怪异、几乎和一个成年男子一样长的鲇鱼。打鱼的人中一直流传着那些像潜水艇一样躺在水坝底部的鲇鱼的传说——它们身形巨大，悬在水流中，胖得无法挪动。即使考虑到渔民们会夸张，那些鱼也大得惊人。查理抓到过一条有他四分之三身高那么长的鲇鱼，震惊之余，将它带回家，还特地拍了张照片。

对于查理来说，一条河本应该是狭窄而狂野的，它的水容量、流速和性情应该根据雨量和干旱程度改变，并且永远不应该宽到让人无法踩着独木桥过去——一棵暴风雨中倒下的树形成的天然的桥。虽然他从不喜欢水坝对自然景观的影响，但是能捉到一条大鱼就是一条大鱼。随着那水库的大水汇集起来，他就在岸边徘徊、狩猎。

在那里，鱼似乎都在成群地、活蹦蹦地跳进男人的手臂。那些鱼对于传统的杆和卷轴来说太大了，所以他用了一根旧的台球杆，并在钓鱼线上固定了一个强力的抓钩，这条线有尼龙绳那样粗。

他们将这称为钓鱼。当巨大的鲇鱼、牛胭脂鱼、大马哈鱼和其他鱼在水坝附近漂流过来时，他将钓鱼的钩直接抛下去钩住它们。

他捉鱼不是为了消遣，因为此事没什么消遣可言。他捉鱼就是为了鱼肉——他们就是那么说的，鱼肉——我估计他没浪费过一条鱼。

虽说他是个爱社交的人，喜欢有人陪伴，但钓鱼是一个血腥而有条不紊的过程，所以他要么和"呼啼"一起钓鱼，要么就一个人独钓。有一个春日，他将台球杆扔到道奇车后座上，告诉艾娃，钓完鱼他会直接回来。这辆道奇的启动器有毛病，但这次它一下子就启动了，他把这当作一个好兆头。钓鱼跟运气有关，尽管有些人会告诉你不是，而查理对此坚信不疑。

他本想叫"呼啼"一起去，但是当时没有人能找到他，于是他将车窗摇了下来，像往常一样把他骨节分明的粗壮臂肘伸在外面，一踩油门，绝尘而去。

当你从河边接近亚拉巴马州的甘特斯维尔时，它堪称地球上最美的地方之一。水流不慢，也不是棕色的，看上去像大海或墨西哥湾那样洁净，成百上千只大白鸟，一群一群在湖面上盘旋。

查理就在水边找了一个地方停下车，带上他的装备来到一个靠近花岗岩的地方，然后从上面凝视着水面，等待大鱼慢慢游过来。

后来，随着天空开始变暗，他注意到河水似乎涨得很高，比以往高得多。他一直都很好奇那些收电费的老爷们是怎么想尽办法，不依自然规律将水存起来又让它流走的，而且自从那该死的东西建成以来就一直如此。

他还注意到可怕的云层正从天边涌上来，天空正从蓝色变为一种浓重而愤怒的紫色，仿佛带了瘀伤。接着大雨就像瀑布一样袭来。

他穿过一片泥泞跑向他的汽车,一路注意到,在风雨中自己已经无法分清哪里是河岸的尽头,哪里是河流的开端。他跳进车试着发动一下引擎,那玩意儿呜咽着呻吟着,但却无法启动。越是当你需要启动器启动的时候,它们越是趴窝不动。

他试了一下,又试了一下,雨水砸得车顶砰砰作响,启动器变得越来越弱,而水位则越来越高……

在那个年代、那个地方,"我会直接回来"这句话的含义和它听上去的意思,绝对是相反的。

回家的路一点儿也不直接。这意味着一个人会回家吃晚饭,除非他们半路停下去喝上一口,或顺路去一下亲戚家,或那天的鱼咬钩咬得让人无法收杆。但当时查理没有任何时髦的冰柜能存放他的战利品,所以他向来不会迟于第二天早上回家。

所以第二天早上,他还没有回家时,艾娃和女孩们并没有特别担心,但等那一天时间渐渐过去,他还没有开进车道,她们开始纳闷是什么事把他耽搁了。

艾娃以为他找到哪个有自酿酒的人,只是等着神志恢复、目光能聚焦以后再回家。夜幕降临之前,她还对此很肯定,等到了第二天天都快亮了,她在地板上焦躁得来回踱步,向上帝祈祷希望情况确实如她所想的那样,只能是那样。

他已经离家两天了,一点音信都没有。玛格丽特、璜尼塔和璜尼塔的男朋友——锯木厂老板的儿子,一个名叫埃德·费尔的好男孩,开着车把附近的小路绕了个遍,心里琢磨着也许只是他的车坏了。

璜尼塔将此事告诉了詹姆士和厄尔·伍兹——那天晚上就是厄尔和休伯特假装成女人在门口开查理的玩笑——詹姆士和厄尔开车去了甘特斯维尔。

　　这条河还在泛滥，但大水已经开始退去，它吞没了查理的车。

　　当詹姆士和厄尔发现它时，棕色的水几乎能把车顶盖住。

　　詹姆士在车里到处摸索，找他的爸爸。但是里面没有尸体。在岸上，他们找到了他的台球杆和钓鱼装备，它们被一些灌木丛截住。

　　这让那些爱他的人感到震惊，他们将消息告诉艾娃时，她开始哭泣。然后她走到床前躺下，面对着墙壁。

　　她脆弱的头脑，一生中因为许多忧虑而被削弱和剥落，当时出现了一点点破裂，随着他失踪的时间一天天过去，那些裂缝变得越来越长。

　　玛格丽特那时十六岁左右，独自一人坐着，茫然失措。

　　这比那时她坐在医院停车场等他还要糟糕，这比什么都糟糕。

　　但是那些认识查理的人无法相信他会死在一条河里，哪怕是一条人造河，一条大浪拍打着巨大水泥墙的人造河。

　　他们搜索了河岸，生怕会发现什么。那儿到处都是死鸡、死牛和打了结的死蛇，但在泥滩、沙洲上或死树上，没有发现死人。

　　他们联系了当地所有的医院和太平间，但没有一个收到过符合查理体貌特征的尸体。然后，根据常理推断，他们开始联系监狱。他们得到了亚拉巴马州巴昂德姆家族称为"佐治亚分支"的族人的帮助，那都是些住在那个州的亲戚。

他们齐心协力，给州界线两边的每一座监狱打了电话，要么干脆驱车一两百公里亲自探访。有些地方，警察们只是说，"没有，我们这回没有抓他"。其他监狱逐条核查他们的囚犯名单，也没有。第一周过去了，孩子们都快疯了。

在镇上，人们会问玛格丽特："他们找到你爸爸了吗？"她会摇摇头，然后哭起来。

朋友们伸出援手，甚至是那些几乎不认识他的人。他们甚至打电话给伯明翰监狱查询，尽管它离甘特斯维尔一点也不近，查理没有理由跑到那里。但每个人都知道伯明翰，知道那里的监狱。穷苦的男人、穿着破烂或肮脏的男人，都会被他们从街上关进监狱。

特派专员尤金·"公牛"·康纳不希望街道上有任何白人"人渣"出现，警察日常到街上和公共汽车站清除流浪汉。但当詹姆士打电话询问他的爸爸是否在那里时，一个百无聊赖的职员查了查人员清单，说监狱里没有叫那个名字的人。

他失踪已经两周。詹姆士孤注一掷开车到监狱和警察局寻人，甚至去了伯明翰。在那里，他再次询问有没有个名叫查理·巴昂德姆的人，一位女士让詹姆士把名字拼写出来，她用手指在一张清单上逐一核查。

"B-U-N-D-R-U-M……"她念道，手指停了下来。

"我们有这个人，"她说，"'流浪汉'。"

詹姆士没有叫喊，也没有犯傻。他知道他的爸爸没被淹死。鳄龟不会淹死，噬鱼蛇不会淹死——他们都可以被淹死，但查理就是不会。

他礼貌地问那个女人:"我可以接他回去吗?"

他将查理带回家,但消息早已传到家里。当他们看到爸爸从车上走下来时,他们冲向他,但是一下子呆住了,因为他们看到他脸上的震怒和眼中的暴风雨。

当汽车不能启动,眼看着洪水即将到来时,他放弃了那辆车,在雨中走到公交车站。回家的唯一方法是买张票到伯明翰,然后到安尼斯顿或加兹登。

他在伯明翰下了公共汽车,手中没有行李,身上穿着破烂的工装裤——他总是穿着他最差的一条去钓鱼,上面还沾着鱼血,还有更糟糕的东西,里面穿着一件肘部破了洞的工作衬衫。

他计划喝一杯咖啡。他没有喝醉,甚至没有喝酒。他只想回家。

他坐在一张长凳上,离一群在伯明翰下车的衣衫褴褛的男人很近。当时有两辆车满载着带警棍的城市警察朝着他正在等公共汽车的人行道快速开来,接着就把那个地方清扫得一干二净。他被指控流浪。他只有一口袋的鱼钩、一罐鼻烟和一两块美元,没法将自己保释出来。他们不让他打电话,让他成为监狱里的一个客人,再过几年这里将成为这个国家最著名的监狱。

上次打到监狱的电话,显然是一个不知道巴昂德姆这个名字怎么拼写的人接听的。

所以他只好等待、发牢骚、怨恨,因为他一点该死的办法都没有。

他们以一种从未有过的方式对他施加权力,这重重打击

第二十七章 水 下

了他。他以前进过监狱,但到现在为止的每一次,凭上帝起誓,都是他自己招惹的。

回家后,查理花了好几天才冷静下来。与此同时,艾娃重新回到了活人的世界,他的女儿们欢欣鼓舞,关于怎么发现他的神奇经历在州界线两边传播开来。

"那是我学会祈祷的时候,"玛格丽特说,"我向主承诺了许多事情,如果他可以让我的爸爸回家来。"

正如查理总能找到一个蛮荒之地捕鱼或布下他的钓鱼线,男孩们总能找到在河里游泳的地方,那是一些能让恐惧小到足够挑战自我的地方。我知道这一点,因为我和他们一起站在那里。我内心深处有一种恐惧感,我的手在寻找涟漪,指望它能帮助我,让我呼吸,撑到河的对岸。在一小段时间里,当你觉得水将你往下游冲的速度和你游到河对岸的速度一样快时,你就真的命悬一线,有如新教徒那样接近炼狱的境地。

让查理,我的外祖父成为我认识的唯一一个被人们认为丢了性命,然后又大踏步回到现实世界的男人吧。这与哈克和汤姆[1]为了听密西西比河上的大炮声而假装死去,然后去参加他们葬礼的情节并不相同。只有查理这类人才可能先被假定淹死,而结果只不过是他当时没带足够的保释金而已。

---

[1] 指美国作家马克·吐温在其儿童文学作品中创造的哈克贝利·费恩和汤姆·索亚两个角色。

第二十八章

顺手牵花

杰克逊维尔
1953 年到 1955 年

　　黑发男孩从战场上回来后,为她偷过鲜花。
　　他在路上开车,如果看到路边有玫瑰花丛,就会猛踩一脚刹车,差点让坐他车的人撞出挡风玻璃。自从战争结束后,他就一直在休闲裤口袋里带着一把长剃刀。他一边跑进院子,一边像拔剑一样将它亮出来,迅速地割断花枝,然后冲刺回到车上,一溜烟地开走。
　　有一次,他坐在玛格丽特的爸爸的卡车上,看到一大片玫瑰花丛盛开在陡峭的岸上,他大叫道:"停车,查理,停车!"查理还没来得及开口,他就跳下车。他爬上岸回来时,怀抱着一大捧红玫瑰。
　　查理垂下头,因为他这辈子从来没有偷过任何东西,而现在他却成了一个偷花贼的从犯。但是当男孩爬进车,砰地关上门时,他不忍心严厉训斥他,因为他知道那些花的去向。

这个男孩从战场回到家中,毫发无伤,或者至少表面看上去是那样,玛格丽特对他能回家很高兴。他没有谈及太多他目击过或参与过的那些杀戮,他只是偷几朵花而已。

他似乎改变了离开他从小长大的地方的愿望,或者他可能只是找到了留下来的理由。每当他来看她时,他仍然穿着黑色西装,而且来得很频繁。"如果他走过来时,手藏在背后,我就知道我会得到一些玫瑰。"她说。

他是个有点自作聪明的人,"并且总是表现得好像他什么都知道"。但每次她生他的气,他都会出现在她面前,手藏到背后,咧着嘴笑。

她让爸爸给他找份工作,这样他就可以离开棉纺厂。这个男孩很尊重查理。查尔斯·布拉格对于做木工活或铺屋瓦一窍不通,但他听话,并学到了手艺。查尔斯早上到查理家接他,和他一起开车上班。他们俩的名字永远不会混淆。查尔斯只被大家叫查尔斯,查理则从来没有被叫查理以外的名字——实际上这就是他的本名。大多数情况下,查尔斯只是叫他"先生"。

不过,查理没法让那个男孩干活小心点。他无论走在多高的屋顶上,完全没有恐惧。查理琢磨着一个男人在海外看过活人被枪打成筛子的样子,是不会害怕从屋顶上掉下来的,尽管要是真的发生,他就死定了。

有一天,他们正在建一个新的屋顶——不只是铺瓦,还有胶合底板,查尔斯不小心滑倒,从屋顶上的一个洞里掉了下去。他好不容易用左手抓住了一块板的一角，另一只手没办法伸到身体另一边抓住那块板，所以他只是靠一只手吊在那里，直到查理把他拉上来。

"我就这么说吧，"查理对玛格丽特说，"这个小伙子很强壮。"

他有时也说点别的关于他的事情。"他怀念他打的那场仗。"

他喜欢打架，常常挑起架来打。他像一只公鸡那样好斗，内心深处有什么东西在燃烧，在它烧出一个洞之前，必须将那股邪火释放出来。

跟他打架的那些人几乎伤不到他一指头。查理会把人痛打一顿，而查尔斯会弄得他们满身是血，而自己毫发无损，雀跃着离去。一个无法打斗的人在部队是派不上什么用场的，而查尔斯服了两次兵役。

这男孩也喝酒，但查理对此没有多说什么。如果他做过最坏的事情也就是喝醉酒，在路边偷鲜花时被抓，或者偶尔跟人打一架，他可能并不是个坏到哪里去的人。尽管他自己挺糟糕的，但他喜欢查尔斯。

不过，查理是个过来人，他知道狂暴从来都不是像雷明顿步枪那种能够精准打击的东西，而是一种会无端爆发并以种种方式伤及他人的怪物。

他们日复一日地在屋顶上工作，他在一旁观察他的言行——不过男孩话不多，如果查尔斯表现欠佳，他会敲他的脑壳，或者将他赶到一边。但事实上，这个男孩对他和艾娃都十分尊重，并且在他面前对他的女儿非常友善。

有一天，查尔斯朝院子里走过来，手里的鲜花多到不停往下掉，各种鲜花，可能有一蒲式耳或更多。查理不是个笨蛋，一看就知道这个男孩心里在想什么。

"你有没有问过那些人能不能剪他们的花？"玛格丽特在他求婚时问他。

"当然。"查尔斯说。

1955年，查理和艾娃接连失去了两个女儿，一个被一个男孩用鲜花捕获，另一个被另一个男孩用运煤卡车和什锦牛奶巧克力掳走。

霍伊特·费尔的儿子埃德仍然在追求璜尼塔。霍伊特是一位受人尊敬的知名人物，是一个公理圣教会的牧师。费尔家族经营锯木厂，现在他的儿子们在经营煤场。埃德的脸圆圆的，每到情人节总会送给璜尼塔用心形大盒装的巧克力。他读完高中，有一辆灰色的克莱斯勒。有时他下了工直接开着运煤车去看她，有时候巴昂德姆一家都会坐进去，一起去埃塔娜和查理·桑德斯家看电视。

没有人担心埃德会成为一个什么样的丈夫。他是一个好小伙，每个人都知道。他不喝酒，努力工作，赚了不少钱。如果他出门晚归，那是因为他在外面猎捕浣熊。

他是那种用工具表现自己强悍的南方人。他用大锤和凿子拆卸翻斗车的轮胎，当他需要判断汽车的电路系统是不是带电，他只是用手去抓一根电线看自己会不会被电到。他会电焊、犁地、开推土机或前端装载机、操作电锯，在装纸浆木材的卡车上操作吊杆。他从未发生工伤事故，能成箱成箱地喝皇冠可乐。

璜尼塔和埃德在密西西比州首先结婚。璜尼塔带着一个扎实敦厚的男子汉来到杰克逊维尔——还带来无数上好的工具。

玛格丽特和查尔斯在不久之后结了婚。她爸爸告诉她,他为她感到高兴,但她无法理解为什么一个这么强悍的男人,眼眶里会含着泪花。

艾娃对查尔斯持怀疑态度。

"他爱喝酒。"她说。

第二十九章

珍妮特、上帝之子和"面粉女孩"

杰克逊维尔
1950年代

查理管埃塔娜的二女儿琳达叫"面粉女孩",因为在没有人看着她的时候,她会取下面粉桶的盖子,在里面玩。她会吃一点点面粉,但大多数时候只是喜欢那团将面粉往空中扔时形成的白云。埃塔娜走进去时能看到她在一层白色面罩后面扑闪着的两只大眼睛。这种时刻让人很难忍心去打孩子,尽管她尝试过。

当琳达还是个蹒跚学步的小孩,每当她的外公查理一进门,"面粉女孩"就会向他跑过去。她不像其他孙辈们那样跳到他的腿上,而是停在他面前一两米的地方,仰起头,一直向上盯着那个高个子男人看,只是盯着看。

查理会说:"这是我的小外孙女吗?"然后用所有屋顶工

都必须拥有的非凡平衡力直直地弯下腰,直到他的鼻子快贴到她的脸。对于小女孩来说,它看上去就像起重机的长臂从天而降。

然后他会站在那里,更厉害地弯下腰,双手搁在后臀,咧开嘴笑。她会尖叫。

他可以同时带两个,有时甚至三个小孩,如果其中一个骑在他的背上,用手臂环绕他的脖子,他就很难阻止他们的手去碰他的口袋,还有他的嚼烟罐。当他嚼烟时,小孩会被呛得打喷嚏,他就会哈哈大笑。嚼烟有个麻烦是你必须有一个用来吐烟草的罐子——对他来说,通常是洗干净的装过猪肉和豆子的空罐头盒——而孙子、孙女们造成的麻烦就是他们总把他的吐烟罐子踢翻。他和艾娃有那么多的小孩,所以那个吐烟的罐子时时刻刻都处于危险当中。

等到他五十岁的时候,膝下围绕的全是孙子、孙女。他们骑在他皮包骨的双膝上,在他的胳膊和腿上荡来荡去,拉扯他的耳朵,而这些正是他希望他们做的。

他的儿子詹姆士因为房子失火夭折的两个婴儿,是查理较早的孙子。他们死时,他攥紧了拳头捶打自己的腿,诅天咒地,诅咒别人。埃塔娜说,自从多年前埋葬自己的小女儿艾玛·梅以来,她没有见过他这样痛苦。

但是随着岁月匆匆流逝,他年长些的孩子给他的家和庭院带来了一大堆小男孩和小女孩。虽然他从来没有忘记那场悲剧,但是在那之后诞生的孙子孙女们,在他和那场悲剧之间创造了一段柔情而又温暖的距离,或者至少看上去是这样的。

詹姆士和菲恩生了玛丽、戴维、吉米、珍妮特和琳达·费伊，威廉和路易丝生了佩姬、奥尔顿、贾妮和贝姬。埃塔娜和查理·桑德斯的家里全是女孩，有贝蒂、琳达、伊丽莎白和万达。璜尼塔和埃德先是生了一个女孩杰姬，然后是小乔·爱德华。但这个男婴才几个月大的时候就夭折了，这提醒查理，他的家庭是多么珍贵而脆弱。

璜尼塔每天都要去那个男孩的坟墓。

一天早上，她的爸爸轻轻地把她拉到一边。

"如果你一直去，"他说，"心就会一直受伤。"

他知道他的女儿无法将孩子从脑海中推开，但他知道，一直站在坟墓前是无法继续好好活下去的。

"就一段时间，"他说，"过一段时间再去。"

他们受伤的时候都会去找查理。孙子们早早就学会了被狗咬伤或被荆棘割伤时跑到他身边求助。詹姆士的儿子戴维摔倒时喉咙被一只水果罐割伤的那天——实际的情形并没有听上去那么吓人，以及其他成百个微不足道的紧急情况发生后，他都在那儿帮他们解决。

和玛格丽特一样，他们觉得什么问题都难不倒他。所以珍妮特从道奇车上掉下来的那一天，她并没有害怕。

查理、艾娃、琼和苏那时住在罗伊·韦布路，距离霍尔德家的商店不远。查理坐在门廊上，感到有些孤独。

"我想，"他说，"我要去找詹姆士的孩子们。"

他就是那样。当周围太安静时，他会大步走向汽车，开车出去闲逛，有时会载回一帮吊挂在卡车车斗上的孙子。

这一回，他开着1946年的道奇载着戴维、吉米、玛丽和当时六岁的珍妮特。当他开到一个转弯处,乘客那侧的门突然打开,当场就把坐在门旁边的珍妮特甩了出去。

她打着滚,翻着跟头,然后躺倒在路中间,小小的身体蜷成一堆。珍妮特——除了"吉尼娅"之外,大家从来没有给珍妮特起过其他绰号,因为那个绰号是查理给她起的——一动不动地躺在地上,好像死了。

当道奇以比它原本快得多的速度闯进院子时,玛格丽特就在院子里。

"亲爱的,"她的爸爸脸色惨白,怀里抱着一具无力的身体,说道,"我把小吉尼娅给杀了。"

他把她平放在门廊上,用布擦拭她的脸,发现她还在呼吸。然后她睁开了眼睛,查理只是轻声地说"谢谢你,主啊"。

他将她带到镇上的医生那里,医生将她腿上的碎石挑了出来。珍妮特没有尖叫,她甚至没怎么哭。

玛格丽特、瑷尼塔和其他姐妹敢担保,在珍妮特不省人事的那段时间里,肯定发生了什么突变。因为随着她长大成人,她变成了一个天使,成了一个无私奉献、富有爱心的女人。她看护着别人,为他们而活。

玛格丽特后来就叫珍妮特,上帝的孩子。关于在人失去意识的时候可能会发生什么的问题,若你想和她争论就去争论,但你没办法让她相信还可能有别的原因。

珍妮特本人对此不置可否。一方面,一个人被认为是一个真正的圣徒,即使是新教徒的圣徒也是件不错的事。但另一方面,这也是一个可怕的负担。如果她在公共场合不小心随口骂了脏话怎么办？

她只是任由那段传奇继续散播。

"这一切都取决于，亲爱的，"她现在说，"你问的是谁。"

查理和自己的孩子和孙子辈之间，从来没有一刻是安静的，那个家从来没有变成过空巢。有些人可能会留恋一点安宁、一点独处的时间，但那是上帝创造河流的原因。当他年近五十时，他的生活没有改变。查理仍然每天爬上梯子，锤子在他屁股后面晃来晃去。兴致来了他仍然去钓鱼，并且当孩子们在他脚边或者挂在他瘦削的前臂上做引体向上时，他仍然看上去情绪高涨，幸福极了。艾娃也爱他们，但查理……这样说吧，查理简直是拥有他们的心，就像他拥有自己孩子们的心那样。有些男人就是如此受到上苍眷顾，他一走进房间，儿孙们就会大笑起来。

第三十章

山　姆

杰克逊维尔
1956 年 11 月 11 日

在某些文化里,离开丈夫是一种极端的、任性的行为。玛格丽特那个年代的女性,在两人感情不和时离开丈夫的并不太多,她们只是回自己的娘家。

"我回妈妈家"是她们砰地摔上纱门时说的最后一句话。山姆就是在这样一段离家的日子里出生的。

玛格丽特当时正在埃塔娜家里看着《全美音乐台》[1],肚子里的婴儿让她知道分娩的时候到了。她的姐妹们带她去了安尼斯顿,这在他们家里已成常规。离家近得多的皮德蒙特医

---

[1] 《全美音乐台》("American Bandstand")1952 年开播,是一档表演音乐和舞蹈的电视节目。

院当时还没有建成。

但宝宝的胎位不正,她度过了可怕的一晚。一直到早晨,医生和护士们仍然在她身边忙活着。

母子两人差点儿没有挺过去。当查理来看他的孙子时,注意到那个男孩满头是擦痕,那是医生试图将他安全带到这个世界时紧紧抓着他的地方。

查理盯着那个男孩看了好几分钟,然后把脑袋伸进她的病房里。"你赢了埃塔娜和璜尼塔,"他说,"你生了一个男孩。"

就在那天晚上,或许是第二天晚上,玛格丽特回到紧挨着皮德蒙特公路的房子里,她站在儿子身边,一遍又一遍地告诉他,他是属于她的,只属于她一个人。

孩子的父亲可能有抚养权,但她知道,即便那样她也不能指望孩子父亲什么,所以她只是站在他身边,后来躺在他旁边,将那些话悄悄说给他听。虽然她因为难产而感到疲惫,但第二天早上她仍然醒来并看着他。

"他的头上没有头发。"她说。他又瘦又长,但她觉得他很漂亮。璜尼塔曾说他长得丑,但她可能一直在开玩笑。

从朝鲜回来后,查尔斯变得越来越孤僻。他以往一直喝酒,但现在他是独自一个人喝。没有人知道他出门多久,他在哪里或者都在做些什么。山姆出生后,他出现了一会儿。查理原谅了他一两次,但是有一天,在女儿回娘家住了一段时间以后,他从女儿脸上看到更多的是恐惧而不是愤怒,而那让他揪心极了。于是有一天,当查尔斯·布拉格来接自己的妻子和儿子回家时,查理就将那个男孩抱在怀里,然后让他的女儿选择去留。这个黑头发的男孩独自开车走了,这次他的怀里没有鲜花。

第三十一章

得 救

怀兹峡谷
1957年

每个星期天,查理会载着艾娃和女儿们开车去特里迪格公理圣教会,那是一个小小的木头建的礼拜堂,地板会因为圣灵和有理性的鞋子的蹬踏而震动,当里面的人们唱歌、大声欢呼和颂扬至高至圣时,他就在那辆1946年的道奇车里睡觉。

他从来没踏进教堂一步,一次也没有。

他本来是可以假装信教的。他可以滑到其中一张坚硬的长椅上,在传道士带着喜悦的情绪汗如雨下、摆动手臂、来回晃动身体时,装模作样地跟着点头。但是他讨厌伪君子,讨厌那些一边引用经文一边掏你钱包的人。

因此他就只按照自己的道德准则做人,很多人都说他们是这样做的，但如果你的良心像煤尘一样黑，那是不算数的。山脚下的正人君子可以将查理称作纯粹意义上的罪人，因为酿私酒以及很多别的事，还因为他从没有向上帝说过话。但在我了解了一些事情之后，我不禁觉得好奇。如果上天堂是一场赢家通吃的游戏，有多少人愿意不加掩饰地与他并肩站立在上帝面前，接受末日审判呢？

一个秋天的夜晚，当查理闭上眼睛后，山姆像以往那样用煤炭填满他的靴子。

玛格丽特和山姆当时与查理和艾娃以及年幼的女孩们一起，住在离詹姆士一家不远的一座房子里。查理说他经常感到很冷，便开始睡到起居室的沙发上。在过去的几个月里，他变得更加憔悴，但他总是那么瘦削，没有人对此想太多。

玛格丽特和山姆睡着了，她听到门打开的声音，把她吓了一跳。在她的一生中，半夜被吵醒就没有发生过任何好事。但这回是她的爸爸，站在床脚边。

"我记得他把双手放在床架上——我今天还能看到他的手放在床架上的那个场景，他说：'醒醒，玛格丽特，我想告诉你一件事。'我当时害怕极了，因为他是如此严肃，直视着我，他只是说：'我得救了。主拯救了我。'"

这让她十分惶恐，因为在一个人们到处都在讨论上帝的世界里，他一直是孤身一人，没有追寻过上帝。

"他说：'我想去睡觉，但我睡不着。我耳朵里一直能听到这种音乐，但我说不出它从哪儿来。所以我走到外面，我看到这音乐是从上面传来的，我猜是天堂。然后我听到一个声音告诉我，这是我最后的一次机会。我只是想告诉你，告诉你我得救了。'然后他走出房间，又走到詹姆士家去告诉詹姆士。

"我原来想问他到底是什么歌，"玛格丽特说，"但当时我实在太害怕了。"

在那之后，他没有随身带《圣经》，或者走进教堂，或者向其他任何人传教。他只知道他得救了，只知道天空中的那个声音是真实的。他知道他必须放弃自己的罪，而且他做到了。

他停止了喝酒。

他不是逐渐减量，他就是不再喝了。

那肯定是上帝的作为。

他的女儿们说肯定是。

你能听到很多这样的故事。人们在番茄地里得救，在开车去买"温斯顿"牌香烟的路上得救，或者在看摔跤比赛的时候得救。有些人可能会嘲笑这种事，但他们那时可能还从未听过来自星星的音乐，或者来自天空的声音。不过，那不是很奇妙、很美好吗？

第三十二章

小妖怪归家

库萨河
1957 年

　　查理和"呼啼"两人正在离"呼啼"原来的那间棚屋不远处钓鱼。如果他们饿了，一些夹着煎熏肠的三明治，还有芥末酱和一大块切达干酪，放在一个吊在树弯处的口袋里备着。他们拽出浑身是泥的鲇鱼。老规矩，查理说，"呼啼"听，一如既往。自从他第一次见到"呼啼"以来，查理已经养大他的大部分家庭成员。巴昂德姆家的孩子们逐渐成年，结婚成家，而"呼啼"逐渐变得头发灰白、满脸皱纹，虽然还是很难准确说出他的年龄。因为他在寒冷潮湿的早晨嗓音嘶哑，浑身疼痛，也不再到屋顶上帮助查理干活。但是每到巴昂德姆一家搬家，他仍旧将他的衣服绑扎起来，然后爬上他们的旧车或卡车，仍旧在新居找一个空角落放下自己的家当，给自己铺床，仍旧坐在门廊上抽卷烟。只是现在他抽完以后，是查理的孙子们接过他递来的空烟草袋来玩了。

尽管他比查理年纪大得多——那非常明显——他们的关系是颠倒的。查理是父亲的角色，而且一直都是。这就是他们相处的样子，虽然远远地看，感觉一定很不一样，查理就那样一直喋喋不休地说着什么，而"呼啼"只是偶尔点点头，像一个年长的智者。

当他真的开口说话时，他告诉查理，他很想念河边的生活，但查理没有想太多。"呼啼"已经变成一个永久性的存在，或者至少看上去是这样。

就在这一天，他们捕获了能带走的所有鱼。到了该离开的时候，"呼啼"轻声却坚定地说："我要留下来。"

查理叫他别干傻事，来吧，他们有煎鱼吃了。

"我要留下来。""呼啼"又说了一遍。

"但是，为什么，孩子？"查理说。但他知道为什么，他比大多数人都更清楚。

这个幽暗的地方有那种只有少数人能听到的音乐。

"我过段时间会回来看看你。"查理说道。这个小男人朝他的旧棚屋方向走去，消失在幽暗中。

当他在院子里停下车时，琼和苏问"呼啼"到哪里去了。

"他回家了。"查理说。

也许他不应该那么想念他。琼和苏还在家里，这两个可爱的金发女孩，不像年龄较大的孩子那样会打架，而是手牵着手什么事情都一起做，就好像睡前故事里的人物一样。她们的个性都很文静，将书带到树林里读。她们也像其他人一样崇拜父亲。

　　但是过了很久很久,他才不再往"呼啼"躺过的角落瞥上一眼,他曾在那儿用被子一直盖到他的帽子那儿,只有那长长的鹰钩鼻像一根烟囱一样伸出来。

　　不知为什么,那感觉就是不对劲,不在早晨大声喊叫,"起床,孩子,我们得比其他人起得都早",或者当查理去上班时,为"呼啼"额外准备一份午餐。

　　那感觉就是不对劲儿。

第三十三章

无尽的水

亚拉巴马州杰克逊维尔和佛罗里达州克利尔沃特
1958 年 3 月

你可以挥锤子挥一百年，挥上一辈子，锤子能做的只是迸出火花，敲打钉子，摩擦变热，但锤子自己不会弯曲，不会熔化，甚至不会走样。手柄那个部分会开裂和爆碎，你要么去商店里买一个新的手柄，要么自己削一个新的或者找一些黑色的电工胶带将旧的紧紧绑住，让它还能继续用，然后再继续捶打。因为那实用的部分，那用来敲打的钢，要比肌肉和骨骼，甚至意志更加持久，它能活活将一个男人的生命彻底耗尽，然后从他的手上传到他儿子手上，然后从那儿重新开始。

即使是查理也没法将一把锤子用坏。

1958 年早些时候，他在佛罗里达州西海岸的克利尔沃特找到一份报酬丰厚的工作。这是他打工去过的离家最远的地方，但他还是去了，敲打钉子，然后口袋里揣着一大卷钞票回家。他向来不喜欢银行。一个人怎么能有连"自由"牌工装裤裤兜都装不下的钱呢？这超出了他的想象。

他说，如果他能待得更久，甚至有可能攒到足够的钱来支付一座小房子的首付，但此时他又感到自己有些不适了。

那就是他的原话：不适，就好像生病是他的一个缺点似的。

但他确实病了，而且病得越来越重。他几个月没喝酒了，但皮德蒙特新建医院的医生告诉他，他的肝脏已经严重病变，他会遭罪，而且会死。医生无法确切知道是什么时候，但遭罪和死亡是肯定的。

查理从医院走了出去，马上就去工作，又一连工作了几个月，因为靠自怨自艾是不能养家糊口的。但是到了春天，病痛摧垮了他的意志，锤子从他的大手中滑落下来。那把锤子不是他用得顺手的那把。因为那时他生了病必须回家，他将那把好锤子连同其他的一些工具全都落在克利尔沃特，留给了那里的人。

丢了那把锤子让他很烦恼。他一直是一个蓝领工人。没错，他酿过威士忌，还钓过鲇鱼和大马哈鱼，但他大多数时候是一个修屋顶工，是一个靠工具为生的男人——除了那把锤子、一个水平测量仪和一把手锯，他并没有太多东西能传下去。

"我们必须去把那些工具拿回来。"他对艾娃说道。而艾娃对他说安心点，查理，别再担心那些该死的工具了。

第三十三章　无尽的水　　259

他们搬回了科夫路,这次不是同一座房子,但离原来的房子很近。孙子们仍然过来玩,他仍然宠溺着山姆,但是他心头笼罩着一片阴影。

3月,威廉和瑃尼塔让他坐进威廉那辆几乎全新的1956年雪佛兰的后座。那辆车是双色调:蓝色和白色,是有史以来最漂亮的汽车。

他们向南开,去拿回他丢在那里的工具。他们将后座铺成一张床,当他们在松树间滑行时,他就躺在那里,靠在枕头上,裹着被子。

他睡得很沉也很久。当孩子们驶进兰道夫并进入韦道伊小镇时,一辆警察巡逻车出现在他们后面,警官打开警灯,而他还在沉沉睡着。

瑃尼塔当时坐在驾驶座上。瑃尼塔能驾驭任何能滚动的东西,但是这次挂挡出了点问题。在挂二挡时,轮胎发出一点尖厉的声音,这在韦道伊就足以让你在一个太平无事的日子里被捕。

在他们和后座的长椅之间放着一只装满水的白色塑料壶,警官踱过来用手指着它。

"那是酒吗?"他说。

威廉虽然已经是一个成年男子,但仍然带着一点淘气,他拿起水壶,使劲地摇晃起来,水面的边缘形成了小气泡,就像他很久以前见过查理摇晃起泡瓶的那种架势。

"这上面的气泡很棒,肯定是。"他说着笑了起来。然后警官拿过水壶,拧开盖子闻了闻。他的脸拉了下来。

他告诉巴昂德姆家的人开车尽量小心点,然后挺直着背回到巡逻车上。查理显然还在后座上睡着,甚至都没有睁开眼睛。

这是他一生中最后一次和警察打交道,也是他们最后一次试图将跟酒相关的指控套在他头上,而整个该死的过程他都睡了过去。

那时的佛罗里达州跟现在不一样。沥青路面从灌木丛、棕榈树以及密密的橡树林中穿过,与内陆地带的森林如此不同、如此陌生。它带有一种孤独感,是今天的佛罗里达人梦寐以求的那种孤独。最热门的地方是短吻鳄养殖场,只要你想,就可以看到一个人跟短吻鳄摔跤。橙子园一直伸展到你眼前,有些地段,一股水果腐烂的气味迎面扑来。

那时的天气对于佛罗里达州来说偏冷,他们一路上车窗紧闭。查理那时候很容易觉得冷。

他在后座上感到无聊,叫威廉停下来让他开车,而威廉发现自己即使已经成年,也很难拒绝他。

他从来没有开过这么好的车,这是威廉用他在钢铁厂挣来的钱买的。他从来没有驾驶过跑这么快的汽车。

威廉和璜尼塔低头睡了,但威廉很快被一阵沥青路在车底飞速掠过的声音惊醒,那声音又响又急。不管一辆汽车的密封条有多好,当你速度过快,开足马力时,都会发出一种特别的声音。

听起来好像水在一根大管道里快速涌动,就是那种声音。

"老爸,"他说,"你开得有点猛吧?"

查理甚至头都没有转。

"嘘,儿子,我知道我在做什么。"

第三十三章 无尽的水

威廉又闭上了眼睛，电线杆像栅栏一样闪过，查理用他的大手在方向盘上打着圈，陶醉在那种声音之中。

他们停在一片葡萄柚园里。查理从一棵树上摘了一个大葡萄柚，用手剥开，靠在车上将一整个全吃完了。当时大家都那样。

他们找到了他的工具，开车返回墨西哥湾，然后回家。璜尼塔没有见过这种风光，但当时风很冷，沙滩上的沙也很冷，查理只是待在车里。

再说，他不像有些人，他就没有喜欢过墨西哥湾。那里就像甘特斯维尔。那是一片没有尽头的水面，太过宽阔，架不起独木桥。水是那样又深又蓝，能把一个男人整个吞噬掉，仿佛他从来没有去过那里。

他们将他找回的工具放在他的脚下，一路开车回家。不久之后，他就住进了皮德蒙特的医院。人们都说那是一家特别特别好的医院。它像一个鸡舍，又长又窄，是用红砖建的。它有绿色瓷砖地板，闻上去像大多数医院一样，有消毒剂、索尔兹伯里牛排[1]和恐惧的混合气味。他是在复活节的星期天出院的。玛格丽特记得很清楚，因为她为他带了一朵复活节百合花。

每个人都为此感到高兴，他们又一次和他在一起。但是玛格丽特知道事情有些不对劲，因为他的眼睛湿漉漉的，

---

[1] 索尔兹伯里牛排（Salisbury steak）是一种由碎牛肉和其他成分混合制成的菜肴，外观和汉堡肉相似。这道菜是以美国医生和食品专家 James H. Salisbury （1823—1905）的名字命名的，在美国很受欢迎，通常配有肉汁，和土豆泥或意大利面一起吃。

闪着光。

她一辈子都讨厌医院。那里有那么多受过教育的人,那么多的药,那么多的机器。

所有那些医护人员都有如此漂亮而又干净的双手。

第三十四章

一切都已过去

杰克逊维尔
1958 年春天

艾娃和查理已经共度三十多个年头。在无数个夜晚,当他昏昏沉沉回到家时,她帮助他找到床,而他咧着嘴笑,跌跌撞撞,嘴里唱着关于爱情和火车的歌。还有更多个夜晚,她在等待他开着卡车上车道的隆隆声的忧愁中渐渐老去。

她拖着那只棉花布口袋,帮着承担家里的开销,还有被缝针刺破的手指,还要小心不让血滴到布上。不过最重要的是,她给了他那些孩子,那些孩子让他有理由笑,有理由活着。

现在,她看着他哭泣,为他,为她自己,也为所有那些相信他能上九天揽月的人。而这一次,再次放声痛哭的不仅是艾娃一个,有样东西让那个房间里的每一个人痛哭。在一段——天哪——谁都不记得有多久的漫长时间里,他们第一次被真正孤孤单单地抛下了。她有哭的权利。对于其他人来说，他曾是一面保护他们的墙。对她而言，他是一堵让她一次又一次投身拥抱的墙。

他决定不要死在这所房子里，死在她的看护下。他不想死在这里，在三个最小的女儿玛格丽特、琼和苏的面前死去。

那年琼十七岁，苏十四岁，玛格丽特虽然已经成年，却比任何人都更依赖他。他的死会伤害她们，让她们伤心。而艾娃，她是如此脆弱，可能会崩溃，可能永远都无法恢复。

他让那个最年长、坚强而理智的女儿埃塔娜带他回她家。她说她可以在有电视机的起居室放一张柔软的小床，他们可以一起看拳击比赛、西斯科和潘乔[1]以及露西[2]。

"我会给你烧你最喜欢的吃的，爸爸。"她答应他。但她知道这并不是他去她那儿的原因。

"爸爸知道我很坚强。"

在复活节后的第二天早晨，他等着她来接他，将他带走。

早晨过去，到了下午时分，他有些烦躁。

"主啊，"玛格丽特听到他嘀咕，"我希望她快点儿来。"

艾娃去了一间卧室坐着，盯着地板。她无法忍受看着他，看着他乏力地、漫无目的地来回踱步。

山姆在地板上蹒跚学步，但查理似乎不怎么注意他。玛

---

[1] 西斯科和潘乔是当时风靡全美的西部电视连续剧《西斯科小子》(*The Cisco Kid*)的主人公和助手。
[2] 露西指当时哥伦比亚广播公司播出的电视情景喜剧《我爱露西》(*I Love Lucy*)的女主角。

格丽特无法忍受屋子里的悲伤气氛,轻轻地从一个房间挪到另一个房间,但她的内心却在哭喊。

最后查理终于注意到,那个男孩正眼睛一眨也不眨地盯着他看。

查理抱不动他,他已经长高了,于是他只伸手摸了摸他的头顶。

"你不要让他出任何事情。"他望着女儿说。玛格丽特点点头。他之前说了很多次,但都是命令。

而现在,这话听上去像是在恳求。

"你不能让他出任何事情。"

他在屋里四处无力地踱步,每隔几分钟便会往前门看看,嘴里嘟囔着:"快来吧,快来吧。"

后来,他们听到埃塔娜的车开到了车道上。她取床去了,花的时间比她原来计划的要长。

"感谢上帝。"当她走近时,他说道。

从玛格丽特开始记事起,她的爸爸总是戴帽子或软帽,但他走到院子里时,头上光光的,什么都没有。当他坐进汽车时,玛格丽特带着山姆冲进房子里,拿起他的帽子,跑回车旁,将它戴到爸爸头上。

孩子挥着手。

"再见,孩子。"查理说。

"再见,外公。"山姆说。

埃塔娜将查理接走了。

埃塔娜给他烧了一些煮秋葵和炖土豆。黄昏时分,他和查理·桑德斯、休先生一起散步。风很大,很凉,他说想在凉爽的风中走走。

埃塔娜不想让他去,但他叫她放心。"我相信那风对我有好处。"

那是一次很不错的散步。周围的树木、灌木丛和爬藤要么开了花,要么已经变成绿色,遮住了那些在冬天看起来总是死气沉沉、毫无生机的灰色树皮,而新草覆盖着离房子不远的一片奶牛牧场。再过些时候,夜班火车会轰隆隆地驶过特里迪格高架桥,震动周围的树木,用一道黄光刺破黑暗,但现在只有最后一抹夕阳和涌动的风。

当他们经过一个牧场大门时,他停了下来,想喘口气。他环顾四周,仿佛这是他第一次看到这样的景色,这般美好的景色,然后他倒在了新草地上。

那天晚上,人们像潮水一般涌入科夫路上的房子,但艾娃没有招呼他们。她只是坐在床边,仍然盯着地板,好像她会这样盯上几个星期、几个月一样。狭小的起居室里几乎没有转身的空间。女人们挤满了房子,男人们聚集在院子里,边抽烟,边说话。对于玛格丽特来说,这就像一场梦。

人们和她拥抱,告诉她,她爸爸是个多么好的人,但即使有这么多人围绕着她,还有很多手臂环抱着她,她脑子里只有一个念头:"主啊,我身边一个人都没有了。"

那天夜里晚些时候,又传来一次敲门声,她透过纱门看到她丈夫查尔斯站在他们的门廊上。他穿着一身黑色西装。

"我很抱歉,玛格丽特。"他说。

葬礼那天,送葬人在柏油路上停放的汽车有快两公里长。特里迪格公理圣教会容纳不了那么多人。他们坐满了长椅，有人站在后面，有人沿着侧面的墙壁站着。每个人都说，来了这么多的人，幸好天气不热。他们中的大多数人都是像他一样的劳工阶层，穿着机械工的围裙、工装裤和胸前口袋贴有姓名标牌的衬衫过来，当他们走过棺材时，沉重的工作靴将木板踩得砰砰作响。女人们戴着老式的毡帽，穿着自制的连衣裙，坚强的目光和紧绷的下巴只是她们柔软心灵和柔和性格的陪衬，她们甚至在传道士开口之前就哭了起来。在外面，他们的孩子们，连一点最模糊的死亡的影响也没有感受到，痛苦地坐在汽车或皮卡里面，因为他们受到警告，要是弄出一点吵闹声，就会挨一顿长时间的暴打。

在会堂里，身穿斜纹粗布和褪色的印花连衣裙的穷人，与穿着深色羊毛衫和从商店买的衣服的城里人、拥有土地的富农挤在一起，琼将这些富人称为大人物。他们关了自己的药店，离开自己的商店和办公室来到这里，为这个给他们挖井，建造灰色大谷仓，从嘎嘎作响的短款车中向他们挥手致意，以及在州界线两边酿制上等好酒的男人送行。

查尔斯·布拉格曾在朝鲜徒手杀死至少一个人，这会儿，他坐在玛格丽特身边，哭得像个小孩。

他并没有对很多男人表示过敬意，但他尊重她的父亲和她父亲的力量。那次查理在家门口命令他滚蛋，换作别人，他可能早就把他杀了，而他只是低头离开了。

现在他带着他的儿子山姆，走到棺材前，一起低头向查理的脸看去。

棺材是用纯松木做的，是他自己也能打造出来的东西。躺在里面的这个男人没有丝毫病容，也没有显出将他消耗殆尽的痛苦,他的头发没有一丝灰白。

前来吊唁的女人们说,他仍然是个英俊的男人。

玛格丽特无法忍受看他的脸。当她在爸爸旁边停下来的时候,她看的反而是他的手。

丧事承办人给他穿了一套蓝色西装,但那双手并不属于穿西装的男人。他的双手粗糙,伤痕累累,满是老茧,他的指甲粗厚,满是裂口,指关节和各处关节因多年劳作而变得又红又肿。

一辈子的油脂、焦油和河里的污泥已经渗入皮肤和指甲下面。不管你多么努力地擦洗,一个劳动者的手都不会真正洁净。

葬礼歌手,那些从一场葬礼赶到另一场葬礼的男男女女,献上他们的歌声,他们唱起关于死亡的神秘和人生的美好的歌,对这个男人来说,不失为一个好主题。

再过很久以后
我们一切都会明白
再过很久以后
我们会明白为什么
振作起来,我的同伴们
生活在阳光下
我们都会明白
等一切过去后

霍伊特·费尔和大个子弗雷德·麦克里利斯,两个非常信仰上帝的人，布道送他回归天国。

大个子弗雷德因为哭泣无法继续宣讲下去。查理，这个制作过威士忌的男人一直是他的朋友。他曾是查理在镇上最喜欢聊天的人之一。

弗雷德的体形像一个戴着帽子的冰箱，平时会在讲台上用低沉的声音布道，让罪恶四处逃窜，就像一只蜘蛛向黑洞里逃窜一样。但现在，他的声音又轻又温柔。他说，这个人的优点远远盖过他的缺点。

"艾娃、詹姆士、威廉、埃塔娜、璜尼塔、玛格丽特、琼、苏，"他说，"我也爱他。"

霍伊特·费尔长着一张冷峻、严厉的脸，他能像用那台巨大黄色推土机推倒树木那样，将撒旦推开。这会儿，他显得异常谦卑，说他和台下这些人是一家人——他的儿子埃德是查理的女婿。

这两个人向大家描绘了一个有情有义、匡扶弱者、打击邪恶的人，一个热心施舍，但从不向人索取的人。他们称赞他是一个优秀的父亲，那是绝对不变的真理，他同时又是一个优秀的丈夫，大多数情况下都是如此——无论如何，这些都是在葬礼上应该讲的话。

他们说他及时找到了上帝，然后每个人都为他祈祷，葬礼歌手唱了《为主人的花束采集鲜花》。

为主人的花束
采集鲜花

美丽的花朵
永远不会腐烂
聚集在这里
然后被带走了
永远绽放在
主人的花束里

当他们唱歌时，成年男子在长椅上哭泣，除非你了解那种男人，否则就不会明白那意味着什么。

在那之后，艾娃经常从人间隐退，坐在床边。有时候你能听到她在唱一首葬礼歌曲，但那歌并不来自查理的葬礼，而是来自很久以前她自己母亲的葬礼。

在不久的甜蜜将来
我们将在那美丽的海岸相遇
在不久的甜蜜将来
我们将在那美丽的海岸相遇

她非常想念他，但可能没有像其他人那么想，因为她还时不时跟他说话。

没有人期望"呼啼"来参加葬礼，他也确实没有出现。他会被那么多人吓着，被所有的那些人吓着，只有他那个高大的朋友在他身边，他才可能站得稳。

如果查理像巴昂德姆家族的表兄弟们形容的那样，是河流上那些古老而狂野的日子与这个更加文明的时代之间的最后一座桥梁，那么"呼啼"在这两个世界之间的联系，也随着他朋友的去世永远消失了。

查理生前信守承诺照顾过他，会去接那个小男人，开车带他四处办杂事。但在他去世后，再也没有人在镇上见到过"呼啼"。

查理去世后不久，人们在河里发现"呼啼"的自制船卡在一棵死树上，那个小男人已经死在不远处的岸边。

就像在他活着的时候那样，围绕着他的死亡生出各种谣言。他是不是因为钱被人打死了？或者他把钱挖出来并计划坐船逃跑，但被谁抓住了？因为再也没有骑士来保护他，他们夜里来找他了？

又或者他只是变老了，找了一个可以看到太阳在水面上跳舞的地方，躺在斑驳的阴影下死去了？

随着时间流逝，大多数人都忘记了他存在过。但当人们谈起查理的时候，他们会弹一记响指，脸上慢慢露出一丝微笑，然后说："嘿，你还记得那个小个子丑八怪，那个像狗一样老是跟着查理的人吗？"

他的名字是杰西·克莱因斯，他是一个实实在在的证据，证明我的外祖父的确是个好人。

对于他的家人来说，还有一件比悲伤更难以忍受的事情。

"那时有一种沉默。"琼谈起她家在查理在城里下葬之后的生活。艾娃几乎再也没有提起查理，孩子们几乎再也没有提及他。"因为那实在太伤人了。"琼说。她才只有十七岁，就开始了一辈子沉默的哀悼。

被所爱的人从他们的脑海中推开，他家里的家常话中几乎再也不提及他的名字,这些事对于一个被家人心爱的男人来说,真是一份颇为有趣的遗产。

但为了让生活继续下去,他们必须这样去做。

艾娃没有发疯,继续出去干活。她的心已经破裂,但还没有崩溃。她去沃尔特·罗林斯和霍默·库奇先生的田地采棉花。她还去野地里摘下黑莓,然后一加仑一加仑地出售。在战争中,人们会称她是一个尚能行走的伤员。

她的双手被感染,肿得很大,只要看上一眼都能让琼感到心疼,她的双腿被刮伤流血(因为她仍然认为女士干活时也应该穿裙子而不是裤子),但她带伤继续工作。

她不太会使斧头,但她还是自己劈柴,似乎每砍三次,就会有一块木头从大木块上飞出来,撞上她骨瘦如柴的小腿,她会低声咒骂一句,然后继续劈柴。当她发怒的时候,她会猛挥斧头,动作如此大力、迅速和狂乱,以至于路人无法分辨她到底是在劈柴,还是要把柴火砸死。等她结束时,她的双腿会变得鲜血淋漓。

没有人能够治愈她受伤最深的地方。但艾娃还有两个女儿在家里,琼和苏还在念高中和初中,得给她们买衣服,付午餐费,还有房租。

琼、苏和她一起摘棉花,但大家都知道,琼很快就会离家。一个名叫约翰·库奇的帅气男孩正在追求她,求婚只是时间问题,他的爸爸是霍默。琼会穿着校服——她最好的衣服——去摘棉花,试图吸引他的目光,结果她成功了。"他有一头棕色的鬈发,很卷的鬈发。"琼说。有一天,她叫玛格丽特,甚至璜尼塔到田里去看他,她们说,是的,他确实满头都是鬈发。

年长的女儿尽可能地帮助她们。当琼在学校学打字时，埃德和瑛尼塔贷款为她买了一台打字机。"他们为我背了债。"琼说。

为了逃避屋子里的悲伤气氛，当琼和约翰去集市、城里或者露天电影院时，苏都一言不发地跟去。她可能是这个家里最漂亮的女孩。她是罗伊·韦布中学的啦啦队队员，也是万圣节、狂欢节上最受欢迎的女生。她不用费力就能取得好成绩。

她在那哀悼之地以外的生活是很快乐的，但她从未明白，为什么她的爸爸要如此彻底地离开他们。死亡，她是明白的。但她想知道为什么她的爸爸不能像其他人一样，在故事和记忆中回来探访他们。只有艾娃，在半夜大声喊着他的名字。他的确曾经前来拜访她，只拜访她，但那只是因为艾娃心中的那道裂痕能让他溜进来。

玛格丽特经常往来于那个悲伤的地方。在她爸爸去世后，她回到了自己的丈夫身边，因为查尔斯·布拉格在葬礼上表现得很友善也很得体，而且她没有别的地方可去。但是威士忌扭曲了他的个性，所以她只得从一个害怕听到汽车回来的声音的家中出走流浪，搬到现在这个阴冷的所在，在这里她的爸爸无处不在，又无处可寻。

第三十五章

勇 气

**杰克逊维尔和皮德蒙特
1960 年代**

玛格丽特已经成年,膝下已有三个孩子。她生下山姆三年后生下了我,再过三年生了马克。又过了三年后,她又生下一个婴儿,那个婴儿在出生后不久就死了。

十二年来,她的丈夫向她展现过些许短暂的温暖和善意,但他仍然停留在那场战争中,把他的薪水都变成酒喝掉了,让他的孩子们缺衣少食。

偶尔,玛格丽特童年时代受到的一句嘲讽会在她脑海中回荡。

"胆小猫,胆小猫。"其他孩子冲她齐声喊,因为她很温顺,很少反击。但当时那并不重要,她爸爸还活着的时候,她自己并不需要任何勇气。

而到了那时，她开始讨厌自己，因为自己对什么事情都只是逆来顺受，因为自己没有展示她爸爸会展现的力量，然后……然后再什么呢？

她爸爸对她说的话就是恳求她要保护好自己的孩子，她每天都在那么做，做了十二年。她温顺地走到暴怒的丈夫面前，低眉顺目，为孩子们抵挡一切。比起像她爸爸那样将他狠狠打倒，她必须具备多得多的勇气才能做到这些。

而现在，在一个冬日，在"春园"这个小社区一栋破旧的白色房子里，在她终于看到他的心魔将永远附在他身上的那一天，她找回了出走的勇气。

她从厨房的桌子边站起身，开始将婴儿的衣服和玩具装进棕色的纸袋里，然后带孩子们一起离开，沿着铁轨走了，永远地离开了。

她回到了艾娃的家，让人传话出去，她可以替人熨衣服，以磅计算换零钱。到了秋天，她问沃尔特·罗林斯先生是否需要人摘棉花，他的确需要。

苏嫁给一个名叫吉米·斯韦特的男孩，并搬了出去，所以屋子里只有艾娃和玛格丽特以及她的三个男孩，除非你相信还有鬼魂。

假如你真的相信那屋子里有鬼魂，你难道会怀疑当艾娃从床上坐起身，黑白相间的长发从她背上垂下时，查理会和她说话，告诉她，他为玛格丽特的勇气自豪？

第三十六章

艾 娃

阿巴拉契亚的丘陵地带
1972 年春天和 1994 年秋天

1932 年 4 月一个寒冷的夜晚,在罗马镇北边的山区,艾娃留下了一个女婴。四十年后,她坐在一辆 1971 年的银色雪佛兰的后座上,回去找她。

璜尼塔驱车沿着狭窄的黑色沥青路行进,一路上,他们经过屋顶上用油漆书写"来看岩石城"(SEE ROCK CITY)[1]——每个字母足有一台"富及第"电冰箱[2]一样大——的摇摇欲坠

---

1 岩石城(Rock City)是佐治亚州守望山(Lookout Mountain)的旅游景点,是一处坐落于岩石上的园林。园林主 Garnet Carter 和妻子 Frieda 于 1932 年 5 月将它开放,后为吸引度假者,聘请 Clark Byers 在美国东南部、中西部地区公路边的大量谷仓屋顶上绘制"来看岩石城"的广告,获得极佳效果。
2 富及第(Frigidaire)是美国家电公司,1916 年开发出第一台家用电冰箱。1918 年,通用汽车公司的创始人 William C. Durant 投资这个公司,(转下页)

的谷仓;他们经过一座座红砖教堂,教堂前的大招牌上是警告人们主基督已经再次来临的标语;他们经过废车堆放场,那里野葛的绿浪已经将大量生锈的、挑剩下的汽车覆盖。他们继续向东北方向行进,穿过棉花田、森林地带以及以纺织业为主的城镇。山坡变得越来越高,他们经过鱼饵店、"冰雪皇后"雪糕店和胶合板做的标志,上面写道"自采山核桃,半价出售"。希维尔车的六缸发动机发出的不是隆隆的巨响,而是嗡嗡的低吟。车内的胶膜闻着还有新车的气味。

艾娃那年六十四岁,已守寡十四年,当时住在璜尼塔和她丈夫埃德家边上吉姆·沃尔特的房子里,在亚拉巴马州东北部的罗伊·韦布路上。如果没有慢吞吞的运纸浆木材的卡车挡他们的道,妮塔差不多两小时就能将他们带到佐治亚州的丘陵地带。为了旅途方便,艾娃将长长的头发扎起,用一条丝巾裹着,样子像阿拉伯人戴的头巾。她在路上总是很安静,好像只要移动就会让她感到难过。璜尼塔无法回忆起那天的具体日期,只知道那时候比穿大衣的季节晚,比山茱萸开花要早,应该是3月。

一小时后,他们越过锡达敦附近的佐治亚州州界,慢慢驶入罗马镇。在那里,他们给一路闹个不停的璜尼塔三岁的儿子杰夫买了瓶得宝可乐,并且接上了鲁比·克赖德,她是我母亲的远房表姐,一直住在佐治亚州西部,对那边的道路很熟悉。

(接上页)并于1919年采用了"富及第"的名称。在20世纪前半叶,由于这个品牌驰名制冷领域,许多美国人称任何品牌的冰箱都是"富及第"。

鲁比这个人，只要有谁与她眼神一接触，她就能把法院大楼前的雕塑说到灰飞烟灭。在接下来几公里的路途中，她一刻不停地喋喋不休，连珠炮似的，声音像从扩音器里传出的那么响，又固执己见，好像那是她的特权。她每隔几分钟会稍停她的长篇大论，腾出足够长的时间说一声"在这儿转弯"。他们开上27号公路，前往特基山，然后在里弗桥前左转，最后停在路边一个宽阔的地方。"柯里维尔到了。"鲁比宣布，仿佛她将一车人领到了所罗门的宝藏跟前似的。

因为那里没有任何标志，他们为了确认，在附近的一所房子前停下车，向一个穿着工装裤的老人问路，看看他们是不是到了要去的地方。那房子的井棚和院子周围的绳子上挂着葫芦，在微风中轻轻碰撞，发出声响。那位白发苍苍的绅士是已退休的邮政局局长，朝雪佛兰的后座看去。

艾娃出于礼貌摇下车窗。

"巴昂德姆太太。"他说。仿佛他们上次相见只是在昨天，而不是四十年前。

"你好。"艾娃说。

"你的丈夫好吗？"他问道。

"他过世了。"她说。

"我很抱歉。"他说。

他给了他们一个葫芦——葫芦能制作精美的鸟舍，并告诉他们去西联浸信会的路，这是旅程的最后一站。他们发现教堂坐落在山上，小小的，用木头建造，外表是明亮的白色，但边上广阔的墓地使它相形见绌。在这样一个小小的教堂周围看到如此庞大的墓地，并没有让一行人感到惊奇。不是每个人都会跪拜上帝，但每个人都会死。

他们沿着土路绕到墓地后面停下车。璜尼塔完全不记得当时有没有喧哗议论的声音。就连刚刚还一口气不喘地高谈阔论葫芦的世界史的鲁比，现在也安静了下来。艾娃在坟墓的迷宫中环顾四周。

"我记得有一棵冬青树。"她说。

然后她快步走起来，走在一条直线上，好像她每天都到这里来，然后在一堆毫不起眼的石头前停下脚步。她哭了起来。

"我是看着他堆的，"她告诉璜尼塔，"所以我知道。"

艾玛·梅在1932年4月因痢疾去世，11个月大，是她的第四个孩子，在她之前有詹姆士、威廉和埃塔娜，在她之后是璜尼塔、玛格丽特、琼和苏，她是唯一一个被落下的孩子。

当时，查理为了今后能找到她，在她坟墓上用石头摆出一个图案，那图案随着时间流逝而稍稍移动，但它仍然在那里。

也许不应该等待四十年的时间再来到女儿的坟前凭吊，但她的生活，也是她丈夫的生活，当年将她匆匆地从这里拽走了。她上一次看到这个安静的地方，是这个像吉卜赛人一样漫山遍野流浪、寻找生计，满脑子想的都是如何度过艰难困苦时光的家庭的后视镜中的又一个场景。在所有这些年和所有这些迁徙过去之后，她依然记得这个地方。

不久之后，他们踏上归途，艾娃在座位上扭来扭去，盯着车后面的玻璃窗，直到那座漂亮的小教堂和整洁的墓地，连同她和丈夫拥有过的唯一一处不动产在一个转弯处一同消失。

艾娃在那之后又生活了二十二年。当她七十多岁的时候，癌症夺走了她的另一个女儿，可爱的、性情温和的苏。我的姨妈对艾娃脆弱的头脑有着强烈的保护意识，过了很久都没有告诉她。在她的最后几年里，与她这一辈子紧紧相连的、连魔鬼都忍不住不时蹦跶几下的思想和性格被严重磨损和削弱，她变得像个孩子一样甜美和娴静。她原先的剧烈爆发和怨天咒地逐渐消失，她的银色眼睛看东西渐渐模糊，她的皮肤变得又白又薄，呈半透明状。似乎在她身上已经藏不住任何顽皮的性格了。

她生前的最后几天是在我的琼姨妈家里度过的，那是一个挤满玩偶和毛绒动物的房间。但是她时不时会对我眨眨眼睛，好像在说："是的，我把他们所有人都骗了。"她会从衣裙的口袋里掏出她的口琴，再次引爆一场飓风。

她的女儿们宠溺她，但她们对她的爱和对父亲的爱是不同的。在很长一段时间里，她们必须照顾她，就像她过去照顾她们一样，甚至可能比那更多。没有她们，她没法继续活下去。

她们父亲的人生之火更为鲜亮，他没有向她们索求过任何东西。他去世太早，于是在她们的脑海中留下了他的意志、力量和威严，还有善良、温柔和欢愉。他的缺点消失了。而她只是日渐苍老。

然后，她在1994年11月的一天离开了人世。

奇怪的事情发生了。

孩子们不再过多谈论她,因为要在他们的记忆中触碰她,会让他们如此伤心,那对他们又有什么好处呢?

第三十七章

夏日永驻

阿巴拉契亚的丘陵地带
当今时代

在冬天,当雨水和低矮的云层飘来时,丘陵会完全消失,一切都变成铁灰色。然后温度下降,雨水在松树上结冰,它的重量能将树枝折断,发出像手枪射击的声音,如果你有时间,可以站着聆听,那声音就像树林里正在进行一场激烈的枪战。

现在我终于对外祖父有了更清晰的了解,那是一幅比原先那张撕裂的黑白照片更清晰的图像,我想象中的他总是在夏天,总是在他那条用两个汽车引擎盖焊接成的船上,用杆子摸索水底的泥沙,让船一直向前滑行。

有时候,我试着想象自己和他在一起的样子,但是想象中的我是一个六岁左右的男孩,而不是一个男人。因为我不知道他对成年后的我会怎么看。

  但这儿只有一个男孩。

  一个男孩。

  我敢打赌他会给我一些糖果，然后给我唱一首歌：

    苹果派生长在灌木丛的上面
    面包皮又脆又轻
    烤鸽子飞进你的嘴里
    天空总是很明亮

    还有一片炖肉和面糊的湖
    去要就会有蛋糕
    在糖果的天空下时光飞逝
    够你一辈子享用

        ——大萧条时期的一首歌

后 记
幽 灵

亚拉巴马州杰克逊维尔
如今

约翰·亨利[1]英年早逝,他在某段神秘的铁轨上为实现自我价值,在竞赛中击败了一台机器,结果劳累致死;大个子约翰[2]为拯救陷入塌方的矿工而死;克罗克特[3]在阿拉莫与墨西哥人拼杀,最后战死在那里。所有的神话和传说都因为英勇献身的故事和短暂的人生而被人珍视。

查理不是神话,甚至也不是传奇。如果是,也只是一个小小的传奇。

---

1 约翰·亨利(John Henry)是美国传说中的非洲裔民间英雄。
2 "Big Bad John"是Jimmy Dean演唱的一首乡村歌曲,讲述了一个神秘、沉默的矿工为救人而死的民间传说。
3 戴维·克罗克特(Davy Crockett,1786—1836),美国政治家和战斗英雄。他曾代表田纳西州任众议员,因参与得克萨斯州独立运动中的阿拉莫战役而战死。

只有当你将他与今时今日、与新时代的南方比较时，他的形象才会显得异常伟岸。

过去和现在之间的区别在于他完全没有自卑感。他并不以他的衣服、谈吐和生活方式为耻。他不仅借此茁壮成长，而且以此为荣。

也许现在做到这一点要更难、更复杂。亚拉巴马州的一位朋友告诉过我在一家禽肉厂工作的小伙子的故事：他们当时正在抽烟休息，一只浑身羽毛蓬乱的鸡通过一扇半开的门中逃进院子里，小伙们正蹲在砾石上，鸡血和鸡肠子将他们的衣服弄得斑斑点点。

从车间里追出来的一个流水线工人追着鸡在院子里绕了一圈又一圈，但那些正在休息的小伙们只是一边抽着烟，一边袖手旁观。最后，这只鸡取得了足够的助跑速度，翅膀扇出足够的风，逃脱了被宰割的命运和重力的束缚，腾空飞越铁网围栏，获得了自由。

在众人对此难以置信的瞬间之后，院子里的所有的人都拍起手来。

"你瞧，"其中一个人对另一个人说，"那只鸡做了你我永远做不到的事儿。"

这个新的、真正的南方的现实，对于查理那个阶层的人来说，远不如他们所处那个时代浪漫、严酷和痛苦。

对于像他这样的人来说，这个新的、真正的南方是一个大量工厂永远不会重新开张的南方，是一个田地永远不会再被用来种植的南方，是一个火车轨道正在变成自行车车道的南方。

在这个新的、真正的南方，人们更难做到穷且益坚，不坠青云之志，更难具备一种毫无愧疚、毫不含糊的独立精神。我觉得查理即使在今天，仍然可以做到这一点，他比大多数人更具有男子气概。不完美吗？当然，但他是个真正的男子汉，这种人在世界上几乎不会再出现了。

有时你能看到他们那一代人的幽灵。他们依附在好人身上，比如我的叔叔们和我的哥哥山姆。

有时，幽灵为了提醒我们，会回来拍打我们一下。我记得几年以前，有一次我去亚拉巴马州杰克逊维尔，走进"兄弟"酒吧时，看到我外祖母的兄弟弗雷德·汉密尔顿正坐在吧凳上。

他唯一做过的工作就是弹吉他，一直没有结婚。他只是弹奏他的吉他，在国内四处游荡。

我以为他已经死了。但他就在那儿，穿着一双褐色、棕黄色两种颜色拼接的鞋子和一件格子运动外套。

"你在这儿做什么，弗雷德舅公？"我问他。

"我坐在这里喝啤酒，"他说，"一会儿我就去那张台球桌，从那些大学生小鬼那里拿走一些钱。"

他真的做到了。他那年八十岁。

我看着他，心里希望他是另一个人。然后我走了出去，走进夏夜。

我知道很多人从来不了解他们的外祖父。但我讨厌这种情形，讨厌到我死去的那一天。

但即使是在坟墓里，我的外祖父也影响过我的人生。

从坟墓里，他影响过一切。

即使在参加家庭团聚之前，我已经知道那将会是个什么样的情形。在飞机上,我闭上眼睛想象,将机舱里婴儿的尖叫声和回家的游客们的热烈讨论声屏蔽——这些人头上戴着巨大的用橡皮做的啮齿动物(米老鼠)耳朵,证明自己曾去某个主题公园一游——机舱广播里传来一个声音,说我们"正在亚拉巴马州上空盘旋",但我的心已经到了那里,完完全全消失在那里,就好像我将姨妈家的一条被子拉上来盖住头一样。

在吉曼清泉公园两百年的古松下,饱经风霜的灰色野餐桌会被成加仑的土豆沙拉、无数的芥末蘸蛋和各种各样的烧烤压得吱吱作响。不管是老人用铁锅做的或是年轻人刚刚在熟食店购买的炸鸡,都会将盐、油脂和炸脆的面糊味道传入微风中,而男人们穿着熨得笔挺的牛仔裤,一边用"树"牌小折叠刀上锋利的刀片修剪指甲,一边不怀好意地盯着椰子蛋糕。山姆和罗珀兄弟会谈论小狗、美式足球、棉纺厂近况和鱼饵,但不聊政治,因为无论是谁上台,都不会改变这里的生活。

女人们会坐在折叠椅上谈论工作和小孩,即使她们口中的小孩现在已经是一米八九的壮汉,而这些小孩的孩子,无论年龄大小,都会问上她们一百次:"我们可以吃了吗,妈妈?"我的琼姨妈会追逐一个名字也叫艾娃的侄孙女,用满是口水的亲吻和柯达傻瓜相机吓唬那个孩子。她会抓住那个孩子,老妇人们会聚在一起,称赞这个以我外祖母名字命名的小女孩,是她们见过的最漂亮的孩子。

柔和的南方口音,不带拖腔也不带鼻音,就是很自然的话语声,还有冰块在塑料杯里碰撞的声音,以及远处21号公路上卡车来往的轰鸣声混合在一起，直到哪位德高望重的用一句简单的"好了，开饭了，你们都过来吧"，示意我们来到桌前。有些人会先做餐前祷告，有些人只会闭上眼睛，而我会直接开吃，一直吃到难受，呻吟起来，直到有人端上一只冷鸡腿、一杯茶作为解毒剂。我会吃了它，因为无论你有多饱，如果有人为它祷告过，多吃一条鸡腿也不会伤到你。

而且我很高兴能够在那里见到那些我可能再也见不到的老人们，见到那些曾和我一起在昏暗的院子里玩捉迷藏的表兄弟——那时的院子里游荡着散发黄色荧光的萤火虫，那时的我们还很害怕活物和蛇。

接着飞机降落在亚特兰大的哈兹菲尔德国际机场，我脑海中的画面消失了，眼前是一群没有好气的出差的商务人士，为了赶上过于紧凑的行程表上的下一班飞机往租车柜台紧赶慢赶。他们将手机夹在头和肩膀间，每个人的身后都拖着一个小小的行李箱。我总是惊叹于这一点——一个九十公斤重的男人居然拉着一个只有四五公斤重的行李箱。

查理看到这一切会怎么想？我想他会大声笑出来，然后在B号廊厅的酒吧里喝上一杯。

我挤进了那群人——背着我的包，然后一路被裹挟到赫兹租车柜台，礼貌地要了一辆福特。

那是美好的一天，等我逃离亚特兰大，回家的一路上全是纯正的乡村景色。当我开车去接我的妈妈，带她去参加家族聚会时，我经过了邦兹家族群居的地方，注意到加里·邦兹的邮箱离公路还是那么近。每天，要是没有谁家车上的侧视镜撞到它，或者没有谁在狭窄的双车道上会车时将它完全撞倒，那都是一个小小的奇迹。不仅是因为那邮箱离柏油路太近，还因为它就在一个急转弯让人措手不及的那一侧，所以晚上开车从那儿路过时，它就会像鹿一样冲着你跳出来。

那种情形可能会让一些人将他们的邮箱往后挪一点，但这家人不会。加里是威廉姆斯中学的同学，我那辆雪佛兰科迈罗电池耗尽时，他帮我一起推过车，在手腕肿得几乎无法拿住球时打过一场篮球比赛。但当教练史蒂夫·格林问他要不要下场养伤，加里只是说"不，先生"，他想就这么打下去。像这里的大多数男孩一样，他从不放弃，也不会改变。他拥有一直延伸到柏油路边上的这片土地，如果他想把他的邮箱放在一个可能被撞坏的地方，他就一定会这么做。

有些人会将此举称为蔑视行为。我相信加里就是喜欢他的邮箱现在所处的位置，每当我设法避开它时，总会感到高兴。我相信，如果我们开车经过那里，看到它已被安全地移放到后面的道路用地上，而不是偶尔被撞倒在那里，我们肯定会感到失望。加里应该是一个巴昂德姆家族的后人。

我开车过去的时候，妈妈站在门口。她说她可以听到汽车在路上减速，但我仍然不知道她怎么知道车里的人是我。

"你没有撞到加里的邮箱吧？"当我走出车外时，她说道。

"哦，那当然啦。"我说。

这让我们泛泛地聊起了邮箱这个话题。我的小弟马克说，他把邮箱安装在离路很远的地方，虽然它从来没有被过往的汽车撞过，但被枪打过好几次。那次邮箱被射与有人闯入他家并偷走枪支几乎是同一时间，这对他来说太难以忍受了。

"我甚至不用打开那该死的邮箱来读那些该死的邮件。"

他从袅袅升起的烟雾背后说道。即使从房间的另一端,我也闻出了他抽的是"骆驼"牌无过滤嘴香烟。"我站在该死的路中间就能看到我该死的邮箱,它上面全是该死的洞。"

我说那真是太可惜了。

"如果我不知道他们是用我自己那把该死的枪,来打我自己该死的那只邮箱,"他说,"我他妈的也不会那么生气。"

我点了点头。

"好吧,"他说,"让他们见鬼去吧,说我是矮子也行。"

我又点了点头。

我决定以后再问他"矮子"究竟是什么意思。

到了该出发去团聚的时候,我问妈妈想不想不顾租车合同里的规定开一下我的车。她说不想,那辆车看上去太新了。我提议可以由我先开过一个泥泞的低洼地,然后再让她开。但她说她心里慌慌的,因为虽然她一生中大部分时间都在开车,也曾经拥有一辆1956年的别克车,但她从来没有驾驶执照。我们家族的人对许可证这类东西,不管是狩猎、钓鱼、还是驾驶,都不以为意。如果你生活在乡村里足够偏远的地方,即使到了1999年,拥有合法的证件也不是至关重要的。

我们在晚餐时分开到清泉公园,在我家乡,这意味着离天黑还远着呢。我将车停在一条燧石路上,我们稍稍坐了一会儿,等车后扬起的白色尘土随风散去。不远处的树荫中,老妇人们正在打开"特百惠"的盖子,将食物摆出来,那个场景就像是我将脑海里想象的那幅画取出来,然后将它挂在树上。

日耳曼泉仍然像玻璃一般清澈,泉水冰凉,碰上去能让人一激灵。小龙虾仍然在光滑的棕色岩石上迅速后退，躲在柔软的水田芥下，我妈妈过去常常把那菜拔出来用培根油炒了吃。路易斯安那州的法裔会因为我们吃杂草却忽略小龙虾而嘲笑我们，但当时我不吃任何看起来像水虫的东西，除非那是什么值钱的东西。

我十七岁那年，这里发生过一次谋杀，但我们尝试着不去想它。更好的记忆已把自己一层层包裹起来，直到你根本记不起它为止。我们过去知道那件事发生在哪棵树下面，但是我去寻找时，却找不到它。

似乎每一个生到世上的巴昂德姆家族的人，都来到了那片松树林的树荫中。这片树荫不大，但总比没有树荫好。说实话大概只有一百来人，但这次家庭团聚是我很长一段时间以来第一次在同一个地方见到所有的近亲远戚。老妇人们抱着我的脖子，说她们很高兴见到我，这让曼哈顿常见的那些飞吻就像空气一样虚无缥缈。

在这些人中间，有一个是来自得克萨斯州的喷气机飞行员，还有一些是来自佛罗里达州普兰特城的退休中产阶层人士，但这里的大多数人都是蓝领工人，他们拉扳手，在纺织厂疯狂的咔嗒声中纺纱，在加兹登的固特异[1]制造钢带辐射轮胎，为亚拉巴马电力公司爬电线杆，为泰森食品公司[2]烫鸡，

---

1 固特异轮胎与橡胶公司是一家总部位于俄亥俄州的跨国公司。公司名称"固特异"是为了纪念硫化橡胶的发明者查尔斯·古德伊尔（Charles Goodyear）。
2 泰森食品公司（Tyson Foods）成立于1935年，总部位于阿肯色州。公司在第二次世界大战期间得益于当时配给食物不包括鸡肉的情况，得以发展。目前是全球最大的鸡肉、牛肉和猪肉加工和销售商之一。

驾驶翻斗车，锯开造纸浆用的木材，在警察局接听电话，养猪，传道，种田，剪头发，抚养孩子，当生活和他们有点不对付时，他们就想办法解决罚款。我的大哥山姆在那儿聊棉纺厂的工作。他用断线钳将棉花捆包上的钢条切断，被切断的钢条在数百磅压力下弹射开来，发出尖啸的声音，锋利的钢条飞舞起来能要人的命。但是那里的薪水比安全、轻松的工作要高，所以他用护目镜挡住眼睛，用皮革保护自己的手臂和身体去上班，相信上帝和运气，以及医保计划。

我猜我想说的是，这些人拥有的东西都是他们辛辛苦苦赚来的，他们是体内流着查理·巴昂德姆血液的人。即使你没有听说过，只要你看着他们，看一看他们粗大的手、他们那一头沙红色头发以及他们可以同时聆听、参与两个对话的能力，就一目了然了。如果这些都不能证明这些人是他的亲属，我不知道还有什么能证明。

他们大多数人都住在离这儿不远的地方。他们彼此的家都在十五分钟路程之内。他们非常自豪地说，他们只需要在一个十字路口停下来就能互相拜访，他们的孩子沿着他们过去走过的同一条校车路线上学。校车是新的，但号码通常是相同的，甚至校车司机都是同一个人。我不记得经过我们家那辆校车的号码了，但是我记得司机是特德·帕里斯先生。还记得我七岁那年，有一天在校车上睡着了，而山姆则故意使坏，自己下车，任由校车把我带到皮德蒙特附近。妈妈那次没有因此事抽他，但她本该这么做的。

对于他们中的大多数人来说，完全没有离开家乡的理由。即使在所谓的"新南方"经济的承诺失败的情况下，在一座座工厂被木板封住、农场里杂草丛生的土地上,这就是家。家不是存在你记忆里的东西,而是你每一天、每一刻都能看到的东西。山姆、马克和妈妈、她的三个仍在世的姐妹和一个兄弟(另一个搬到了伯明翰)自从查理·巴昂德姆去世以来,就住在彼此相隔五分钟车程的地方。

他们也都是些到处搬迁的人,确实,但那只是因为查理。他们别无选择,只能跟随他,现在他们别无选择,只能留下来。在他去世的地方,他们生活着,不会抛弃他安息的地方。

现在,我的姨妈们觉得到离家十五分钟车程的安尼斯顿去跑一趟,就算得上一次了不得的野外探险。她们像孩子一样归宿无定,会找到最不可思议的理由拒绝出门,说她们的狗会跑掉,甚至饿死,虽然世上没有一只狗会在一个半小时内饿死,这是个无可辩驳的事实。

成为一个地方的一分子的理由真是刻骨铭心!然而,我们正是那里的一分子,即使我们之中的有些人离开故土,返乡,再次离开,甚至现在还正试图再一次,也许是最后一次返乡的人,他们也是。

我们成了饮食广场和温-迪克西连锁超市、扬氏零售店和斯努克的店、麦克福尔的店、E.L.格林的店、赖特的店和蒂利森的店的常客,每个发薪日都要去买香甜的鼻烟、无过滤嘴的香烟和"小黛比"零食蛋糕,每年7月4日买猪排,当汽油价格是一美元半时买一美元的量。柜台后面的老人试着辨认出我们当中哪一个可以在两个发薪日之间赊账,何时该在我们猛踩油门的轰鸣声中挂上"打烊"的标记。我们开着彪悍的淡蓝色1969年福特野马,发出雷鸣般的响声,车上装着价值五百美元的"克拉格"牌镁制车轮，以及从一个名叫休斯敦·詹金斯的男人那里购买的两美元的二手轮胎，后视镜上悬挂着一个高中毕业典礼拿回来的晒到褪色的蓝金色流苏，一只扬声器大声播放托尼·乔·怀特[1]的歌曲——车上只有一只扬声器。

无论好坏，这都是我们的故乡。有时在报纸上会看到我们中的一个人接受奖项，在另一版上会看到我们中的另一个被戴上手铐带走，这并不是什么闻所未闻的事儿。我们为罗伊·韦布猎鹰队、威廉姆斯黑豹队和埃德·费尔美化泥蜂队打球，加入四健会但表现并不出色，我的表妹夏洛特除外，她一直是老师眼里的宠儿。

我们的妈妈都在麦克莱伦堡拿了"高中同等学力证书"（GED）[2]，也找到了工作，在那些红砖盖的学校里，我们占满了名额，有时甚至学了些知识。我们在这里得到上帝的拯救，我们又在这里故态复萌——每个人对此都心知肚明——而我们中的一些人只是变得非常困惑。在我们的庭院旧货拍卖会上，用链子挂在树枝上的摇摆着的汽车马达、泡菜、果冻和剩余的婴儿衣服，这些只是将人们引进院子里说说闲话的诱饵，或者只是让你有借口去和一个姐妹坐一会儿——表面上你对那个姐妹很生气，但你其实非常想念她。不然，还有什么理由让你为了一美元七十二美分的净利润在那儿坐上一整天？

---

1 托尼·乔·怀特（Tony Joe White，1943—2018）是美国创作歌手和吉他手，创作沼泽摇滚、爵士和布鲁斯音乐。
2 GED 全称是 General Educational Development，即高中同等学力证书，为证明考生拥有美国或加拿大高中水平学术技能而设立的考试及证书。

我们认识了一些人，但重要的是我们认识彼此。我们知道谁的土豆沙拉里面有香葱，谁的没有。我们知道谁家种的西红柿最好吃，什么时间去参观那里的菜地，一定能拿到几个。我们知道下午一点钟不要给妮塔姨妈打电话，因为她看的连续剧正在演播，她看《地球照转》[1]时是不会接电话的。

我们的邮箱已经在地里生锈。

大约两点钟，胡格诺派的后裔们排队等着香蕉布丁，最后他们把"特百惠"餐盒刮得一干二净。我甚至不知道胡格诺派喜不喜欢香蕉布丁，但我想每个人都喜欢。至于我，我从来没有搞清楚这种食物是否像我脑海里想象的那么美味。我正在搜集有关我外祖父故事的消息已经传开，我花了整个下午来听这些故事，直到最后一个昏睡的婴儿被带到她爸爸的肩膀上，直到最后一块樱桃馅饼被铝箔纸装起来。我潦草地记着笔记，点着头，什么东西都没顾得上吃。

已是日落时分，几十年——实际上是上百年——的故事已经在那片足够大的树荫中流逝。我们拍了一百张照片，但璜尼塔拍的不能算，因为不管她怎样努力去拍，总是拍不全你的头顶。我现在想起来，她也许是故意的。

每个人都告诉其他人，他们带来的食物有多好吃，即使实际上很难吃，他们也都会那么说。我的表妹夏洛特，埃塔娜的小女儿，告诉我如果我哪天失业了，可以搬到她在亚特兰大家里的地下室去住。

---

[1] 《地球照转》(*As the World Turns*)是一部很长的日间电视肥皂剧，从1956年到2010年在哥伦比亚广播公司播出。

"我家的狗气味很难闻。"她警告道。

我告诉她,如果真的到了那个地步,我不会那么挑剔的。

我的姨夫埃德告诉我他退休了,不过我知道这意味着他现在除了工作日工作以外,只会在星期六干上半天。姨夫约翰的母亲玛格病了,所以他没有来参加团聚。每个人都让我的琼姨妈给他带去问候,告诉他,他们都在为他母亲祈祷。

黄昏时分,我带着妈妈往车子走去,手里拿着一只空的大罐子。

"他们一定喜欢你的茶。"我说。

"还不够甜。"她说。

实际上,它甜得能让有高血糖的人陷入昏迷。

当我们上车时,我注意到燧石路上有一条条红土。在我小的时候,我会在下雨的时候找到一小块这样的土,只是为了感受黏土在我的脚趾间的挤压感。你让任何一个来自亚拉巴马州或佐治亚州的人告诉你那是种什么感觉,他们都只会对你微笑。你无法用言语来描述它,只用言语是不够的。

所有这一切,所有关于乡土、家庭、爱的感觉,都来自这个事实:一个早已过世的人,一个我甚至从未见过的男人埋葬在这个地方。如果他是在河对岸过世,我就会是个佐治亚人。如果他在北极过世,我想我会是个因纽特人。

过了些时日,我在妈妈的地下室里到处翻找。在楼下卫生间的角落里,一个对于传家宝而言太不起眼的地方,我找到了我要找的东西——一盏旧的煤油灯。

它是用厚重的玻璃制成的,像可乐瓶那么厚,它已因年久而发黄,有煤黑色的条纹,在灯盏里还有几厘米的煤油和一个新的灯芯。

"是这个吗？"我问妈妈。

她点点头。

我和那盏灯在同一所房子里长大，当查理不断地将他们的人生装在那辆卡车上四处搬迁时，艾娃常常将它抱在怀里——而不是她几个婴儿中的一个。但那时我还不知道它的来历。对我来说，这盏灯只是消失在塑料花、圣诞老人陶瓷玩偶和三打小手包那一堆东西里的又一件小摆设而已。房间有那么多这样的小摆设，看上去简直就像个跳蚤市场。

她将它传给我妈妈并不奇怪。在她所有女儿当中，玛格丽特是最需要一圈温暖光亮的人。

妈妈告诉我，1993年，她住过的另一座小房子被烧毁的那天，这盏灯就在那座房子里，即使当时它装满煤油，却不知何故幸免于难。它本应该爆炸，化为成千上万个碎片，她说，但事实并非如此。玻璃太厚了。

"他们不再把它们做得那么好了。"她说。

我说，"我猜是的"。

我问她为什么要把它放在楼下洗手间里一个没有人能看到的地方，她看着我，好像我脑子糊涂了。

"是这样的，亲爱的，"她说，"那正是我需要它的地方。如果有暴风雨，如果停电了，我就会到那儿去。"

我给她买的是有橡胶外层的、坚不可摧，如果不小心掉在地上也不会摔坏的电筒。我不想让她用煤油灯，因为如果她不小心把它掉在地上，会引发火灾。

不过，当然了，那种事绝不会发生。

而且，我想，幽灵会直接放弃手电筒的选项。一号电池里没有魔法。

"好吧，我想它至少完成最后一次旅行了。"我告诉她，带着哲学的意味。但她告诉我不对，从现在开始的一两代人里，总有人会需要它，总有人会。

这里的人们说，现在的天气似乎比过去更糟，比如暴风雨变得更加猛烈、更加频繁，它们将电线击落。人们归咎于大量的树木被砍伐，或臭氧层上的洞，或者像艾娃当年那样，责怪那些曾在月球上行走的人。

或许，那只是因为能扫清天上阴霾的人都已远逝。